소백산맥 ❻

숨결이 지워진 들

소백산맥 ❻ 숨결이 지워진 들

발행일	2025년 8월 5일

지은이	이서빈		
펴낸이	손형국		
펴낸곳	(주)북랩		
편집인	선일영	편집	김현아, 배진용, 김다빈, 김부경
디자인	이현수, 김민하, 임진형, 안유경	제작	박기성, 구성우, 이창영, 배상진
마케팅	김회란, 박진관		
출판등록	2004. 12. 1(제2012-000051호)		
주소	서울특별시 금천구 가산디지털 1로 168, 우림라이온스밸리 B동 B111호, B113~115호		
홈페이지	www.book.co.kr		
전화번호	(02)2026-5777	팩스	(02)3159-9637
ISBN	979-11-7224-753-9 03810 (종이책)		979-11-7224-754-6 05810 (전자책)

잘못된 책은 구입한 곳에서 교환해드립니다.
이 책은 저작권법에 따라 보호받는 저작물이므로 무단 전재와 복제를 금합니다.
이 책은 (주)북랩이 보유한 리코 장비로 인쇄되었습니다.

(주)북랩 성공출판의 파트너

북랩 홈페이지와 패밀리 사이트에서 다양한 출판 솔루션을 만나 보세요!

홈페이지 book.co.kr • **블로그** blog.naver.com/essaybook • **출판문의** text@book.co.kr

---

작가 연락처 문의 ▸ ask.book.co.kr

작가 연락처는 개인정보이므로 북랩에서 알려드릴 수 없습니다.

이서빈 대하소설

소백산맥

6

숨결이 지워진 들

북랩

머리말

왜 사람은 살아야만 할까?

이 시소설은 외지고 황량한 시대를 외나무다리 건너듯 건너온 선조들과 우리의 이야기다. 선조들은 조선 5백 년이 일본에 어이없이 무너지고 대혼란을 겪으면서 그 참담하고 암울한 상실의 시대를 살아내기 위해 시시각각 밀려오는 죽음의 공포와 싸웠다. 천신만고 끝에 나라의 주권을 되찾기까지 반쪽짜리 나라에서 당해야 했던 그 많은 수모는 형언하기 어려울 정도다.

숨을 쉬는 것이 신기할 만큼 내일을 보장할 수 없던 참혹한 시대. 숨 속에도 죽음과 불안이 섞여 드나들던 시대의 이야기를 시작(詩作)의 키보다 더 높은 자료들을 모아 적어 내려갔다. 아직 세상에 태어나지 못해 역사에 묻혀 있는 말들을 시말서를 쓰듯 내 청춘의 기나긴 시간을 하얗게 지우면서 머릿속을 탈탈 털어 시적인 언어로 썼기에 시소설이라 이름 붙였다.

〈소백산맥〉은 4·3 사건을 비롯해 건국이 되기까지, 그리고 오늘날 경제 강국이 되기까지 살아온, 그럼에도 불구하고 살아내야만 했던 격변기(激變期)로부터 세계 모든 사람이 우리나라에 살고 싶어 하는 순간까지를 그려낸 소설 같은 이야기이다.

35년 전통 '영주신문'에 연재 중 독자의 요청이 많아 총 17권 중 연재가 끝난 5권을 출간했고, 그 후속으로 6~11권을 미리 출판한다. 이 지면을 통해 영주신문에 깊은 감사를 드린다. 나머지도 연재가 끝나는 대로 출간 예정이다.

입으로 다 말할 수 없는 일들을 유교 사상이 에워싸고 있는 영남의 명산 소백산 자락 영주 지방을 무대로 삼아 펼쳐내었다. 소설 속 사라져가는 우리나라의 미풍양속과 문화, 구전 이야기에 많은 관심을 가져주신 독자분들께 깊은 감사 말씀을 전한다.

2025년 8월

이서빈

목차

머리말 • 4

오답과 정답 1 ················· 9
오답과 정답 2 ················· 24
오답과 정답 3 ················· 39
오답과 정답 4 ················· 55
오답과 정답 5 ················· 73
오답과 정답 6 ················· 91
오답과 정답 7 ················· 111
오답과 정답 8 ················· 129
오답과 정답 9 ················· 148
오답과 정답 10 ················· 167
오답과 정답 11 ················· 184
오답과 정답 12 ················· 202
오답과 정답 13 ················· 219
오답과 정답 14 ················· 237
오답과 정답 15 ················· 257

오답과 정답

1

 기름진 문전옥답이 잡초들에 의해 묻혀 있다는 생각에 잠을 반납하고 살아 너덜너덜해진 마음을 푸른 바람에 씻어내고 이 나라를 찾을 궁리를 얻을 겸 제자들을 데리고 역사의 숲을 헤치며 다니는 오답의 깊고 짙은 속눈썹은 생각하는 로댕이 눈을 번쩍 뜨고 턱을 괴고 있던 손을 화들짝 빼고 바라볼 것 같다. 눈은 생각에 잠겨 초점은 사라지고 강바람에 일렁이는 호수처럼 투명하다. 오답은 버드나무가 늘어뜨린 푸른 그림자가 호수에 출렁이는 걸 보며 일본이 늘어뜨린 그림자에 출렁이고 있는 우리나라 처지 같다는 생각을 출렁인다. 오답은 생각 같아서는 지렛대를 이용해 우리나라를 짓누르고 있는 일본을 들어 올리고 일본이 누르고 있던 자리에 햇빛이 들고 따뜻한 바람이 불어 새싹이 돋고 꽃이 피고 열매가 주렁주렁 열리는 씨앗을 온 나라에 뿌리고 싶다는 생각이 속살 다

비치는 옷을 입은 여인의 유혹처럼 달뜨게 몸을 둘둘 감고 있는데 약속에 늦은 황당한이 황당하게 뛰어든다. 화들짝 놀라 생각에서 걸어나온 오답은 황당한을 봤는지 못 봤는지 이어 설명만 한다.

성인의 학문을 모아 집대성한 분은 공자이시고
현인의 학문을 모아 집대성한 분은 주자이시고
공자와 주자를 조종으로 삼아 동방 성리학을 집대성한 분은 고려의 안자이시다.

*중국 공덕성 씨가 안향 선생을 찬양한 찬문 全文

오답: 신라와 백제 그리고 고려에 이르기까지 천여 년 동안 불교는 온 나라 곳곳에 깊숙이 뿌리내리며 성성하게 자라며 당시의 정치・경제・사회・문화 등 전반에 걸쳐 막강한 영향력을 행사하며 지배했단다. 이렇게 견고하게 뿌리박고 자라난 불교 세력을 동방도학(東邦道學)인 유학으로 물리치고 백성들이 정의와 용기로써 나라를 지키면서 동방예의지국으로 기반을 착실하게 다지고 발전시켜 왔단다. 유학은 나라와 백성을 다스리는 통치 철학으로 조선조 국정의 대본으로 삼았단다. 안향의 유학이 뿌리내리기 전까지 불교는 최고의 전성기를 구가했단다. 서구의 모든 길이 로마로

통하듯 이 땅에는 모든 길이 불교로 통해 종교 자체로서의 본질을 벗어나 호국 불교로서의 성격이 점점 짙어져 국정 전반에까짐 불교 손길이 닿지 않는 곳이 없을 지경에 이르렀단다. 이른 사회 분위기도 분위기제만 문제는 조정 스스로가 중을 우대하는 만승회라는 모임을 만들어 놓고 한 달에도 여러 차례 모임을 개최하고 불학을 독려하는 시대가 되어버릴 정도로 불교의 위력이 불길맨치 번졌단다. 국민의 피와 살을 통과해 뼛속까지 깊게 파고들며 영혼을 습관에 물들게 했단다. 만사형통의 길이 불교로 열려 있을 정도로 권력을 잡고 있던 중들로부터 온갖 중상모략으로 말미암아 말로는 이루 형용할 수 없는 수난을 겪게 되었단다. 그럼에도 불구하고 유학을 가심에 품은 선비와 유생들은 굴하지 않고 힘을 다해 자신을 갈고닦고 주위를 닦고 수난과 역경까지 모두 묵향으로 덮으면서 끝까지 끈질기게 젖 먹던 힘까지 끌어올려 서슬 푸른 소백산 정기를 발휘해 뚝심으로 밀고 나갔단다. 안향의 백절불초(百折不肖) 동방도학의 정신은 쪼매씩 불교를 무너뜨려 가기 시작하다 마침내 불교의 힘 빼는 데 성공했단다. 바람을 잔뜩 머금은 고무풍선맨치 팽팽하던 불교 세력은 바람이 빠져나가민서 쭈굴쭈굴해지기 시작했단다. 성성한 불교를 푸른 절개 넝쿨을 키워 무릎을 꿇린 고려 말 대학자인 안향의 올바른 신념과 긍지, 불굴의 정신은 황폐하기 그지없는 백성의 노심초사 허탈함을 전부 걷어내고 건강하고 싱그러운 맴 싹을 틔우는 데 선구자 역할을 했단다. 고려 때 조정과 국왕은 아들 셋이 있는 집안에는 첫째 아들을 중이 되도록 내훈으로 정하여 불교를 장려하기까지 했단다. 국내 정세와 사회제도가 성인도(聖人道)와는 대척점에 있었단다. 이 당시는 사람의 신분을 십 등분으로 나눌 정도였으니 황당하제.

첫째는 중
둘째는 상(商)
셋째는 공(工)
넷째는 농(農)
다섯째는 의원(醫員)
여섯째는 점장이
일곱째는 무당
여덟째는 창녀
아홉째는 선비
열 분째는 거지.

선비의 계급이란 것, 그 위치란 위치라고 할 수 없을 만큼 너무나 초라했단다. 여덟 분째 창녀와 열 분째인 끄트머리 거지 사이에 끼어 있는 한심하기 짝이 없는 신분이었단다.

정답: 선비는 개똥벌레만큼도 존재감이 없었니다. 그야말로 멸시와 천대에 짓밟혀 한을 안고 한을 쓰밀면서 사는 하층 신분이 선비라고 했으이 일부러 공부한 사램이 불교를 배척할까 봐 한 일이란 게 뱃속이 훤하게 들이다 보이니다.

오답: 그릏제? 이른 잘못된 사회 풍조에 반기를 들고 썩은 허물을 도려내고 맑은 물로 씻기 시작한 선비들의 서슬 푸른 결기는 봄날 낭구에 살구꽃 피듯 화르르화르르 피어나 잘못된 선비 위상에 대해 힘을 모아 유학을 뿌리내리게 하는 데 온몸을 던졌단다.

정답: 선비가 당대에서 가장 존경을 받을 수 있도록 사회 풍조를 바꾸겠니다.

오답: 그릏제. 신분의 상층을 고착화하는 데 목소리를 키운 안향은 양현고를 만들었단다. 섬학전의 제도를 만들 당시만 해도 조정과 국왕의 동정은 한 달에도 여러 차례 중 만여 명을 연경궁으로 불러들여 만승회 깃발을 올리고 희희낙락 잔치를 벌였단다.

정답: 참으로 대책 없는 왕정이었니다.

오답: 그래 보다 못한 안향은 불학을 숭상하며 독려하던 시절이라서 끈질기게 조정 대신과 왕을 설득시킨 끝에 마침내 국

립대학생을 육성하는 장학단체인 양현고를 만든 것이었단다. 왕과 문무관으로부터 국학 보조에 사용될 자금을 내도록 하는 섬학전을 세웠단다. 섬학전 기금을 양현고(養賢庫)에 귀속시켜 섬학고(贍學庫)라 했단다. 1304년(충렬왕 30) 조정에 건의해 유학 진흥을 위한 장학기금으로 문무 관리 6품 이상은 은(銀) 1근씩, 7품 이하는 포(布)를 내게 하고 사회에서 발언권이 거센 명사들이나 지도층에게 유학에 관심을 갖도록 설득했단다.

정답: 머리에 가득한 부패물이 설득이 되겠니껴?

오답: 술잔을 돌리민서 술잔에 맴을 타고 끈질긴 설득력을 넣어서 지극정성을 다했단다. 한편 안향은 몸소 청빈을 실천하기 위해 자신이 소유하고 있는 논·밭과 전 재산을 나라에 바쳤단다. 장차 나라의 동량이 될 인재들의 교육과 후진 양성을 위한 충정의 발로로 전 재산을 바친 것이었단다. 안향의 신실함과 나라를 바로 세우기 위한 충성심이 꽃 피기 시작해 온 누리 곳곳에 학교가 세워지고 불교는 조금씩 조금씩 연한 색으로 탈색이 되어갔단다. 유학의 이념에 동조하여 방방곡곡 선비들이 손에 손을 잡고 구름 떼로 몰려왔단다. 겨울잠 자던 정신이 깨어나 눈곱을 떼고 세수를 하고 정신을 채리기 시작했단다. 학식 연마에 불이 드디어 꽃불로 피어났단다. 유학이 확고하고 견고하게 뿌리내

리자 발전의 속도가 놀랍게 빨라지고 선비들의 학구열에 힘입어 유학은 나라와 백성을 다스리는 통치 철학으로 자리매김하였단다. 7백 년이 넘는 시월동안 흔들리지 않는 국정의 근간이 된 것이었다.

정답: 안향 선생은 고향이 어데이껴?

오답: 안향은 고려 고종 30년 홍주성 남쪽(지금의 영주 순흥) 평리촌 학교(鶴橋)옆에 있는 사제(私第)에서 태어났단다. 원종 원년에 현과에 급제하여 교서랑・작한림원・감찰어사・의정대부 찬성사・벽상삼한 삼중대 광도첨의 중찬수문 전태학사로 충렬왕 32년 3월 12일 64세로 삶을 거두었단다. 동방유학의 연원과 유학의 번영에 혁혁한 공을 세우고 위대한 업적을 남겼단다. 안향이 떠나감을 가심 아파하민서 충렬왕도 슬피 울며 조의를 표하고 공이 남긴 빛나는 공적을 예찬한 시호를 하사했단다. 문성공(文成公)! 시호에 찬란한 꽃이 피어났단다. 문성공은 자신이 문성공이란 것도 모르고 저 시상으로 가고 문성공이란 이름만 홀로홀로 안향을 대표하민서 찬란한 꽃을 피우고 있단다. 또 충렬왕은 묘산과 전답을 내리고 군졸로 하여금 묘소를 지키게 하명하고 문묘에 모셔 그의 공덕을 길이길이 기리게 했단다. 안향 사후 그 공훈의 찬문은 이렇게 전해 내려오고 있단다.

*태종께서 하교하여 말하기를 안문성공은 학문을 일으켜 학교를 세움은 물론 모든 왕이 모범 할 만하다고 하였다.

*정묘는 제문을 내리시어 말하기를 안문성공은 마침내 학문을 일으켰으니 소왕(素王)으로 모실만한 충신이라 하였다.

*퇴계 선생이 말하기를 문성공은 유도를 높이 믿어 우리 동반에 교육을 열었으니 그 공이 학교에 남아있는지라 백제 유종(儒宗)이라 하였다.

*중국의 연성공공덕성이 말하기를 여러 성인을 모아 대성한 이는 공자(孔子)이시고, 공자를 조상이라 하면 주자(朱子)는 종사(宗師)이고, 동방을 열어준 성학자(聖學子)는 안자(安子)라 하였다.

*일본의 대학자 야마사기 선생이 흠모하여 찬양하기를 동방의 성현은 동방을 대표하는 현인이나 고려조에 안향 선생은 주자 후 제1인자라고 예의의 나라로는 일본 중국까지 온 세계에 빛나게 할 것이다. 이는 안향 선생의 가르침에 힘입은 것이라고 하였다.

황당한: 스스 스승님, 소소 소낭구에서 바램들이 너무 노노 놀래서 일제히 우수수 뛰어내리니다. 저 바바 바람을 톱으로 자르믄 지낸 시간이 다다 다 걸어 나오제요? 시시 시간을 열고 걸어 드드 들어가 동그란 나이테를 보보 보고 싶니다, 오르골.

오답: 본디 인간이 의로운 일을 모범 답안으로 삼으려는 자는 이 시상에 오래 존재하지 않는다. 그는 천둥벼락맨치 댕게가고 그 기록만 남아있는 사램이 기록해 두는 것이제. 그것이 인생이고 그것이 삶이다.

황당한: 아아아, 그그 그래서 위대한 사램이 단밍을 하하 하니껴? 오르골.

오답: 그를 수도 있고 아닐 수도 있고 그릏제.

황당한: 그그 그래믄 어뜬 게 저저 정답이이껴? 오르골.

오답: 모두가 다 정답이제.

황당한: 그그 그른 게 어어 어데 있니껴? 오르골.

오답: 그른 게 없는 게 정답이기도 하제.

황당한: 마마 말도 안 되는 말씸을 하시는 스스 스승님인 거 아니껴? 오르골.

오답: 그래, 그름 그 말도 정답이다.

황당한: 화화 황당한한테 황당한 말씸만 하하 하시니껴? 오르골.

오답: 그 말도 맞다.

황당한: 이이 이를 때 예리한은 대체 어어 어데 있노? 오르골.

예리한: 어데는? 나 여게 있제 왜?

황당한: 어어 어데 갔다가 이이 이제오노? 오르골.

예리한: 잠깐 어데 쪼매 댕게왔제.

오답: 아무리 그래도 그릏제. 이 중요한 역사 바퀴를 따라댕기는

데 이보다 더 중요한 일이 있었단 말이라? 정답은 같이 델꼬 다니믄 단 한 분도 눈길을 돌래지 않는데 너희들 자유분방 주의구나.

예리한: 지도 빨리 오고 싶은데 이 대갈빼이는 가치 동행을 하자는데 요놈의 몸띠이가 자꾸 꾀를 부래서 몸띠이 말을 안 들으믄 시끄러워질 꺼 같애서 몸띠이 말을 들었니더.

오답: 역시 예리한다운 말이다.

황당한: 니니 니는 말썽 꾸래미를 주주 주랭주랭 매달고 댕기는 이이 인간이구나, 오르골.

오답: 그른 말은 하지 마라.

황당한: 저저 정말 대갈빼이는 가치 동행을 하재는데 이 황당무계한 이이 인간을 어어 어따가 써먹노, 암짝에도 씨씨 씨잘데기가 없다, 오르골.

예리한: 그래믄 고치든 동 뒤잡아서 써봐라. 암짝에도 씨잘데기 없는 것도 생각 외로 씨임이 있을 때도 있다. 시상을 살다가 보믄, 쓸데없는 게 쓸모 매로 쓸 때도 있단 말이다. 쓸모없는 거에 쓸모라는 시를 한 분 낭독해 볼게. 잘 들어 보그라, 쓸모없는 게 쓸모 없는거기만한건 동.

썰모없는 것의 썰모

풋내기 시절
오빠와 남동상이 딱지를 다 잃고 오믄
내가 나서서 다시 따왔다.
딱지에 빌이 많을수록
계급이 높은 동그란 빌 딱지는
수백 장쓱 따서 5성 장군이라도 된 거맨치로
까만봉다리에 담아 들고 오믄
할매는
꼴랑, 암짝에도 썰모없는 짓 한다민서 헷바닥을를 끌끌 찼다.
몰래 의자를 갖다 놓고
천장을 칼로 죽 긋고
그 속에다 딱지를 갈무래 놓고 자믄
밤새도록
빌빛이 우수수 쏟아져 꿈을 밝혜던 시절.

내 속내를 읽었는지
나를 치다보는 딱지눈망울에 빌빛이 총총하다.
대낮에 빌구갱하다 밥때를 놓칬다.

썰모없는 것의 썰모.
암짝에도 썰모없다는 딱지는
하나에 몇 억이 왔다 갔다 하고,
붉은 딱지는
집과 자동차에 붙어
하루아직을 공중 분해시키기도 한다.
그눔의 딱지는
사램을 억, 억, 피토하게 하고
공중을 날게도 한다.

딱지귀에 딱재이가 앉도록 들은 말,
딱지 좋아하지 말라는 말.
딱지치기를 잘 못하는
오빠와 동상들은 잠잠하게 살고,
딱지치기 잘하든 나는
딱지바램이 불 때마둥
뺄이 기울 듯 그짝으로 기운다.
덕분에 코따데이 만한 집에
코따데이 후배든 손꾸락으로
귀에 따데이가 지도록
딱지소리를 들으미 산다.

딱지라는 말을 자꾸 듣다 보이
덕지덕지란 말이 입안에서 맴돈다.
은밀한 포식자 이빨 같은 딱지….
암짝에도 씨잘데기없다던 딱지 한 장에
인생이 울고 웃는다.

시 한 수를 즉석에서 읊어대는 황당함에 스승은 할 말을 잊는다. 머리는 좋은데 너무 좋은데 사람을 가끔 황당함으로 몰고 가는 재주가 뛰어난 예리한, 오답은, 내게 이런 제자가 있는 것도 팔자려니 생각하며 황당한을 쳐다보며 황당해서 두 사람은 껄껄 목젖을 드러내 놓고 웃는다.

황당한: 니니 니는 가가 가치 안 댕기는 게 나나 나을 뿐 했다. 또 이이 이래 엉뚱하고 화화 황당한 말을 늘어놓을 바에는, 오르골.
예리한: 스승님도 용서하시고 웃으싰는데 니가 또 왜 그래?
황당한: 스스 스승님이야 마마 맞아도 맞다, 트트 틀래도 맞다, 이이 이래도 맞다, 저저 저래도 맞다, 스스 스승님 뱃속엔 맞다란 낱말이 사사 살믄서 새새 새끼를 치는 둥 늘 맞다 마마 맞다만 말씀하시는 부부 분인데, 말해서 뭐 하노? 오르골.

예리한: 그래이 우리가 제자고 스승님이 스승님 아이라, 옛말에 형 만한 동상 없다고 했다. 내가 니보담 한 달이래도 먼저 이 시상으로 이사를 왔으이 내 말 잘 들어라 알았나?

오답: 너들 또 사랑싸움하나? 그 쓸데없는 잡담들 전부 불쏘시개나 하고 얼릉 다음 여행지로 가자.

두 사람 말을 뭉텅 잘라내며 오답이 끼어든다. 두 사람은 합창으로 알겠십니더 스승님 대답한다.

황당한: 스스 스승님 담에는 어데로 가가 가니껴?, 오르골.

오답: 이번에 절로 가보자.

황당한: 저저저 어데 절에 가가 가실라꼬요? 오르골.

예리한: 조용히 하고 따라가 보자 우리.

황당한은 앞에서 스승의 뒤를 따라가는 예리한을 쳐다본다. 그녀를 좋아하는 만큼 누에가 뽕잎을 갉아 먹듯 불안한 마음을 갉아먹는 자신이 싫어진다. 햇살은 그녀의 고운 머리칼에 자꾸만 미끄러진다. 햇살을 걷어내며 걸어가고 있는 예리한의 모습을 본다. 까치 한 마리 공중을 날아가며 울음 한 가지를 뚝, 떨어뜨린다. 자신의 마음을 들킨 것 같아 움찔한다. 혹시 예리한이 갑자기 돌아서서 둘만의 시간을 만들어 걷자고 말하지 않을까? 그러면 좋겠는데 고개를 흔들며 생각을 접는다. 고개를 들어보니 사이가 더 벌어져 있다. 상상은 한 꺼풀씩 벗겨진다. 예리한 역시, 이만큼 좋아진 황당한이 기특하다. 조금 떨어져 걷고 있는 황당한에게 빨리 좋아졌으면 좋겠다는 마음을 던진다. 그 마음은 황당한의 어디에도 닿지 못한다. 혼자서 던졌던 마음 넝쿨을 다시 걷는다. 예리한 이 던진 마음을 알 리 없는 황당한. 바람이 산들거리며 그들 사이를 걸어온다. 서로가 속으로만 마음을 던지고 받는다. 시간은 또 저녁을 데리고 오고 밤을 데리고 오겠지. 시간들은 일렬로 서서 자꾸만 앞으로만 가고 두 사람의 이런 애틋한 마음이 있던 자리에 다시 오답의 말이 경건하게 쏟아진다. 둘은 속마음과 달리 눈도 맞추지 못하고 부석사로 향하고 있다. 푸른 문신 같은 시간을 체험하기 위해 가지만, 지금 나라의 처지를 생각하면 시간 드문드문 이빨이 빠져 쓸쓸함이 이빨 빠진 사이로 자꾸만 밀려와 스산한 생각이 온몸을 싸지만, 그래도 지금 이 시각 후손에게 무어라도 가르치지 않으면 영영 희망이 없을 것 같아 쓸쓸함 한 줄기 오답의 눈에 주르르 흐른다. 철없는 제자들은 그 눈물을 보지 못했다. 오답이다.

오답과 정답

2

 부석(浮石)이 절 한 채를 짓기 위해 공중에 날지 말고 일본이 혼비백산(魂飛魄散)되어 도망가도록 나라를 구하는 일을 했으면 얼마나 좋을까? 세월은 천리만리 흐르고 흘러가는데 부석은 한자리에 앉아 세월만 집어삼키고 있다. 가파르고 진흙탕에 뒹구는 이 나라를 보고도 꿈쩍도 하지 않는 부석이 미워 길거리에 돋은 돌부리같아 오답은 괜히 발로 툭툭 걷어차고 싶어진다. 그러나 비밀스런 고요와 적요를 입에 물고 묵묵히 앉아 있는 바위를 보며 모두 부질없는 생각임을 깨닫고 오답은 부석사에 관해 설명을 시작한다.

 오답: 부석사(浮石寺)는 신라 문무왕 16년(676)에 왕명으로 낳은 화엄종 사찰이다. 의상대사가 고구려의 먼지나 백제의 바램이 미치지 못하며 마소가 근접할 수 없는 곳을 찾아 헤

맨 끝에 이곳 봉황산 중턱이 한눈에 들어 화엄경의 근본 도량의 씨를 뿌리자 경상북도 영주 부석 봉황산 중턱은 부석사를 품에 품어 안았단다. 의상대사는 화엄의 큰 가르침을 설파했단다. 의상을 부석존자라 하고 그가 창시한 화엄종을 부석종이라 하는 것도 여기에서 유래한단다. 부석사에는 의상대사와 선묘의 아름다운 사랑 이야기가 살고 있는 곳이기도 하단다. 의상대사가 당나라로 불교를 배우기 위해 신라를 떠나 상선(商船)을 타고 등주(登州) 해안에 도착하는데 그곳에서 어느 신도의 집에 며칠을 머무르게 되었을 때 그 집의 딸 선묘(善妙)가 의상을 흠모했단다. 의상대사를 사모하여 결혼을 청하였으나 의상은 오히려 선묘를 감화시켜 보리심(菩提心)을 발하게 했단다. 선묘는 그때 영원히 스님의 제자가 되어 스님의 공부와 교화와 불사(佛事)를 성취하는 데 도움이 되어드리겠다는 원을 세웠단다. 의상대사는 종남산(終南山)에 있는 지엄(智儼)을 찾아가서 화엄학을 공부하고 공부를 마친 뒤 귀국하는 길에 다시 선묘의 집을 찾아 그동안 베풀어준 편의와 온정에 감사를 표하고 뱃길이 바빠 오래 머물지 못하고 곧바로 배에 오르자 선묘는 의상 대사를 생각하며 준비해 두었던 법복(法服)과 집기(什器) 등을 넣은 상자를 챙겨서 의상대사에게 주려고 했으나 미처 그 상자를 전하기도 전에 의상대사는 떠나 버렸으므로 급히 상자를 가지고 선창으로 달려갔제만 배는 벌써 한 폭의 그림이 되어 바다 한가운데를 향하고 있었단다.

황당한: 너너 너무 불쌍 하이더. 우우 우쩨 사랑하는 사램을 그 그 그래 매몰스럽게 하고 떠떠 떠나니껴? 오르골.

오답: 사랑이란 원하는 대로 다 잘 되믄 재미가 없는 거제.

황당한: 스스 스승님 그래도 지는 워워 원하는 대로 예리한 하고 자자 잘 되믄 좋겠니더, 오르골.

예리한은 고개를 숙이고 걷기만 하고 아무 말이 없다.

오답: 사랑 타령은 내중에 하고 다음 얘기를 들어라. 선묘는 의상대사에게 공양하려는 지극한 정성과 사랑을 기물 상자에 넣어 저만큼 떠나가는 배를 향해 던지 고는 다시 서원(誓願)을 세워 자신의 몸도 바다에 던진단다. 바다로 몸을 던진 선묘는 용이 되고 용이 된 선묘는 의상대사가 탄 배를 풍랑에서 안전하게 보호하는 용이 되었단다.

황당한: 서서 선묘가 너무 불쌍 하이더. 요요 용이 되니이 차래리 살아서 따따 따라 댕기제, 오르골.

오답은 들은 척도 안 하고 계속 설명을 하고 있다.

오답: 용으로 변한 선묘는 의상대사가 신라에 도착한 뒤에도 줄곧 옹호하미서 한몸같이 따라댕겠단다. 의상대사가 화엄의 대교(大敎)를 필 수 있는 땅을 찾아 봉황산에 이른단다. 그릏제만 이단인 도둑의 무리 5백여 밍이 그 땅에 살고 있었

단다. 그 무리는 절을 창건할 수 없도록 훼방을 놓자 함께 따라댕기든 선묘는 커다란 방구로 변해 공중에 떠서 도둑의 무리를 위협했단다. 거대한 방구가 공중을 날아댕기는 것을 두려워한 이단들은 모두 기가 죽었단 다. 부처님 계시라고 생각한 그들은 더 이상 훼방을 놓지 못했고 선묘는 의상대사가 그들을 몰아내고 절을 창건할 수 있도록 도움을 주었단다.

황당한: 그그 그때 지가 살아 있었으믄 한 방에 다 제제 제압했을 텐데, 오르골.

오답: 의상대사는 선묘가 용이 되고 용이 다시 방구로 변해서 절을 지을 수 있도록 했다는 고마움에 대한 보답으로 절 이름을 부석사로 지었다고 한다. 지끔도 부석사의 무량수전(無量壽殿) 뒤에는 부석(浮石)이라는 방구가 있는데, 이 방구가 선묘가 용이 되어 공중에 휘휘 날던 방구라고 전한다.

황당한: 의의 의상대사는 해해 행복 했겠니더, 오르골.

오답: 사랑을 할라믄 그 정도는 돼야제.

황당한: 그그 그래믄 스스 스승님도 그른 사램과 결혼 했니껴? 오르골.

오답: 그른 사랑이 아니믄 누가 결혼하겠노? 결혼 당시엔 다 죽고 못 살제.

황당한: 지지 지는 그른 사램 이이 있니더, 오르골.

오답: 그게 누구로, 예리한이라?

황당한: 스스 스승님은 호호 혹시나 했디이 여여 역시나네요, 오르골.

오답: 그르이, 내 말 잘 듣고 맹심하고 열심히 공부하그라.

황당한: 그그 그래야 할 꺼 가가 같니더. 나나 남의 속까장 다다 다 보시이 무무 무섭니더, 오르골.

오답: 부석사에서 무엇보다도 중요하고 유맹한 것은 바로 뒤에 보이는 무량수전이다. 균형미와 조각미가 뛰어난 한국 전형적인 아름다운 몸매를 자랑하는 건축물이다.

스승의 설명 사이를 밀어붙이고 황당한이 황당하게 들어선다.

황당한: 스스 스승님, 예예 예리한보다는 더더 덜 이쁜 몸매씨더, 오르골.

오답: 그래, 그래 맞다, 그래이 조용히 하고 더 둘러보자. 이곳 봉황산은 소백산맥과 태백산맥이 서로 몸을 교차하는 중심지다. 양쪽 산 정기가 푸르게 살아 꿈틀꿈틀 흐르는 곳이제. 소백과 태백의 곡선미가 출렁이는 이곳에 새 사상을 만들어 전파할 꿈 보따리를 여기에다 풀어놓은 것이란다. 이곳 봉황산 산등성이 경사지에는 전각들이 서로 엇갈려 가면서 배치되어 있단다. 그릏게 배치한 데는 큰 이유가 있는데 바로 절 전경 전체를 빛날 화(華)자가 되도록 배치를 한 것인데 화엄종을 뜻하는 말이자 빛나는 극락과 글자를

상징하는 화(華)자를 써넣은 것이란다. 이른 배치는 극락세계를 이르는 방법의 하나인 구품 만다라를 재현한 것이라 한다. 의상대사는 부석사를 어느 곳에서 바라보드래도 한꺼번에 절 전체의 모습을 보는 것은 불가능하게 배치했다고 한다. 아주 과학적이고 미까지 고려한 우리나라에서 그 당시 보기 힘든 배치라고 한다. 일주문을 지나가믄 천황문 돌층계가 가파르게 서 있는데 그 돌층계는 속세의 번뇌를 상징한 108번뇌를 상징해서 108 층계로 층층 서서 중생들의 번뇌를 지워주고 있단다. 번뇌란 인간이 살아가는 사바세계에서는 피할 수 없는 것이라고 한다. 인간 세계와 사바세계를 따로 생각할 수 없듯 이 돌층계도 석탑과 맞물려 조성되어 있단다. 석탑은 날개를 펼치고 있는데 길이가 75m 높이가 4.3m란다. 돌을 깎거나 다듬지도 않고 생긴 그대로의 막돌로 축대를 쌓고 그 사이사이로 잔돌을 채워 넣어서 쌓았단다. 석탑을 이릏게 자연 그대로 깎지도 다듬지도 않고 쌓은 이유는 석탑 안에는 하나가 일체요, 일체가 하나라는 화엄 정신을 넣어서 쌓은 것이란다.

황당한: 우우 우리 예 예 예리한하고 지도 하나가 이이 일체가 되고 이이 일체가 하나가 될 수 이이 있니껴? 오르골.

오답: 예리한이 그리도 좋나?

오답은 대답을 하면서도 기억을 잊고 있는 그가 안쓰럽기만 했다.

황당한: 그그 그름요, 조조 좋고 말고씨더, 오르골.

오답: 범종루는 팔작지붕 얼굴에 맞배지붕 뒤통수를 한, 아주 개성 있고 독특함을 뽐내는 누각이다. 다른 곳과 반대제. 대부분의 전통은 앞면이 길고 뒷면이 짧다. 만약에 맞배지붕을 얹었다믄 뒤로 멀리 보이는 무량수전을 짓누르는 형국이 되제만 팔작지붕을 얹음으로써 부처가 계신 곳을 누르는 것을 막는다니 불심(佛心)이 울매나 강하게 숨어있는지를 보여주는 맴의 설계다. 다른 곳과는 달리 중문의 범종루는 짧은 면이 건물의 앞쪽이란다. 이렇게 파격적인 비대칭은 범종루 뒤에 버티고 있는 무량수전 때문이라고 한다. 무량수전의 기운을 누르지 않도록 하기 위해 비대칭으로 만든 것이고 이 치밀함은 다 무량수전을 위한 것이라고 하니 감탄스룹지 않느냐?

당황한: 사사 사램도 예리한 매로 자자 자연스레운 사램이 이쁘듯이 말이제요? 지지 지도 예리한을 위해서 치밀하게 비비 비대칭으로 살라니더, 오르골.

오답: 그래, 지끔도 충분히 비대칭이다.

황당한: 지지 지끔보담도 더 비비 비대칭으로 살라니더, 오르골.

오답: 범종루와 안양루는 각각 별개의 건물이면서 무량수전으로 오르기 위해 반드시 거쳐야 하는 통로란다. 그래고 하·중·상품은 각각 3개의 또 다른 품계로 구성되어 있어 한 층

계를 오를 때마다 고통의 사바세계를 하나씩 떨쳐내고 마침내 최상품인 극락에 이른다고 한다. 여기서부팀 무량수전까지 108층계로 구성된다. 이것은 극락에 이르는 화엄의 구품정토(九品淨土) 구품 만다라를 상징한단다. 그래고, 이 길은 아미타신앙인 3품 3배관(三品三輩觀)을 적용한 것이란다. 극락정토에 왕생하고자 하는 중생을 선행의 정도에 따라 아홉 단계로 나누는 아미타 신앙은

上品三生은 보살 급 공덕을 쌓은 중생을 말하고
中品三生은 그다음 공덕을 쌓은 중생을 말하며
下品三生은 일자무식인 중생을 말하는 것으로
하품 중생이라도 한결같은 정성으로 나무아미타불을 간절히 부르민서 기도하믄 극락에서 다시 태어날 수 있다고 한다.

下品三生은 천안문에서 범종루 앞마당까지 이르는 길이고
中品三生은 범종루에서 안양루 앞마당까지 이르는 길이고
上品三生은 안양루에서 무량수전까지 이르는 길이라고 한다.
이 세 층계 상품 단을 지나오믄 누구라도 업을 씻고 극락정토에 이르는 것이란다. 무량수경에 나오는 삼 품 삼생론을 따라 설계한 것이란다. 속세에서 온갖 번뇌에 찌들어 살던 중생들이 극락세계에 왕생하는 아홉 단계를 지나오믄 봉황산 자락이 두 팔을 벌려 껴안고 있는 무량수전의 품에 안길 수 있단다. 무량수전 자리 앉음새는 어디서 보아도 전망이

시원하고 시야가 확 트여 한 눈에도 명당임을 알 수 있게 설계되었단다. 이 무량수전에 들어서믄 진정한 극락세계의 길을 가는 것이란다. 무량수전의 씩씩하고도 우아한 팔작지붕을 봐라. 사뿐히 고개를 내 처든 추녀는 아름다운 여인의 부드러운 허리 곡선을 닮았고 건축 중앙보다 튀어나온 처마 끝은 사뿐하게 휘어 하늘을 향해 여자 허리처럼 휘어졌다 하여 안허리 곡이라 부르기도 한단다. 처마는 아래에서 위, 안쪽에서 바깥쪽으로 휘며 유연하고 입체적인 곡선미를 자랑하고 처마에 안 허리 곡을 지나 아래로 내려가면 무량수전을 꿋꿋하게 받치고 있는 여섯 기둥을 만나게 돼 있단다. 팔작지붕을 떠받치는 배흘림기둥과 활주로는 무거운 들보를 가뿐하게 들고 있는 시각적인 안정감이 있고 배흘림기둥은 기둥 가운데를 불룩하게 깎아 만든 것으로 꼭 기둥 안에 기운이 가득 차서 임신한 여인의 모습을 하고 있제.

황당한: 스스 스승님, 참 대단하이더. 오르골.

오답: 그릏제. 사램이 임신을 하믄 열 달이 지내믄 낳아야 하제만 이 배흘림기둥은 천년이 지내도 뱃속에서 나오지 않고 산다는 거제.

황당한: 지지 진짜 부부 부럽니더, 스스 스승님. 우리도 배흘림기둥맨치 처처 천년을 살믄 울매나 조조 좋을니껴? 오르골.

오답: 한 분 천년 만년 살아 보그라. 그래고 울매나 좋은지 보고 서 작성해 두거라.

황당한: 아아 알겠니더, 오르골.

오답: 또 이 기둥은 가늘어 보이는 착시현상을 보완하려는 의도도 있단다. 그래고, 임신한 여인은 푸근하기도 하고 신비롭기도 한 것맨치 우리 눈에 푸근함을 입힐라는 효과를 기대했을 수도 있겠제. 엄마 뱃속에 있으믄 제일 푸근하고 안심이듯 구조적인 안정감과 심리적인 멋을 동시에 뽐내고 있게 설계했단다. 배흘림기둥은 기둥머리 부분이 건물 안쪽을 향해 휘어져 있단다. 안 쏠림 기법이라고 하는 이 기법 역시 언나가 엄마 품에 머리를 대믄 잠을 자듯 기둥의 머리 부분을 수직선보다 안쪽으로 살짝 기울게 해서 편안하고 안정감을 느끼게 했단다. 귀솟음기법은 건물의 땅끝 기둥을 기둥보다 약간 높게 세우는 기법으로 건물 가운데 부분이 가장 낮고 양쪽 귀 부분으로 갈수록 조금씩 높아지게 했단다. 이른 기법들은 구조적 안정감과 심리적인 아름다움을 기둥 하나에서 동시에 효과를 자랑하는 고도의 기법이란다. 여인의 안정적인 심리와 곡선의 미학 음양의 조화까지를 합하며 함께 상생해 나가는 결정체를 보이 주는 것이란다. 고려인들은 무량수전 앞에 석등을 이상하게도 건물의 중심선에서 서쪽으로 50센티미터가량 치우쳐

세웠단다. 석등의 비껴진 흐름을 따라가믄 시선은 자연스
릅게 동쪽으로 안내되고 그곳에는 특이하게도 서쪽에 앉
아 동쪽을 바라보는 아미타 소조 여래상이 앉아 있단다.
아미타여래는 극락세계인 서방정토에 계시는 부처님이 중
생들이 열심히 맴을 닦으믄 극락 세계에 도달하고 전부 하
나가 되는 부처님 나라를 세울 수 있다는 여념이 담게 있
단다. 천년 전 고려인들의 불심과 예술혼이 응집된 부석사
무량수전 돌충계 하나 기둥 하나까지도 저마다 완결성으
로 빛나 사무침과 고마움으로 보게 되는 웅숭깊은 공간이
란다. 화려하지 않아도 아름다운 기품이 흐르는 곳 부석
사 무량수전 백미 배흘림기둥 기둥 높이 3분의 1 정도에서
가장 굵어진 것을 보그라. 무량수전 품에서 왼쪽으로 살
짝 비껴나서 서 있는 석등. 자연스럽게 오른편으로 발걸음
을 옮겨 석등을 볼 수 있게 되어 있단다. 이 석등의 네 면
에 정교하게 살고 있는 보살상들을 보아라. 그래고 이 고
개를 갸우뚱하게 기울이고 있는 것도 재미있지 않나? 왜
갸우뚱하는지는 알 수 없제만.

황당한: 스스 스승님 지는 아니더, 오르골.

오답: 그래, 그름 어데 설명해 보그라.

황당한: 저저 저릏게 모간지를 갸갸 갸우뚱하고 있는 이이 이유
는요, 지지 지구가 빼딱하이 기울어져 있기 때무이씨더.

보보 보살도 지구에 사이가 지지 지구 안에 있는 햇빛하고 물하고 공기하고 머머 머꼬 살잖니껴. 그그 그래이가 모간지가 지지 지구를 닮아서 기기 기울었제요. 그래고, 또 다른 이이 이유는 왜 자자 자기가 석등 속에서 나나 나오지도 못 하고 가가 갇혀 살아야 하하 하는 등 이해가 안 가고. 또 하하 하나는 사램이 태어났다가 죽을 거 민서 와 태어났다 죽는 등 이이 이유를 몰래서 저래 모모 모간지를 갸우뚱 하하 하고 있니더. 이이 이유는 이래 시가지 씨더, 오르골.

오답: 니가 보살한테 물어봤나?

황당한: 스스 스승님, 머리가 나나 나쁘시이더. 그그 그런 걸 꼭 물어봐야 아아 아니껴. 투투 툭, 하믄 밤 떨어지는 소소 소리고 처처 척, 호박 떨어지는 소리제요, 오르골.

오답: 내 머리가 나빠서 미안하구나.

황당한: 그그 그래도 괜찮니더, 지지 지가 용서해 드드 드리니더, 오르골.

오답: 고맙구나, 오르골.

황당한은 자신이 하고 싶은 말은 하나도 걸러내지 못하고 다 내뱉는다.

오답: 그래고 무량수전 아미타불은 정면을 벗어나 왼쪽에 자리 잡고 있다. 서방정토인 극락세계를 무량수전에 옮겨놓은 거

란다. 이 무량수전은 조선 시대 건물과 비슷해 보이지만 꼼꼼하게 잘 살펴보믄 훨씬 더 미적이고 앞서갔다는 것을 알 수 있단다. 먼저 창호의 배치가 다르다. 원래 고대 건축인 삼국시대에는 창호가 없는 것이 일반적이란다. 그때는 한지가 매우 소량만 생산되어서 종잇값이 매우 비싸고 구하기도 어려웠단다. 그 귀한 종이를 창문에다 붙인다는 건 아마도 어려웠을 것이다. 그래서 천이나 대나무발 같은 것으로 막아놓는 것이 일반적으로 통용되던 시기였단다. 창호란 말과 함께 종이를 창문에 붙이기 시작한 건 중세인 고려 시대였단다. 그릏게 본다믄 이 무량수전에 창호를 붙있다는 건 상당히 앞서가는 일이었으며 고급스럽고 고풍스러움을 강조했다고 볼 수 있제. 그리고 창살의 형태도 정자살로 되어 있단다. 창호가 일반 가정에 보급되기 시작한 건 한지가 대량 생산되던 16세기부터란다. 세 부분으로 나누어지는 무량수전의 기둥 사이의 창호를 잘 보믄 창문으로서의 기능을 하는 것은 좌우 양쪽의 창호다. 문을 열 때는 들어 올리는 방식으로 연다. 문 기능을 하는 가운데 두 짝의 창호는 좌우로 열리는 여닫이문이다. 거의 여닫이인 동시에 창으로 들어 올리는 네 짝의 조선 시대 문과는 다르다는 말이다. 또, 무량수전은 입식용 건물로 지었다. 무량수전 실내에 있는 나무 바닥 아래에는 녹색 유약을 칠한

벽돌인 녹유전이 깔린 바닥이 있단다. 고려 시대에는 입식 생활이 일반적이고 조선 시대에 들어와서 온돌 문화 때문에 좌식 생활이 일반화되었단다. 그때 절에서도 엎드려 절하는 것이 널리 퍼지기 시작하면서 새로 낭구 바닥을 깔게 됐단다. 녹유전을 칠한 이 유는 유리같이 광택이 뛰어나서다. 이것은 불국토의 수미산 바닥이 유리로 되어 있다는 말을 실지로 형상화해서 재현해 놓은 것이란다. 안양(安養)은 극락(極樂)의 또 다른 말이란다. 이 안양루는 누각이민서 문의 구조를 가진 이 중 구조의 독특함을 자랑한단다. 저 글은 김립(金笠)이 쓴 글이다. 꼼꼼하게 읽어 보그라.

부석사 안양루음(浮石寺 安養樓吟)

김병연(金炳淵)

평생에 여가 없어 이름난 곳 못 왔더니.
백수가 된 오늘에야 안양루에 올랐구나.
강산은 그림같이 동남으로 벌려있고.
천지는 부평같이 밤낮으로 떠 있구나.
풍진세상 모든 일이 말 달려오듯 소홀했고.
우주간에 내 한 몸은 물안을 헤매는 오리 같네.
백 년에 몇 번이나 이런 승경을 다시 보랴.

세월은 무정하게도 나는 벌써 늙어 있네.

오답: 먼 말인지 이해가 가나?

황당한: 아아 아이요, 우째 사램들은 지지 지나간 일을 다 후후 후회를 하고 지지 지나간 일들로 바바 반성 하믄서 시간 다 놓채고 그그 그래는지 모르겠니더. 지지 지내간 시간 생각하는 시시 시간에 아아 앞으로 할 일 생각하고 지지 지내간 일로 바바 반성하는 시간에 아아 앞으로 일에 더 노력하는 게 나나 나을 거 같니더, 오르골.

오답: 지나간 일은 다시 돌릴 수가 없으니 그리워하고 반성을 하는 거제.

황당한: 스스 스승님, 오답이씨더, 그래이까 지끔이 중요 하이더, 그그 그래서 예리한하고 노노 놀고 싶니더, 다다 다시는 안 돌아오잖니껴, 오르골.

오답: 이놈아, 어서 이 층계마저 오르고 예리한하고 놀든지 자든지 맘대로 해.

오답과 정답

<u>3</u>

황당한: 스스 스승님, 인제 정답이씨더, 오르골.

오답: 층층 돌층계를 밟고 3층 석탑 옆길로 올라가믄 거게 의상대사의 초상을 모신 조사당 (祖師堂)이 있다. 이 지붕도 맞배지붕으로 아주 담백한 멋을 내고 있 제. 단정한 기품과 어우러진 조사당 정면 반쪽을 차지한 이 꽃은 선비화 (禪扉花)라고 한다. 이 선비화는 의상대사가 짚고 다니던 지팽이를 꽂았는데 여기서 잎이 돋아나서 자라 골담초가 되었단다.

황당한: 스스 스승님, 선비화가 예리한 맨치 아아 안 이쁘이더, 오르골.

오답: 니는 여게 와서도 눈에 예리한밖에 안 보이니 역사 공부는 언제 하노.

황당한: 스스 스승님 그른 말씸 마마 마시이소, 3천 밍의 제자를
두두 두었다는 공자도 말말 말씸하시기를 내 일쩍이 미
인을 좋아하는 만큼 학문을 좋아하는 놈을 보지 못했
다 하셨잖니껴, 오르골.

오답: 나는 3천 밍의 제자를 못 둬서 그릏다 이놈아.

황당한: 그그 그래도, 지는 우리 스스 스승님이 공자보다 더 대
단하다고 생각하니더, 오르골.

오답: 이 시는 퇴계 이황이 쓴 시다. 한 분 읽어 봐라.

부석사 선비화(浮石寺 禪扉花)

퇴계 이황(退溪 李滉)

세상 보배는 뽑아버리고 숲 우거진 절 문에 의지하니
스님 말 한마디로 세워주신 것 신령스런 뿌리로 화했네.

하늘 땅 비 이슬의 은혜를 빌리지 않고도 살아있네.
지팡이 머리에도 절로 조계수가 있나.

황당한: 우우 우째서 비도 이이 이실도 안 먹고 자자 자랄 수 있
니껴? 아아 아무리 시라제만 뼈뼈 뻥이 너무 심하이더,
오르골.

오답: 그래믄, 퇴계 이황 선상한테 찾아가서 항의해 보그라.

황당한: 지지 지가 실력을 더 키와서 그래봐야겠니더, 오르골.

오답: 그믐 부지런히 더 공부해라.

황당한: 더더 더 하믄 대가리 지지 지진 나니더, 스스 스승님, 우째 극락정토에 이를 수 있니껴? 오르골.

오답: 그래, 당장 극락정토 가믄, 예리한도 못 보고 우쩰라고 그래노?

황당한: 스스 스승님, 그럼 극락정토가 이 시상이 아아 아이란 말이껴? 오르골.

오답: 그래, 저쪽 다른 시상이다.

황당한: 그그 그래믄 안 갈라니더, 오르골.

오답: 그래믄 일로 와서 저기 쫌 봐라.

황당한: 머머 머가 있니껴? 오르골.

오답: 여게서 저 앞 산줄기들이 굽실굽실 서로 몸을 포개고 누워 있는 절경을 보란 말이따. 여게서 보믄 소백의 봉우리들이 출렁이는 장엄함이 펼쳐진 풍경들을 한눈에 다 볼 수 있단다. 사바세계의 고통을 이기고 충계를 잘 밟아 올라온 자들에게 허락된 극락의 모습이 거게 있다.

황당한: 야, 오르골.

오답: 자, 저 경치가 살아서 꿈틀거리민서 용솟음치는 게 보이나?

황당한: 스스 스승님, 지지 지 눈에는 산만 보애고 꿈꿈 꿈틀거

래는 거도 용용 용솟음치는 거도 안 보애니더, 오르골.

오답: 니는 안죽 번뇌를 벗지 못하고 때 묻은 맴을 몸속에 지니고 댕그는구나.

황당한: 스스 스승님, 버버 번뇌를 우째 벗고 몸띠 속에 때를 우우 우째 씻니껴? 오르골.

오답: 오늘부텀 예리한 생각만 하지 말고 공부를 더 해 보거라. 자 이제 내려 가민서 선묘정이나 보고 가자꾸나. 저 식사용 우물은 가물 때 기우제를 지내는 곳이다. 무량수전 아래 묻혀 있는 석룡은 부석사의 수호신으로 받들어지고 있단다. 석룡이 아미타불 불상 아래로 머리를 두고 절 마당 석등 아래에 꼬리를 두고 살고 있단다.

황당한: 스스 스승님, 직접 보샀니껴? 오르골.

오답: 그름 보았제.

황당한: 에이 그그 그짓말, 시시 시상에 용이 어데 있다고 그래니껴? 오르골.

오답: 니 맴속에 없다고 하믄 없고 있다고 하믄 있제.

황당한: 지지 지는 있다 해도 용은 안 보이디더, 오르골.

오답: 그래이 더 열심히 맴 닦는 일을 해야제.

황당한: 그그 그랜다고 없는 용이 보보 보이니껴? 오르골.

오답: 나는 보았는데 니라고 못 보겠나?

황당한: 지지 지는 없는 용은 안 볼 라이더, 오르골.

오답: 그래 그름 보지 말그라. 이제 '누하진입'을 설명하고 내려가자.

황당한: 야, 오르골.

오답: 누하진입(樓下進入)이란 누각 아래로 들어간다는 뜻이다. 안양루 밑 층계를 올라가다 보믄 천장(안양루 바닥)에 시야가 가려지믄서 고개를 숙이거나 몸을 낮추고 들어가야 갈 수 있제?

황당한: 야, 그그 그른데 그건 우리 키가 커서 수그린 거 아니이껴? 오르골.

오답: 아이다, 키가 작은 사램도 머리를 숙여야만 해.

황당한: 그그 그른데요, 보이지도 않는데 꼭 그걸 미미 믿어야만 하니껴? 오르골.

오답: 부처님의 진신이 모셔져 있는 탑이나 서방 극락세계를 뜻하는 무량수전에 몸을 낮춰 겸손함을 저절로 보이게 모범을 맹글어 놓은 것이다.

황당한: 그 그른데 우우 우리는 만물의 영장이라민서 왜 보보 보이지 않는 곳에 그래야 하니껴? 오르골.

오답: 시대를 초월해서 많은 사람이 공감하는 염원이 담긴 것들이 많제. 미국 소설가 나다니엘 호손(1804~1864)의 단편 소설 큰 방구 얼굴맨치 말이다.

황당한: 크크 큰 방구 얼굴이믄 얼굴이 방구맨치 너너 넓은 사램이이껴? 오르골.

오답: 그래, 어느 산속 아름다운 마을이 있는데 마을 사람들은 멀리 사람의 형상을 닮은 커다란 방구를 보민서 그 방구가 자기들을 지키주고 언젠가는 그와 닮은 위인이 나타날 거라고 믿었단다. 그 마을에 사는 어린 어니스트(Ernest)는 어머니한테 그 전설을 듣고 믿으민서 나이가 들어서도 자애로운 미소를 지닌 큰 방구 얼굴이 나타나길 기다리민서 살았단다. 그른 어느 날 큰 부자 상인인 개더골드(Mr. Gathergold)가 나타나자 모두 그가 큰 방구 얼굴이라고 했제만, 그는 한갓 천박한 부자였을 뿐이었고, 얼매 후 블러드 앤 선더(Blood and Thunder) 장군이 오자 사람들은 그가 큰 방구 얼굴이라 했제만, 그 역시 이름은 높았제만 큰 방구 얼굴은 아니었다. 그 후에도 대통령 꿈을 가진 정치가, 자연을 노래하는 시인도 왔제만, 하나같이 실망만 안겨주었단다. 시월이 흘러 어니스트는 사랑과 진실을 전하는 자애로운 설교자가 되고 이 소문은 멀리 퍼져 계곡 사람은 물론 먼 곳 사람까지 모여들게 된다. 그 어니스트가 바로 큰 방구 얼굴이었단다. 호손은 이미 등장인물의 이름에서 개더골드(Gather gold) '돈을 긁어모은 사람', 블러드 앤 선더(Blood and Thunder) '유혈과 폭력'을 사용해서 자기 공을 과시하는 사람은 큰 방구 얼굴이 될 수 없다는 복선을 깔고 있단다. 어느 사회에서나 '개더골드'가 되고 '블러드 앤

선더'가 되어 국민의 지탄을 받으민서 역사에 오점을 남기고 사라지는 조각난 방구나 조약돌도 못 되는 사램들이 있제. 시상이 어지룹고 힘들수록 민초들은 지쳐버리서 지푸라기라도 잡는 심정으로 큰 방구 얼굴 같은 사램이 나타나길 기다리제. 실제 있어서 그른 것은 아이란다. 일본이 나라를 짓밟고 있고 하루 벌어 하루 살기도 팍팍해 내일을 장담할 수 없는 우리의 현실은 불안과 공포, 불확실해 미래가 투명하지 않은 시대에 글마저 가르치지 못하게 하는데다가 더 심각한 건 같은 민족이 힘을 합해도 어려운데 자기 욕심을 위해 같은 민족에게 내부 총질을 하는 사램이 있다는 사실이다. 이제 우리나라도 큰 방구 얼굴은 보이지 않고 지푸라기래도 잡아야 할 절체절명의 상황에 있다는 사실이다. 이 길고 막막한 터널을 잘 건너서 후손들이 내 글 내 말을 맴껏 쓰민서 살 수 있게 주권을 찾아야제. 그동안 살기 힘든 사램들이 보이지 않는 神이래도 맴속에 정해두고 기다리야 되제.

황당한: 그그 그른 뜻이 이이 있었는 줄 몰랬니더, 오르골

오답: 사램은 지가 태어난 곳이 울매나 소중한지 알아야 한다. 우리는 잘 되믄 지 탓이고 못 되믄 조상 탓 하제. 그릏기 때문에 후손들한테 부끄룹지 않게 살아야 하제만 우리 조상들이 그 시대에 울매나 최선을 다했는동 역사 공부를 하

지 않으믄 그걸 보아내지 못한단다. 예를 들믄 조선이 5백 년 만에 망한 이유를 사색 당쟁, 대원군의 쇄국정책, 성리학의 공리공론, 반상 제도 등을 내세우다 이릏게 일본에게 당했다고 원망하제만, 그 안에 선조들이 해 놓은 업적마저 묻어버리믄 큰일 난다. 우리가 쓸 한글을 맹글었고, 이순신은 목심 걸고 나라를 지켰고, 지끔도 우리가 모르는 사램들이 나라가 물에 떠내려가지 않게 건제기 위해 백방으로 뛰고 있음을 잊으믄 안 된단다.

황당한: 야, 자자 잘 알겠니더. 그그 그릏제만 트트 틀린말도 아니잖니껴? 우쨌거나 5백 년 만에 나나 나라를 이릏게 물에 빠빠 빠트랬으이 말이래요, 오르골.

오답: 그릏제만 전 세계에서 5백 년을 간 왕조는 없고 그래도 조선은 5백 년이 유지된 걸 다행으로 알아야제.

황당한: 서서 서양에 신신 신성로마제국, 오오 오스만투르크 에에 에스파냐도 있잖니껴? 오르골.

오답: 서양에 신성로마제국이 1,200년 계속되었제만 그것은 제국이제 왕조가 아이고 오스만투르크도 600년 계속되었제만 그것도 제국이제 왕조가 아이다. 유일하게 500년간 왕조가 에스파냐 왕국이제만 불행하게 에스파탸 왕국은 한 집권체가 지배한 것이 아이제. 예를 들믄 나폴레옹이 맴에 안 들믄 이거 안 되겠네 형님, 에스파냐에 가서 왕을 하라

고 하믄 나폴레옹의 형인 조셉 보나파르트가 에스파냐에 가서 왕을 하고 왔다 갔다 한 집권체이지 단일 집권체로 500년 간 건 아이제. 그래니까 전 세계에서 단일 집권체가 500년을 넘은 나라는 우리나라밲에 없다.

황당한: 그그 그래고 보이 스스 스승님 말씀이 맞디더, 오르골.

오답: 우리나라 선조들은 대단한 선조들이다. 고려가 500년, 통일신라가 1,000년, 고구려가 700년, 백제가 700년 갔다. 세계 왕조를 보믄 500년간 왕조는 러시아의 이름도 없는 왕조가 하나고, 동남아시아에 하나가 있다. 그 외에는 500년 간 왕조가 없제. 그르이까네 통일신라맨치 1,000년 간 왕조는 당연히 하나도 없고 고구려, 백제만큼 700년 간 왕조도 당연히 없다. 우리 선조들의 발자취를 보믄 정말 대단한 민족 아이라. 한 왕조가 세워지믄 500년, 700년, 1,000년을 갔으이 말이따.

황당한: 우우 우와 진짜 대대 대단하이더. 그른데 비결이 머머 머이껴, 오르골.

오답: 권력자들, 힘 있는 자들이 시키믄 무조건 굴종해서 그를까? 우리 선조들은 바보가 아이었다. 인간으로서의 권리를 주장하고 인권에 관한 의식이 있고 국가의 주인이라는 의식이 있고, 잘못된 것을 간언하는 충신이 있어 정치적 합리성, 경제적 합리성, 조세적 합리성, 법적 합리성, 문화의

합리성이 없었다믄 전 세계 역사상 유례없는 장기간의 통치는 불가능했겠제.

황당한: 혀혀 현명하게 협치를 잘했니더, 오르골.

오답: 조선왕조실록(朝鮮王朝實錄)을 보믄 25년에 한 분씩 민란이 일어났제. 동학란은 전국적인 규모의 민란이었제. 또 상소제도도 있어 백성들이, 기생도, 노비 도 글만 쓸 수 있으믄 '왕과 직접 소통해야겠다. 관찰사와 이야기하니까 되지 않는다.'고 왕한테 편지를 보낼 수 있었제. 그릏제만 여게도 이른 상소제도에 불만을 가진 사람들이 생게났단다. 왜냐하믄 편지를 쓸라믄 한문으로 써야 되니까. 글 쓰는 사램만 다냐, 까막눈은 우째란 말이냐고 데모를 벌이자 우쩔 수 없이 내중에는 언문 상소를 허락해 주었제만 그래도 불만 있는 사램들이 나타남서 글을 아는 왕하고 소통하고 글을 모르믄 소통도 못 하냐 불만이 활화산맨치 타오르자 그르믄 신문고를 설치할 테니 억울한 일이 있으믄 북을 치게 해, 북을 치믄 형조의 관리가 와서 구두로 말을 듣고 구두로 왕에게 보고했제만 그래도 불만은 또 우후죽순맨치 돋아났단다. 신문고는 왜 왕궁 옆에 매달아 한양 땅에 사는 사램들만 그걸 치게 만들믄 우리는 백성이 아니냐고 투덜대는 바람에 격쟁이라는 제도가 생깄단다. 격은 칠격(挌)자고 쟁은 꽹과리쟁(錚)자를 썼제. 왕이 지방에 행차를 하

은 꽹과리나 징을 치거나 대형 현수막을 맹글어서 흔들믄 왕이 민원을 해결해 주는 경쟁 제도였제.

황당한: 그그 그른 제도는 형식적인 제제 제도 아이껴? 오르골.

오답: 그것이 형식적인지 한 분 들어보그라. 예를 들어 정조 24년간 제위하민서 24년 동안 상소, 신문고, 격쟁을 해결한 건수가 5,000건인데, 그룧다믄 제위기간 동안 매년 200건을 해결했고 이틀에 한 건 이상을 했다는 말이 아이라.

황당한: 그그 그릏니다. 와와 왕도 아무나 못 하겠니더, 오르골.

오답: 그래이 우리 선조들은 지혜롭고 자비롭고 대단한 선조들이 었제.

황당한: 배배 백성들이 머머 머리가 좋아서 그릏게 안 해주믄 토토 통치할 수 없으이까 그른 제도를 맹글었겠제요, 오르골.

오답: 그릏제, 국민들은 머리가 좋았제. 문화민으로 들어가서 보자. 이집트에는 스핑크스가 있고 중국에 가믄 만리장성이 있제. 니는 그 문화에 대해서 우째 생각하노?

황당한: 이이 이집트 사램과 주주 중국 사램들은 재주도 좋다는 새새 생각이 드니더. 그그 그 사램들은 선조를 잘 만내서 가가 가만 있어도 세계 과과 관광 달러가 모모 모이 잖니껴? 거게 우우 우리나라 석석 석굴암을 비교하믄 쨉이 안 되잖니껴, 오르골.

오답: 그래 이 눈에 보이는 것만 보고 그 내면을 못 보는 거제. 잘 생각해 보그라. 다른 쪽으로 생각하믄 베르사유의 궁전같이 호화찬란한 궁전이 없는 것이 얼마나 다행인가 싶다. 만약 조선 시대에 어떤 왕이 피라미드 짓는 데 30만 명 동원해 20년 걸렸다고 생각해 보자. 그 왕이 조선 백성들한테 내가 죽으믄 피라미드에 들어가고 싶으이 여러분의 자제 청·장년 30만 밍을 동원해서 한 20년 노역을 시켜야겠으이 모두 협조하라고 했다믄 무슨 일이 일어났을 거라 생각하노?

황당한: 매매 매쳤니껴? 사사 살아있는 왕이 죽으믄 묻힐 무무 무덤을 그래 많은 사사 사램을 동원해서 20년 동안 짓게요. 백성은 굶어 죽어도 내중에 죽을 왕을 위해서 하게요, 오르골.

오답: 그르이 우리한테 그른 유적이 있을 수가 없제. 대신에 기록을 남겼제. 왕 바로 곁에 사관이 따라다니믄서 하는 말을 다 적고, 만내는 사램을 다 적고, 둘이 대화한 것도 적고, 왕이 혼자 있으믄 혼자 있다, 화장실 간 것도 다 적고, 오늘도 적고, 내일도 적고, 다음 달에도 적고, 돌아가시는 날까짐 적었단다.

황당한: 기기 기분이 나쁘고 부부 불편할 것 같니더, 오르골.

오답: 그릏지만 그게 사실이었단다. 경국대전에는 사관 없이 왕

은 그 누구도 독대할 수 없다고 적혀 있단다. 심지어 왕비와 합궁하는 것까짐 택일을 받아야 했제.

황당한: 와와 왕이 아이라 궁에 갇혀 가가 감시받는 죄수 같더, 오르골.

오답: 그르니 왕은 아무나 하는 게 아이다. 한 나라를 다스릴라믄 본인도 중요하제만 어진 신하를 곁에 두는 게 더 중요하제. 그래니까 사램을 알아보는 눈이 있어야 어진 왕이 될 수 있제. 황석공(黃石公) 얘기 한 분 들어보그라.

황당한: 야, 스승님.

오답: 한나라 유방과 초나라 항우가 천하 패권을 다투민서 싸웠다는 초한지에는 달 밝은 추구월 보름달 밤 개명산에서 옥퉁수를 슬피 불어 항우의 정예군 강동의 8천 군사를 흩어버린 인물로 유명한 전략가 장량(장자방) 이야기가 나온단다. 장량이 어린 시절 서당에 다녀오는 길에 시냇물을 건너는 다리 위에서 한 신비로운 노인을 만나는데 그가 다리 위에서 짚신을 시냇물에 일부러 빠뜨리자 장량은 바로 시냇물로 뛰어 내래가 그 짚신을 주워다 공손히 그 노인에게 바치자 노인은 또다시 짚신을 물에다 빠뜨렸단다. 장량은 또다시 시냇물로 뛰어내려 짚신을 주워다 그 노인에게 공손하게 바치는데, 그러자 그 노인은 또다시 짚신을 시냇물에 빠뜨리지만, 장량은 이분에도 아무 불평 없이 시냇물로

뛰어내래가 짚신을 건져다 노인에게 바쳤단다. 그러자 노인은 '그놈, 쓸만하군!' 하더니 장량에게 '내일 아침 뒷산 느티나무 아래로 오라! 내 너에게 줄 것이 있다' 하고는 어디로 사라져 버렸단다. 장량은 어른을 만나는데 어른보다 늦게 가는 것은 예의가 아니라는 생각에 새벽에 그 느티낭구 아래로 가니 노인은 벌써 와 기다리시며 '이놈! 어른을 만나는데 어른보다 늦게 오면 되겠나?' 하고 호통을 치며 내일 아침 다시 오라고 하며 사라졌단다. 장량은 그 이튿날 밤중에 그 느티낭구 아래로 갔제만 노인은 벌써 그곳에 와 있으면서 장량에게 '이놈! 어른을 만나는데 어른보다 늦게 오면 되겠나?' 하고 내일 아침 다시 오라고 호통쳤단다. 다음날 장량은 아예 초저녁부텀 그 느티낭구 아래 가서 기다렸단다. 그러자 몇 시간 후 그 노인이 나타나 '오늘은 일찍 왔군!' 하더니 장량에게 한 권의 책을 주며 다음과 같은 말을 했다고 한다. '이 책은 내가 일평생 동안 연구하여 治國平天下에 대하여 쓴 책이다. 이 책을 열심히 읽어 훌륭한 인물을 잘 보필하여 그가 천하통일을 하도록 도와드려라. 그리고 그를 황제로 만든 후 권력을 차지할 생각을 하지 말고 표연히 사라지거라! 만약 네가 권력을 차지하려 하다가는 큰 화를 입게 된다! 나는 여태까지 이 책을 줄 사람을 찾지 못했었는데 이제야 책의 임자를 찾을 수 있어 마음이 놓인다. 네가 천하를 통일한 후 심산궁곡으로 은거한 후 너의 집 뜰을 보아라. 그곳에 누런 바위가 하나 있을 것이다. 그것이 바로 나다!'라고 한 후 그 노인은 어디론가 사라졌단다. 장량은 그 노인이 사라진 쪽을 향해 수십 분 머리를 조아렸단다. 그 노인의 이름은 아무도 모르제만 누런 돌이라 하였기에 후세인들은 그를 황석공(黃石公)이라 불렀단다. 장량은 그 책을 열심히 탐독한 후, 한나라 유방을 도와 천하통일의 제1 공신이 되었으나, 노인의 말에 따라 심산유곡으로 사라지고 말았단다. 초한지에 나온 이 유명한 말들을 그곳 사람들은 그때 장량이 사라진 뒤 정착한 곳이 바로 장가계라민서 열심히 설명하고 자랑하민서 장량이 그곳에 오기 전에는 그곳 사람들이 나락농사 짓는 법을 몰랐었는데 장량이 그곳 사람들한테 모내기 등 나락농사 짓는 법을 알려 주었다고 한다. 그곳에는 거의 수직의 방구산이 있고 그 꼭대기에는 산소 비슷하게 생긴 부분이 보이는데 그곳이 바로 장량의 산소라는 것이다. 원래 장가계는 대홍시였는데 장량을 기리기 위해 도시명을 장가계로 바꾸었다는 것이다.

황당한: 역사책에 장량이 장가계로 갔다는 내용이 있니껴? 오르골.
오답: 전혀 없다. 또한 天涯(천애) 깎아지른 방구 절벽 위에 장량의 산소를 맹글었다는 것도 전혀 신빙성이 없다. 지금 같

으믄 헬리콥터로 시신을 운반할 수 있을지도 모르겠제만 그때 헬리콥터가 있었을 리 만무하다. 모기 눈썹에 성냥개비 올래 놓는다는 전설을 맹글어서 사램들을 모이게 하는 거제.

오답과 정답

4

오답: 장량이 장가계에 살았다는 것, 깎아지른 바위산 꼭대기에 장량의 산소를 맹글었다는 것 등은 다 그곳 사람들이 관광객을 유치하기 위해 맹글어낸 이야기 일 가능성이 크단 생각이다. 하여튼 장량이 은거한 후 뜰 앞을 보니 누런 방구가 하나 있었고 장량은 그 방구를 자기의 스승이라 생각하면서 눈물을 흘리며 매일 절을 올렸다고 전한다. 높은 자리에 올라가 나쁜 짓을 할라고 눈에 핏발을 세운 유방보다 일생 동안 연구한 실적을 뛰어난 영재에게 남기고 표연히 사라진 黃石公이 울매나 아름답고 위대해 보이노? 나이 들어갈수록 인생의 공허함을 느끼민서, 정치인들의 쓸데없는 권력욕과 자기중심적 욕심을 버리지 못하고 정권을 잡을라고 먼 짓이든 하는 꼴들을 보민서 우리에게도 장량같

이 국가를 똑바로 세우고, 권력을 초개맨치 버리는 시원하고 멋지고 존경스런 정치인, 그리고 황석공 같은 기인이 많앴다믄 조선이 이릏게 허무하게 주권을 빼앗기지는 않았겠다는 생각이 들 때가 많다. 지내간 말을 하믄 머 하노만.

황당한: 그그 그릏게 말이씨더. 스스 스승님 누런 돌, 그그 그래니까 황금을 시상 사램들이 좋아하니까 이이 일부러 이름을 황석공이라 진 것 같습니더. 지지 지 이름도 황당한이라 하지 말고 화화 황석공이라 지었으믄 화화 황석공맨치 훌륭한 사램이 됐을 건데 아쉽니더, 오르골.

오답: 니 이름이 더 좋다. 그래이 지끔이래도 정신을 바쩍 채래야 된다. 일본이 우리 글 우리 정신을 빼앗고도 모자래서 우리나라가 무궁무궁무궁하게 자라라는 뜻을 없애기 위해 무궁화를 다 뽑아내뿌래 씨를 말랠 짓거리를 하고 있는데도 자기 살기에만 정신을 못 채래는 밥벌거지 같은 사램들이 많애서 나라가 이 꼴 아이라. 이름 탓 하지 말고 정신 똑바로 채래라.

황당한: 야, 그른데 무무 무궁화가 먼 죄죄 죄가 있다고 다 뽑니껴? 오르골.

오답: 우리나라를 통째로 삼킬라는 수작이제. 맴 같아서는 족가지마 시발노마(足加之馬 始發勞馬) 이래 욕을 퍼부어도 시원찮제만, 그놈들이 되려 이 뜻을 잘 이용해 달리는 말에 박

차를 가하고 처음 출발할 때와 같은 마음으로 나라를 통째 삼킬라는 야욕을 채우기 위해 수단과 방법을 가리지 않고 있어 큰일이따.

황당한: 마마 맞니더. 욕에 집어넣고 지근지근 밟아서 머머 멍석 말이를 하고 싶니더.

오답: 그래 하지도 못하는 이 나라 운맹이 한심하제만 이 기회로 더 좋은 일을 맹글어 다시 나라를 찾아야제. 기회라는 새는 한 분 날아가믄 다시는 돌아오지 않는단다.

황당한: 스스 스승님 그른 새새 새도 있니껴? 오르골.

오답: 그래, 그 새 이름은 사램의 입 밖으로 나온 말새도 있고 시위를 떠난 화살새도 있고 흘러가 버린 물새도 있고 뒤도 안 돌아보고 날아가는 시월새도 있제.

황당한: 아, 마마 맞니더. 마마 말이나 화화 화살이나 무무 물이나 시시 시월은 절대로 되돌아오지 않고 앞으로만 가가 가는 기형이제요, 오르골.

오답: 그리스의 시라쿠라 거리에는 기회의 신 카이로스(Kairos) 동상이 서 있단다. 그른데 그 동상은 괴이하게 생겼제. 발가벗은 알몸의 카이로스는 앞머리에는 머리숱이 무성하고 뒷머리는 대머리고 발에는 날개가 달래 있단다.

황당한: 기기 기형을 왜 세세 세워놓았니껴? 오르골.

오답: 그래이 모든 거는 보이는 거는 일부제, 보이지 않는 내면이

중요함을 일깨워 주는 기회라는 교훈을 주는 동상이란다. '내가 발가벗은 이유는 사람들이 나를 봤을 때 눈에 잘 띄게 하기 위한 것이다. 앞머리가 무성한 이유는 사람들이 나를 보았을 때 쉽게 붙잡을 수 있도록 하기 위하여, 뒷머리가 대머리인 이유는 내가 지나가면 사람들이 다시는 붙잡지 못하도록 하기 위하여, 발에 날개가 달린 이유는 최대한 빨리 사라지기 위해, 내가 손에 들고 있는 칼과 저울은 나를 만났을 때 정확한 판단을 내리고 칼과 같이 신속한 의사결정을 하기 위한 것이다. 나의 이름은 기회, 카이로스다.'라고 새게 놓았단다. 우리가 살아가민서 많은 기회를 붙잡거나 혹은 떠나보내고 있다. 매 순간이 선택의 순간이다. 그 순간을 놓쳐버리믄 모든 것을 다시 담을 수 없다는 것을 보여주고 있제. 그래이 우리도 지금 일본한테 주권을 빼앗겠다고 한숨만 쉬고 있을 때가 아이라 매 순간 나라를 다시 찾을 방법을 생각하고 실천하는 데 최선을 다하믄 반드시 찾을 기회가 올 거라 확신한다. 그때 만반의 준비가 안 돼 있으믄 영영 기회를 잃어버리고 일본의 속국이 되는 우를 범할지도 모르제. 기회라는 새는 준비된 자한테만 날아오기 때문이다.

황당한: 그그 그거는 운명이라 할 수밲에 없잖니껴? 오르골.

오답: 그래 앞에서 날아오는 돌메이는 피할라는 노력이래도 하제

만 뒤에서 날아오는 돌메이는 피할 수도 없제. 그래서 운명보다 피하기 힘든 게 숙명이란 말이따. 시련이 숙명이라 믄 시련을 극복하는 건 운명이다. 지끔 우리나라가 일본한테 주권을 빼앗게고 있제만 이걸 극복하는 건 운명이다. 왜 이른 나라에 태어났나, 너무 힘들고 짜증난다 투정만 부래믄 숙명이 되고 말제만 그걸 슬기롭고 지혜롭게 극복하믄 그건 피할 수 있는 운명이 되제. 그래이 정신 바짝 채리고 나라 찾는 일에 목심을 걸어야 한다.

황당한: 아아 알겠니더. 저저 정신 바짝 세우겠니더, 오르골.

오답: 당한아, 니 아름답고 화려하기로 소문나 화왕(花王)이라 불래는 모란을 아나?

황당한: 모모 모란이 우우 우뜬 꽃이이껴? 오르골.

오답: 아 참, 우리 영주에서는 목단이라고 하제.

황당한: 모모 목단은 알제요. 그그 그른데 모모 목단은 왜 물으시니껴? 오르골.

오답: 중국 유일한 여황제였던 당나라에 측천무후(測天武后, 624~705)가 있었다. 측천무후는 어느 겨울, 모든 꽃들에게 당장 꽃을 피우라고 명령을 내맀단다. 그릏제만 어데 그게 가당키나 한 말이라. 권불십년(權不十年)이란 말이 있듯이 한 줌도 안 되는 권력으로 자연까지 좌지우지 할라 했던 무모한 왕이었제. 그릏제만 왕의 명령이니 불을 때서 강제

로 꽃을 피우도록 명령을 내렸따. 다른 꽃들은 전부 황제의 명령을 따랐제만 모란은 끝내 황제의 명령에 따르지 않았단다. 모란은 '당신의 권세가 십 년을 못 가듯 우리에게도 화무십일홍(花無十日紅)이란 말이 있어 반드시 좋은 계절 좋은 날 꽃 피겠다'고 명령을 어겼단다. 자신의 명령을 어기자 화가 난 황제는 모란을 전부 뽑아서 낙양으로 추방시켜 버렸단다. 이후 모란은 '낙양화(洛陽花)'라 불리기도 했고 불을 땔 때 연기에 그을린 탓에 지끔도 모란 줄기가 검게 되었다고 한단다. 이른 말도 안 되는 현실 속에서도 조금도 굽히지 않고 홀로 외로이 싸우다가 쫓게나도 두려워 않고 곧고 바르게 싸워 결국 후손들이 탐스럽게 꽃 피우민서 살 수 있는 기틀을 맹글었제. 모란은 모란이제 모란이 작약이 될 수는 없단다. 결국, 우리나라를 일본이 빼앗을라고 아무리 몸부림치더래도 우리 민족은 우리 민족이제 절대 이 땅에서 일본이 뿌리내릴 수 없음을 맹심하믄 반드시 목단맨치 후손들은 절대로 굴하지 않고 당당하게 뿌리내리고 살 수 있는 기틀을 만들어 줄 수 있다는 말이따. 목단에 비하믄 한 모금도 안 되는 황후가 되기 위해 수많은 지인을 죽이고도 모자라 자연의 섭리까지 멋대로 하려 했던 그 성성했던 권력 무상의 헛됨을 방긋방긋 비웃는 게 참 통쾌하제. 우리도 이 위기를 잘 넘기서 후손들이 저래 환하게 방긋방긋 웃으민서 살 수 있게 일본 손에 뽑히서 죽드래도 부끄롭지 않게 꼭 이 땅을 찾아놓고 죽어야 함을 맹심 또 맹심해야 한다. 늦어도 너들 대를 넘기서는 절대 안 됨을 맹심하그라. 너들 대가 넘어가믄 다시는 기회가 오지 않음을 맹심해라, 알았나?

숨도 크게 쉬지 않고 고개를 숙이고 듣고 있던 황당한은 무슨 생각을 하는지 발은 벌써 집 쪽으로 향하고 입으로는 말 줄기를 늘인다.

황당한: 야, 스스 스승님 지는 지지 집에 가서 예예 예리한하고 나라 찾는 바바 방법 연구할라니더, 오르골.

오답: 그래믄 얼릉 가서 방법을 찾아보그라.

오답은 황당한이 토끼처럼 깡총깡총 뛰어가는 걸 보면서 답답함을 느낀다. 하늘은 건드리면 쨍그랑하고 금이 갈 것처럼 맑고 투명하고 냇물은 지절지절 무슨 말인가를 지저귀면서 어디론가 쉼 없이 달려가고 있다. 나라는 어느 날 갑자기 폭풍이 일더니 폭풍을 못 견디고 어디론가 알 수 없는 나락으로 추락하고 바람은 무성하던 나뭇잎을 하나둘 흔들어 땅에 떨어뜨리고 풀들은 맥없이 바람을 베고 누웠다. 어떻게 해야 이 나라를 구할 수 있을까? 나무들도 풀들도 쓰러지고 가지가 꺾이는 고난을 담대하게 받아들이고 땅은 뿌리가 흔들리지 않게 단단히 잡아주고 뿌리는 뿌리끼리 의지하여 살아남기를 두 손 모아 기도한다. 풀잎을 쓰러뜨리고 나뭇가지를 흔들어 잎들을 떨어뜨리고 살점이 떨어지는 고통에도 흙을 믿고 뿌리끼리 얽히고설켜 의지하며 살아내며 품을 넓히듯, 우리 민족도 서로 손잡고 바람에 쓰러지지 말고 바람을 이용해 풍차를 돌리고 제방을 쌓고 지지대를 세워 바람 부는 언덕에 서서 촛불처럼 흔들리는 나라를 지켜내고 저 지평선 너머에서 달려오고 있는 꿈을 기다리며 그 꿈이 이루어지면 무지개가 뜰 것을 믿고 잘 버티어야 한다는 생각을 하다가 아찔한 현기증을 일으킨다. 오답은 잠시 현기증을 가라앉히고 한글을 가르쳐야 할 시간이란 걸 깨닫고 불에 덴 듯 일어선다.

무섬마을

황당한은 부랴부랴 집으로 향한다. 그의 집은 무섬마을이다. 무섬마을은 물 위에 떠 있는 섬을 뜻하는 수도리(水島里)다. 삼면으로 거대한 용이 내장 환하게 보이도록 구불구불 맑고 잔잔하게 흐르는 물돌이 마을. 비나 눈이 오지 않아도 늘 감성을 촉촉하게 적시는 물은 가뭄에 쩍쩍 갈라지는 논바닥 같은 사람들의 마음문을 열고 사계절 물살과 산이 태극 모양으로 서로 안고 휘감아돌아 마음을 여유롭게 만드는 곳이다. 산수의 경치가 합궁을 이루어 안고 돌며 추는 춤이 절정을 이루고 외나무다리가 홀로 서서 원수를 기다리는 것이 아니라 엎드려 주민들이 밟고 지나가도록 물살을 막아주고 있다. 물 위에 떠 있는 섬이라는 의미의 무섬마을에 해가 기울고 달빛이 기울고 한 그림자가 기울고 또 하루가 기울고 적막한 시간이 기울고 반딧불이 반짝이고 새들이 지저귀며 고단한 사람들의 마음을 깁는 이 마을은 1666년, 현종 7년에 반남(潘南) 박씨가 이곳에 처음 터를 잡은 후 선성(宣城) 김씨가 들어왔다. 두 성이 모여서 집성촌을 이루고 사는 곳이며 건물은 전형적인 ㅁ자형 공간배치를 하고 있다. 사랑채는 앞면 네 칸으로 다른 가옥에 비해 크게 지었다. 한쪽에는 디딜방아가 있고 문간채도 상당히 큰 편에 속한다. 다른 가옥과 다르다면 안채 뒷마당을 담장으로 막아놓아 폐쇄적인 구조를 하고 있는 것이 특징이다. 아득히 오래전부터 그곳에 둥지를 틀고 앉아 자식을 낳고 길러내는 동네는 30여 채가 조선 후기의 사대부 가옥이다. 반남 박씨 입향시조가 지은 만죽재 선성 김씨 입향시조가 지은 해우당이 있고 규모가 큰 저택을 비롯하여 까치구멍집, 겹집 등 다양한 형태의 한옥들이 옹기종기 모여앉아 다정하게 살아가는 평화로운 마을은 시대를 넘어 마을을 지키며 살아가는 우렁우렁 소박한 동네다. 마을을 휘감는 강물처럼 동네도 그렇게 몇 대째 흐르고 있다. 무섬을 빙 돌아 흐르는 내성천 물도리마을 얕은 강에는 물 반, 고기 반, 물고기 천국이다. 명당임을 아는지 손으로 잡아도 잡힐 만큼 물고기들도 집성촌을 이루고 살고 있다. 놀 거리 많지 않고 마땅히 갈 곳이 없던 시절, 두 사람을 풍부하게 해주었던 무섬 다리가 한결같듯 황당한과 예리한은 자신들의 사랑도 한결같기를 빈다. 두 사람은 강물에 잘 놀고 있는 물고기를 잡았다 놓아주며 자신들의 사랑이 잘 익기를 빌고 빈다. 절에서 방생하는 거도 맹 물속에서 잘살고 있는 물괴기를 잡아 복을 달라고 빌믄서 물괴기한테 소원을 미기서 놓아주는 행사잖나. 우리도 물괴기 잡았다가 놓아 주민서 소원 빌믄 물괴기들이 다 들어 줄 꺼다. 예리한은 물고기 몇 마리를 물에서 건졌다가 놓아주며 황당한을 쳐다보며 웃는다. 황당한도 마주 보며 웃는다. 웃음 속에서 물고기가 튀어나와 파닥파닥 은빛 지느러미를 흔든다. 싱싱한 냄새가 맑은 강물 민경에 비쳐 두 사람 얼굴에 반사된다. 반사된 얼굴 그림자가 투명하게 강물에 어른거린다. 물살은 쉼 없이 흐르는데, 그림자는 그 자리서 떠내려가지도 않고, 젖지도 않은 채 두 사람을 쳐다보며 아롱아롱 웃는다. 강으로 다시 들어간 물고기는 고맙다는 듯, 온몸을 흔들어 헤엄을 치며 강물을 따라 달려가고 봄 햇살은 강물을 둘러싼 모래 위로 부서져 내리며 반짝반짝 금모래 집을 짓는다. 모래 위에 지은 집이라 함부로 말하는 사람이 있지만, 저 모래 위에 햇살이 지은 집을 보면 아무도 그런 말을 할 수는 없을 것이다. 이 무섬의 모래사장과 강물과 바람과 햇살이 꽃과 벌나비들이 두 사람을 낳고 키워낸 아들·딸이다. 적어도 그때까지는 두 사람이나 양쪽 집안에서 두 사람이 너무나 잘 어울리는 한 쌍이다. 그때까지, 그러니까 황당한이 사고를 당하기 전까지 두 사람은 인생에서 가장 행복한 시간들로 채웠다. 행복한 순간은 붙들 겨를도 없이 쏜살처럼 달아났고 두 사람에겐 먹구름이 운명의 덫을 놓는다. 한 치 앞도 내다볼 줄 모르는 게 인간의 무력한 한계다. 그 사고를 당할 줄 알았다면 그날도 예리한은 황당한과 함께 있어 주었을 것이다. 그랬다면 모든 일은 전혀 다른 쪽으로 방향을 틀었을지도 모르는 일이다. 아니 그렇게 되었을 거라 예리한은 확신을 하고 있다. 두 사람의 행복은 앞으로 앞으로 진행되며 쌓여갔을 일이다. 적어도 두 사람의 아니, 두 가족의 가장끼리 서로 의기투합해서 그들의 만남을 허락했고 장래를 두 사람에게 맡기며 사돈이라도 된 듯이 함께 지내며 사랑하는 두 사람보다 더 좋아하지 않았는가! 사람들의 이기는 어디든 파고든다. 늘 선비정신과 양반 정신을 가르치며 앞선 선구자처럼 굴던 양가의 선비들은 손바닥 뒤집듯 이기를 좇아 모든 일을 뒤집으며 두 사람의 운명을 가시밭길로 내몬다. 두 가족은 무섬으로 이사 온 시기가 비슷한 연유로 다른 집들과 달리 유난히 친하게 지낸다. 두 사람 모두 생각도 비슷하고, 배움도 많은 터라 서로 만나 시도 짓고 풍류를 즐기며 동네서 후학들도 배출하며 지내는 전형적인 선비 가문이다. 황당한의 아버지 황무지는 아들 하나에 딸이 셋이다. 첫째 딸 황 진, 둘째 딸 황 선, 셋째 딸 황 미, 막내가 아들 황당한이다. 예리한의 아버지 예비비는 아들 셋에 딸 하나, 그중 막

내 예리한을 두고 있다. 첫째 아들 예언, 둘째 아들 예술, 셋째 아들 예정, 막내 고명딸이 예리한이다. 두 집안은 늘 함께 모여 식사도 하고 아이들 교육에 가장 우선을 두며 지낸다. 늘 함께하는 시간이 많은 두 집 사이에서는 아이들도 서로 친해지기 마련이다. 그때부터 이미 예리한과 황당한은 운명적으로 묶였는지도 모른다. 두 사람은 늘 붙어있다. 나이도 같고 노는 성향도 잘 맞는 건지 잘 맞추는 건지 아무튼 그렇게 둘은 잘 노는 사이다. 그러는 사이 예리한 오빠들은 모두 출가를 해 모두 이웃 동네로 살림을 나고 예리한과 황당한을 두고 두 가문은 의사를 주고받는다. 저 두 아들이 그림맨치 잘 어울리지 않니껴? 황당한 아버지가 은근히 말을 떠본다. 그케 말이씨더, 어래서부텀 붙어 댕게서 그른지 두 아들이 싸우는 법도 없이 저래 정답게 노이 보기가 좋니더. 우리 말 돌래지 말고 직선으로 가시더. 지는 리한이 저 여식이 우리 집 메느리가 되믄 참 좋겠니더. 그기야 어데 우리 맘대로 되니껴? 은근히 빼는 예리한의 아버지 예비비의 말에 자존심이 상한 황무지는 그 급한 성질을 기어이 드러내고 만다. 아이 여보소! 우리 사이에 머 그래 빙빙 돌래 말을 하니껴? 지 말은 리한이를 우리 당한이하고 혼인시키자는 말이씨더. 그쎄, 그게 어데 우리가 좋다고 되는 일이냐 말이씨더. 저가 맴에 들어야제. 됐니더, 그래믄 저가 좋다믄 결혼 승낙하는 걸로 아니더. 두 가문은 그렇게 이미 맘속으로 결정을 해 놓고 두 아이를 바라보고 있다. 예리한과 황당한은 이런 가문들끼리의 주고받은 말은 모른다. 다만 두 사람은 잠시도 떨어져 서는 살 수 없다. 늘 함께다. 여름에 홍수가 지면 마을은 꼼짝없이 갇힐 때도 있다. 시렁마다 가을을 고스란히 얹어놓고 겨울을 넉넉히 나고 남을 만큼 삶은 풍부하다. 낙동강 지류인 내성천에 폭 안긴 자태가 영락없는 아기가 엄마의 품속 양수에 싸여 있는 듯한 물속의 섬이다. 이곳에서는 양반도 평민도 모두 함께 공부를 시킨다. 균등한 교육으로 앞서가는 교육열을 자랑하는 곳이다. 조용하고 고고한 선비의 마을 영주의 옆구리는 봉화 닭실마을과 안동 하회마을까지 거의 전국구 양반마을이라 할 수 있다. 벼슬은 멀리했지만, 학문은 중시하는 이곳은 그 덕분에 좌익과 우익이 나란히 어깨동무하고 동무 *이제마*처럼 백성들에게 유익한 사상의학을 아니 사상을 공부하고 후손들에게 가르치고 있는 삼면이 어머니 뱃속 양수 물줄기에 안긴 것처럼 포근하고 아늑한 곳이다. 무릉도원인들 이보다 더 아름다울 수 있을까? 예리한은 마루에 누워 푸릇푸릇 싹이 돋아나는 하늘을 쳐다보고 있다. 하루라도 안 보면 못 살 것 같은 황당한은 살금살금 발걸음 소리를 죽이고 도둑고양이처럼 마당 앞 담벼락에 거머리처럼 찰싹 달라붙는다. 그는 집에서 나와 밭둑에 있는 보랏빛 제비꽃과 개나리꽃을 꺾어 사이사이에 끼워서 풀줄기로 꽃 머리띠와 꽃 가락지를 만들어 들고 왔다. 혹시 망가질까 품속에 조심스럽게 감추고 예리한에게 줄 생각으로 온 것이다. 갑자기 장난기가 발동한 황당한은 조그만 돌멩이를 퐁

당 그녀의 누워 있는 배 위로 던진다. *아이 깜짹이야 이게 머로?* 예리한은 놀래서 고개를 이리저리 돌리며 눈을 깜빡인다. 그러나 주위에 아무도 없자 그녀는 *어 벌써 제비가 올 때가 되었나.* 혼잣말처럼 중얼거리며 다시 벌러덩 눕는다. 황당한은 마루 끝에 반쯤 다리를 내리고 누운 그녀의 풍만한 젖가슴을 보자, 온몸에 불기가 불끈불끈 솟아오른다. 저 검은 머리칼은 바람이 불 때마다 마구 흔들어서 바람이 숫바람일 거라 생각한다. 황당한은 다시 한번 돌멩이를 던진다. 이번에는 돌멩이가 얼굴에 맞는다. *머야 우뜬 인간이야, 빨리 나오지 몬 하나.* 제법 앙칼지게 말을 내뱉는다. 그러더니 벌떡 일어난다. 벌떡 일어나는 사이 짧은 치마 사이로 신다리가 하얗게 황당한의 눈 속으로 들어온다. 운 좋게도 바람이 그녀의 치마를 살짝 걷어 올리자 빨간 물방울무늬가 찍힌 하얀색 으뜸부끄럼가리개가 보인다. 황당한은 자신도 모르게 꿀꺽 침을 삼킨다. 되돌아갈까? 화가 좀 난 것 같은데 마음속으로 궁리를 다듬고 있는데 그녀가 마당으로 내려온다. 슬그머니 뒷걸음질로 담벼락을 타고 나왔지만 그사이 예리한의 눈에 붙잡히고 만다. *니, 거게 안서나! 비겁하게 도망은 가고 그래노.* 하는 수 없이 황당한은 그 자리에 서고 만다. 할 말이 있으믄 하제, 도망은 왜 가노? 아이다, 할 말은 없고, 이거. 하고 제비꽃 머리띠와 가락지를 내민다. 그것을 본 순간 예리한은 밤 목련보다 더 하얗게 웃으며 머리에 얹고 가락지를 끼면서 우뜨노 잘 어울리제? 이거 니가 맹글었나? 니 손재주

억수로 좋네. 그른데 이거 내 줄라고 맹글었나? 수다를 허공으로 날려 보내고 좋아서 어쩔 줄 몰라 한다. 그녀는 황당한에게로 와서 팔짱을 낀다. *우리 저 짝에 찔레 넝쿨에 가서 놀자, 지끔 찔레꽃도 한창 피고 놀기 좋다.* 듣거나 말거나 일방적인 말을 풀어놓으며 함께 찔레 넝쿨이 많은 개천 옆으로 간다. 개천 옆에는 마치 그녀가 놀려고 일부러 만든 것처럼 찔레 넝쿨이 만들어져 있다. 찔레 넝쿨에서 냄새가 하얗하얗 넝쿨넝쿨 콧속으로 들어온다. 봄바람은 살살살살 랑랑랑랑 요염하게 엉덩이를 흔들어대며 두 사람의 기분을 더욱 상큼하게 한다. *여게 억시기 좋제 그제? 으응 좋네.* 둘은 찔레 넝쿨 안으로 들어간다. 넝쿨 안에는 넓은 바위가 누워 있어서 바위에 배를 깔고 앉아 놀기 여간 좋은 게 아니다. 둘은 바위의 배를 깔고 앉는다. 어릴 때는 그 안에 뱀이 있다는 어른들의 말에 찔려 못 들어갔지만 이제 커서 그런 말에 겁먹고 못 들어갈 때는 아니다. 황당한도 이 넝쿨이 있는지는 알았지만, 안에 이렇게 놀기 좋게 되었는지는 처음 안다. 시퍼렇게 펄떡이는 젊음 두 덩이가 한 넝쿨에 들어가 앉는다. 가끔 누군가의 시선이 없으면 입맞춤 정도는 아무렇지도 않게 하던 사이인지라 서로는 누가 먼저랄 것도 없이 얼싸안고 입술을 포개며 달콤한 시간을 보내고 있다. 찔레 넝쿨 위에는 새들이 날아와서 그들의 행위를 눈치채고 *지지배야 머스매야 지지배야 머스매야.* 재잘재잘 놀려대고 있다. 그 소리가 얼마나 시끄러운지 둘은 입술을 떼고 그 소리를 쳐다보다 서로의 눈빛

에 찔려버린다. 둘 다 동시에 웃는다. 행복이 찔레 넝쿨보다 더 많이 뻗어나가고 있다. 그렇게 둘은 넝쿨에서 그러안고 봄 춘곤증을 넘기고 있다. 둘 다 펄펄 끓는 열정을 속으로 삭이며 서로의 소중한 장래를 약속하며 함께 행복을 심어서 키우기 시작한다.

친척의 방문

아침 일찍 솔향기마을에서 친척이 오셨다. 솔향기마을이라 솔향기를 가져왔나 했더니 엉뚱한 향기를 가지고 왔다. 출가한 고모, 그러니까 아버지 황무지의 여동생인 황이다. 몇 년에 한 번씩 가뭄에 콩 나듯이 한 번씩 다녀가는 고모를 아버지는 살갑게도 챙기시면서 잘해 주신다. 시집이 사는 게 넉넉지 않아서 늘 아버지가 도움을 주는 편이다. 이번에도 다니러 오셨겠지 하고 별다른 생각은 안 한다. 그런데 젊은 처녀 하나가 동행했다. 긴 머리에 얼굴이 뽀얗고 눈매가 서글서글한 색시가 이런 촌에 저런 미녀가 있을까 싶도록 참하게 생긴 색시다. 황당한은 예리한 집에 잠깐 들렀다가 집으로 온다. 고모님하고 점심을 함께 먹자는 어머니의 말씀도 있고 해서 예리한과 냇가에 놀러 가자는 말을 뒤로 미루고 집으로 온다. 다른 생각은 추호도 없었고 꿈에도 하지 않는다. 그렇지만,

그 처녀로 하여금 황당한의 인생을 송두리째 망가지게 할 줄 누가 상상이나 했겠는가. 하기는 어머니는 예리한과 어울리는 걸 못마땅하게 생각했으나 아버지께서 워낙 예리한을 좋아하시는 터라 어머니는 그냥 못 본 척 지나가고 있던 터다. *다 큰 처녀, 총각이 어울래 댕기믄 남들 눈도 있고, 너들 인제는 그래 붙어 댕그지 마라.* 어머니의 불만이 이렇게 터져 나오곤 했다. 예리한의 말을 뒤로 미루고 오는 황당한은, 예리한에게 몹시 미안하다는 생각을 했으나, 내일이라도 함께 또 놀면 된다고 자신에게 위로하면서 집으로 온다. 늘 그랬듯이 고모님이 오시면 밥상은 휠 정도로 많은 반찬을 만드시는 어머니다. 어머니가 밥상을 나르기 시작할 때 그 처녀는 얼른 밥상을 받는다. 나도 안 받고 있는 밥상을 받아서 마루에 놓는다. *에고 맴씨도 낯 매로 곱구만. 아이, 부끄릅니더.* 얼굴을 살며시 숙이는 모습이, 눈 속에서 갓 피어난 복수초처럼 싱그러워 보인다. 아버지는 어디로 가셨는지 어머니하고 고모님, 그 처녀와 넷이서 점심을 먹는다. 숟가락을 들어 밥을 먹는 손가락이 섬섬옥수(纖纖玉手)라는 생각을 하면서 그는 밥을 먹는다. 점심을 다 먹고 나자 어머니는 부엌으로 가시더니 어느새 해 두셨는지 감주를 떠 오신다. 그렇게 마루에 앉아서 점심을 먹고 어머니와 고모님은 어디 볼 일이 있다면서 일어선다. 황당한은 서먹서먹했으나 내 집에 온 손님이라 혼자 두고 일어설 수도 없고 해서 그냥 앉아서 의미 없는 말만 던진다. *우째 우리 고모님을 따라 저의 집까짐 오셨니껴? 아*

아, 걍 놀러 따라 왔니더. 아 그러시이껴? 야, 여게 참 좋니더, 아늑한 게 동네가 참 좋니더. 고맙니더. 머 고마울 거까짐 있니껴, 본대로 느낀 대로 말하는 건데. 더 이상 진도를 나갈 말이 궁하다. 황당한은 방으로 들어간다. 들어오라는 말도 안 했는데 그녀가 따라 들어온다. 휘 둘러보던 그녀는 *선비방이라 다르이더. 내사 어려와서 한 자도 모르겠니더.* 묻지도 않는 말을 혼자 중얼거리며 눈으로 여기저기 돌아다닌다. 여자가 처음 보는 남자 방을 들어와 묻지도 않는 말을 하며 남의 책상을 훑어보는 것을 본 황당한은 황당한이 자신이 아니라 저 여자라는 생각을 한다.

오답과 정답

5

 황당한은 못 본 척하다가 책 한 권을 빼 들고 방바닥에 앉는다. *키는 이릏게 큰 사램이, 손은 여자맨치 적게 생겼니껴?* 황당한은 기분이 썩 좋지 않다. 그러나 고모님이 데리고 온 손님인지라 입안까지 나온 말을 입술 속으로 밀어 넣는다. *밖으로 나가시더.* 하고는 책을 던지고 일어선다. 밖으로 나와도 할 말도 없고 어색하기만 하고, 할 말 없을 때 가장 많이 등장시키는 날씨 이야기를 몇 마디 하다가 황당한은 대문을 나온다. 막 나서려는데 어머니와 고모님이 들어오신다. *어데 댕게 오시니껴?* 황당한의 물음에 어머니는 아들의 옷자락을 붙잡고 대문으로 들어서서 무슨 큰일이라도 있는 듯 마루에 아들을 앉힌다. 그러고는 전에 없이 숨넘어갈 다급한 목소리로 마루를 적신다. *시상에 살다 보이 부처님이 복을 주는 모양이드라.* 복 요? 아무 영문도 모르고 묻는 아들을 향해 어머니는 푸들푸들 살아있는 말 자락을 깔고 있다. 글쎄, 야야! 니 지끔 부팀 에미 말 단디 들어래이. 지끔 니 고모님 하고 저 우에 절집에 가서 니하고 저 색시하고 궁합을 보고 오는 질인데 마, 울매나 좋은지 더 이상 찰떡궁합이 없단다. 이래 좋은 일이 시상에 어데 있노. 어머니의 말을 가로막으며 소리를 지른다. 어메! 야가, 여게 누구 귀먼 사람 있나 왜 이래 소리를 질래대고 그래노. 지끔 그걸 말씀이라고 하시니껴? 누가 장개 몬 가서 환장한 사램 있니껴? 니 나에 다른 사램은 하마 아 가 및 밍씩 있고, 나도 손주 쫌 안아보고 싶어 그래는데 머 잘못 있나? 어머니의 목소리는 당당하고 날이 시퍼렇게 서 있다. 그게, 그래 부릅고 그래 어메 손주보고 싶으믄 내 장개 감씨더. 아들의 말이 끝나자 어머니의 말꼬리와 눈꼬리가 동시에 올라간다. 진작에 그래 나올 일이제, 잘 됐다. 자네 얼릉 가서, 저 처자 집에도 그래 전해주소. 먼 헛소리를 하고 그래니껴? 니 시방 안 그랬나? 장개 간다고 했제, 누가 저 처자한테 장개 간다고 했니껴? 저만한 인물에 가문 좋고 심성 좋고 궁합 좋고, 어데 그른 자리가 흔하게 있는 동 아나? 그래 맘에 들믄 어메가 델꼬 사소, 지는 생각 없니더. 괜히 헛물키지 말고 일찌감치 포기하이소. 모자의 말은 탁구공처럼 쉬지 않고 왔다 갔다 핑퐁게임을 하고 있다. 게임에서 절대 지지 않겠다는 생각을 한 황당한은 고개를 아가씨 있는 쪽으로 돌린다. 그래고, 처자요 참말 미안하이더. 나는 안죽 혼인할 맴이 없니더. 아가씨는 고개를 숙이고 아무 말도 없다. 고모 황이지가 한 마디 덧댄다. 처자 낯을 봤으이 잘 생각해 보그라, 어른들 말 잘 들으믄 자다가도 떡이 생기는 법이이, 너무 니 고집만 부래지 말고 어메 말 새게 듣고 따르도록 해 보그라. 아주 두 분이 죽이 척척 맞니더, 절대로 장개 갈 일 없으이 기대 같은 건 아예 싹을 뽑아뿌리소. 그래도 다시 한 분 생각해 보그라. 이화야 우리는 고만 가자, 오늘만 날이랴 담에 또 보기로 하고 오늘은 *가자*. 한바탕 난리가 나고 고모님과 그 아가씨는 지체없이 솔향기마을로 향한다. 황당한은 갑자기 닥친 일이 꿈인 것처럼 소나기가 한바탕 내려 꿈을 두들겨 깨운 것처럼 정신이 멍하다. 그는 집을 나온다. 자신도 모르게 발걸음은 예리한 집으로 향한다. 예리한은 마루에 앉아서 멍하니 앞산을 바라다보고 있다. 무얼 알았을까? 그럴 리 없지. 황당한은 장난칠 기분도 안 나서 불쑥 마당 안으로 들어선다. 미리 보고 있기라도 한 듯 그녀는 무덤덤 마루에서 내려와 마당으로 걸어온다. 먼 일 있나? 아이. 기부이 안 좋아 보이는데. 아이, 그른 거 없다. 그래믄 됐어. 황당한은 다른 때와는 달리 할 말이 없어서 그냥 걷는다. 천천히 걷는다. 니 주머이에 손 쫌 넣고 걸어도 되나? 으으 음. 황당한은 고개를 끄덕인다. *주머이가 억시이 따뜻하네.* 또 고개만 끄덕인다. 주머니 속에 두 손은 차갑다. 아니 좀 더 정확하게 말하자면 차가운지 따듯한지 무감각이다. 그렇게 두 사람은 별말도 없이 별이 뜰 때까지 무섬 다리 난간에 앉아 논다. 엉덩이 두 개는 다리 위에 앉히고 다리 네 개는

다리 밑으로 늘어뜨리고 다리만 흔들어대고. 오늘따라 별들은 많이도 쏟아진다. 별들은 우루루 모여 모두 강물로 쏟아진다. 강물 속으로 뛰어 들어가 목욕을 하고 물장구를 친다. 깔깔대다가 젖지도 않은 몸으로 울퉁불퉁한 바위에 올라앉아 몸을 말리고 물속에 불을 켜고 어둠을 밝히고 귀를 열고 상처 난 소리를 씻고 시퍼런 가슴에 쌓인 시퍼런 물들을 씻어낸다. 세상 별들이 초롱초롱한 이유는 날마다 강물에 내려와 시퍼런 한들을 씻어내기 때문이다. 냇물은 무심히 앞만 보고 흐른다. 별빛은 과속으로 질주하고 불길한 기운이 들이닥침을 지울 수 없는 황당함에도 그러나 예리한은 그의 속을 알기라도 한 듯 아무것도 묻지 않고 있는 듯 없는 듯 묵묵히 함께 있어 준다. 고요가 형벌처럼 무거운 밤이다. 예리한은 아무 말 없이 황당한의 어깨에 내려앉은 달빛을 닦아주며 토닥토닥 등을 두드려 준다. 황홀한 육탈 같은 밤은 그렇게 두 사람 사이에 어둠을 가로질러 막는다.

여름이 넝쿨을 벋다

봄은 그렇게 한바탕하느라 여름에게 자리를 빼앗기기 시작한다. 황당한은 괜히 어머니한테 좀 심했다는 생각을 했으나, 곧 잊어버린다. 여름이 온다는 건 둘에게 더없이 좋은 계절이다. 강과 산은 온통 이들의 놀이터가 되어 삶의 터전에 희망이 되어준다. 둘은 강으로 나온다. 새롭게 둘만이 아는 찔레 넝쿨이 그들에겐 피난처 같은 곳이다. 둘은 냇가에서 놀다가 덥거나 비가 오거나 하면 그곳으로 들어가곤 한다. 길옆으로 벋은 칡꽃이 붉게 피어 새순들이 길까지 내려오고 있다. 황당한은 가던 길을 멈추고 *저 칡기꽃으로 머리띠하고 가락지 그래고 목걸이 한 불 맹글믄 좋겠다. 그릏제? 조끔만 기다래 봐.* 다 큰 처녀, 총각이 칡꽃으로 머리띠와 가락지 그리고 목걸이 귀걸이를 만들어 주고받는다면 우습겠지만 사랑은 유치라고 했던가. 유치해서 반짝이는 사랑은 시대를 초월한다. 그들에게는 그 꽃 머리띠와 꽃가락지 꽃목걸이가 어느 명품보다 더 값지고 귀한 것이다. 이유는 모두 살아있는 생물로 만든 것들이라 어느 보석으로 만든 것보다 향기가 나서 값지다고 예리한이 좋아한다. *시상에서 보석에서 향이 나는 보석을 선물 받는 사램은 내뿐이 없을 거다.* 해맑게 웃으며 달고 다닌다. 황당한이 장인 정신을 발휘해 이것들을 만드는 동안 예리한은 꽃을 꺾어 모은다. 지천에 피어난 꽃들은 하나처럼 환하게 웃으며 그들을 방글방글 반긴다. 가만히 보니 칡잎사귀 위로 자벌레 한 마리가 몸을 오그렸다 폈다 하며 세상을 재고 있다. 예리한은 그 자벌레에게 묻고 싶다. 자신들의 사랑이 몇 자나 되는지 재어달라고 하고 싶다. 꽃으로 보석을 만드는 재주가 뛰어난 황당한은 뚝딱뚝딱 어느새 머리띠와 목걸이 가락지까지 다 만들어 온다. 겸연쩍게 웃으면서 그녀에게 씌워주고 걸어주고 끼워 준다. 예리한은 왕비라도 된 것처럼 환하게 웃는다. 황당한의 눈에는 세상 사람이 아닌 선녀처럼 보인다. 황당한은 그녀를 아기를 안듯 가로로 덜렁 안고 걷기 시작한다. 하늘도 새도 나무도 하얀 이빨을 드러내며 까르르 깔깔 까르르 깔깔 웃는다. 강물조차 주름이 지도록 웃어댄다. 다리를 건너서 얼마를 그렇게 걷는다. 다행히도 그들을 방해하는 사람은 없다. 건너올 때도 늘 그녀를 업고 건넌다. 그날도 업혀 건너오다가 발을 헛디뎌 다리 밑으로 굴러떨어진다. 풍덩! 두 사람이 한 덩어리가 되어 물속에 빠진다. 땅거미가 서서히 밀려오며 그들을 비웃고 있다. 둘은 그야말로 물에 빠진 생쥐가 된다. 물은 그들의 어깨까지 차오르는 곳인데 꼬르륵 물귀신이 잡아당기며 둘의 머리까지 덤벙 적신다. 외나무다리는 두 사람을 밀어서 물속에 빠뜨리고도 아무 일도 없는 양 딴청만 부리고 있다. 강물은 두 사람의 얇은 바지와 팔에 걸친 하얀 윗도리로 파고들어 몸에 짝 달라붙는다. 여자의 젖꼭지와 남자의 주장자까지 선명하게 보이도록 물은 심술을 부린다. 둘은 서로 자신의 모습은 못 본 채 유혹의 휴화산인 상대의 주요 부분만 보기에 눈길이 바쁘다. 이걸 두고 자기 얼굴에 똥 묻은 것 못 보고 남 얼굴에 재 묻은 거 보고 웃는다고 했던가. 둘은 서로 상대를 보고 배꼽을 움켜쥐고 웃는다. 배꼽이 어디로 빠져 달아나는지도 모르고 웃는다. 웃음이 두 사람 입을 버리고 물속으로 들어가 버리자 황당한은 예리한에게로 가까이 간다. *내가 안아 올래 주께, 더 깊이 들어가믄 위험해.* 예리한은 엉겁결에 그에게 안긴다. 전기는 원래 물속에서 감전이 더 잘 되는 법이다. 둘의 몸속에 있던 전기는 기어이 밖으로 흘러나와 두 사람을 감전시키고 만다. 아무 생각도 못 하도록 새카맣게 태워버린다. 물속에서의 사랑 휴화산은 활화산으로 순식간에 전선을 형성하고 열기를 뿜어낸다. 둘은 누가 먼저랄 것도 없이 세상에서 제일 맛난 술을 함께 마신다. 불완전하던 몸을 완벽하게 하나로 포갠다. 그렇게 하나로 포개라고 신은 둘로 나누어 두었지. 인간은 그 반을 찾아 헤매다가 반쪽을 찾아서 하나를 이루어 살다가도 자신의 짝이 제 짝이 아니면 서로 갈라서서 또 다른 짝을 찾곤 하는 것이다. 환상이 다녀가고, 또 다른 세상이 까맣게 다녀가고 별 밭에 별씨들을 엉망진창으로 다 짓이기고 뜨겁게 휘몰아치는 숨들이 더 이상 더 휘몰아칠 여력이 없을 때쯤 심장도 제 위치로 돌아가 할 일을 준비하며 맥박을 찾을 때쯤 그때서야 둘은 그곳이 물속이란 걸 안다. 다른 세상으로 떠났던 정신을 육신으로 불러들인 후 정신을 차리고 보니 강물은 두런두런 저희끼리 무어라고 지껄이며 밤길을 가고 있고 달이 내려다보며 입을 반만 벌리고 웃고 있다. 그래 저 달도 아직 반쪽을 못 찾아 반쪽이구나. 아직 더 헤매야 반쪽을 찾아서 동그랗게 빛을 비추어 주지 반쪽으론 미완성이지. 그 두 사람은 드디어 짝을 찾아 목숨 한 벌은 완성품이 된다. 사랑이 핀 물속은 이 밤에도 내장까지 말갛게 보이며 일렁이고 있다. 반짝, 저녁별 두 개가 그들이 서 있는 물속에 내려앉는다. 아마도 두 사람의 전신이리라. 둘은 물속에서 걷는다. 얕은 쪽을 찾아서찾아서 걷는다. 가슴 곡선이 선명하게 드러난 예리한을 업고 가는 황당한 어느 명화가가 저렇게 아름다운 그림을 그릴 수 있을까? 아무도 없는 밤중에 물 위를 걷는 남자 사랑하는 여인을 업고 걸어가는 모습을 반달이 부러운 듯 부러운 듯 시선을 고정시키고 내려다보고 있다. 그날 밤 예리한은 자신의 몸속으로 남자의 살을 받아들이긴 처음이었고 황당한도 여자의 몸 안으로 걸어 들어가 보기는 생애 처음이다. 그건 저 멀리서 또 다른 지구로 여행을 하고 온 듯 신비스런 곳으로의 여행이다. 예리한을 집까지 바래다주고 황당한도 집으로 온다. 잠이 오지 않아 예리한은 손에 연필을 잡는다. 그리고 낮에 본 자벌레를 불러들여 시 한 수를 쓴다.

자벌거지

자벌거지 몸띠에는 모든 길이와 넓이가 들어있제요.
시상의 우뜬 공부를 해야 맞춤한 길이와 넓이를 꿰뚫을 수 있는 건지요.

팔을 벌래 재는 넓이와 걸음으로 재는 거리에는 각각 다른 의미가 들어있제요.

　신발 문수를 잴 때 엄지와 중지를 벌래 재는 한 뼘, 낭구둘레를 잴 때 팔을 벌래 재는 한 아름. 거리를 잴 때 발로 재는 50보 백 보.

　우리가 몸띠 곳곳을 벌래 재듯 자벌거지도 곳곳을 벌래 재는 게 아일까요. 그를 때믄 눈금 없는 거리와 넓이가 이만큼 많다는 것 알 수 있제요.

　나는 누서 한밤을 재보곤 하제요.

　할매와 아부지 새, 아부지와 나 새 그 외에 이름만 남은 거리들에 대하여, 그 종착지 시상 모든 자를 동원해도 알 수 없는 나
　이외 눈금에 대해 궁금할 때.
　밤새, 뒤척이밈서 재보곤 해요.

　시상의 자는 그 길이가 다 다르겠제만, 때론 그쯤이라 부르는 자가 간곡해질 때가 있는 것이제요.

　재야 할 것들이 전부 몸띠 안으로 들어간
　몽땅해진 어느 입관(入棺)을 보고 돌아온 날이씨더.

잘못된 만남

시 한 수는 잠을 청한다. 잠은 빗장 잠긴 대문을 열고 나가, 강물 속으로 빠져 허우적거리며 난생처음 받아들인 누구에게도 말할 수 없는 영원한 비밀을 심연에 묻어두고 그 황당한 시간으로 걸어가서 머릿속으로 들어오지 않아 몸만 뒤척이고 있다. 뜬눈으로 밤을 새운다. 아직 날이 채 밝기도 전에 예리한은 바람을 쐬러 집을 나선다. 둘은 천생연분인지 황당한도 밤새 잠을 설치고 수염은 어느 때보다 한 치나 더 자라나 야성의 얼굴로 일찍 바람을 쐬러 나간다. 둘은 서로 반대 방향으로 갔기에 만나지 못한다. 서로 반대 방향으로 한참을 돌아온 둘은 또 다리에서 마주친다. 예리한이 아침이슬처럼 싱그러운 웃음을 던진다. 황당한도 하얗게 웃으며 쳐다본다. 서로 말없이 걷다가 황당한이 먼저 말을 꺼낸다. 있다가 아직 먹고 우리 찔레꽃 보로 갈래? 둘의 약속은 이렇게 이루어지고 아침을 먹은 후 둘은 또 만난다. 황당한이 말한다. 오늘이 무신 요일이로? 일요일. 그래믄 우리 오늘은 종일 낮에 햇빛 델꼬 놀자. 그래 맴대로 해라. 오늘이 일요일이니까, 햇살을 가지고 놀자 이 말이따. 햇살을 우째 가주고 노노? 자 봐라, 조끔 있으믄 햇살이 우리 몸을 환하게 감싸주로 내래 올 게다. 어제는 물이 우리를 안아 주었꼬. 둘은 마주 보며 햇살에 사금파리가 반짝이듯 가지런한 이를 반짝이며 웃는다. 입안에서 싱그러운 소리가 방울방울 튀어나온다. 둘은 집으로 들어가 아침을 먹고 다시 만난다. 싱그러운 햇살은 강물 위에서 풀잎 위에도 찔레 넝쿨 위에도 햇살은 잘게잘게 부서져 몸을 날려 뛰어내리고 있다. 특히 강물 위로 뛰어내린 햇살들은 그 빛들이 눈이 부실 정도로 반짝인다. 물 위에 떨어져 반짝이는 햇살을 손으로 건져서 세수를 한다. 하늘도 내려와 물속에 구름을 던지면서 장난을 친다. 둘은 강물 위에서 종일 뛰어노는 사랑을 건지느라 하루해를 다 소비한다. 황당한은 **인제부텀 일요일은 맨날 햇살을 불러서 가치 노는 거다 알았나? 햇살 델꼬 노이 재밌제?** 그의 물음에 그녀는 젖어서 물이 뚝뚝 떨어지는 흑단처럼 검은 머리를 들며 고개를 끄덕인다. 어찌 저리도 청아한 천사들의 목소리처럼 곱게 생겼을까? 황당한은 또 입술을 쪽, 하고 기습 공격한다. 싫지 않은 기색으로 그녀는 황당한을 밀어낸다. 어둠은 속도위반을 해가면서 그들에게로 달려든다. 헤어지기 싫지만 둘은 서로 뒤로 걸으며 손을 흔들며 보이지 않을 때까지 뒷걸음질로 걸어간다. 황당한은 고모가 다녀간 후부터는 신경이 쓰여서 가능하면 예리한 집까지 바래다주는 걸 자제하고 있다. 어찌하든 매일 예리한을 만날 수 있어서 여기가 무섬이 아닌 천당이다. 이튿날도 둘은 또 약속한 장소에서 만난다. 오늘은 월요일이다. **오늘은 달빛을 델꼬 놀자. 낮에 먼 달이 뜨노? 이 맹추야, 잘 봐 저게.** 황당한이 가리키는 손가락 끝을 따라가니 대낮에 달이 떠서 멀건 대낮에 낮잠을 자고 있다. 순간, 쪽, 또다시 입술도둑이 다녀간다. 그래도 싫지는 않다. 손등으로 입술을 쓰윽 닦는다. 아무렇지도 않게 그녀는 *저 달을 우째 가주고 논다꼬? 자, 잘 봐라. 그래고 나를 따라 온나. 내가 저 달을 저 짝으로 몰아서 불러낼 테이까 니는 걍 내 뒤만 따라오믄 된다, 알았나?* 알았다. 황당한은 달을 유인해 찔레 넝쿨로 들어간다. 예리한이 같이 가니 달이 벌써 와서 기다리고 있다. 둘은 찔레 넝쿨 위에 달을 세워놓고 자신들은 넝쿨 속으로 들어간다. *달하고 논다민서?* 예리한의 물음에 황당한은 *봐라. 저 넝쿨에 까시가 있다고 무습다고 해서 내가 까시 새새로 달을 불렀다. 자 일로 와 봐라. 달이 저 새새로 들어 왔제.* 넝쿨 사이로 달은 한물간 동태눈처럼 흐리멍덩하게 누웠다. 둘은 바위에 달을 쳐다보며 팔베개를 하고 눕는다. 강물들은 시원한 바람을 한 자락씩 보내준다. 찔레 넝쿨은 햇살을 모두 걷어내며 가시를 세우고 보초를 서주고 새들이 모여 합창을 들려준다. 둘은 스르르 잠이 든다. 어디로 도망이라도 갈까 봐 둘은 찰싹 달라붙어서 잔다. 달은 오지도 가지도 못하고 낮 하늘에서 인장을 찍어놓은 듯 찍혀 있다. 한잠을 달게 때리고 일어난다. 둘이 손을 잡고 논둑길을 걷자 달도 졸린 눈을 비비며 함께 걸어오고 있다. 다음 날이다. 오늘은 화요일이다. 오늘은 불하고 놀아야 하는데. 황당한은 무슨 생각을 하는지 씨익 회심의 미소를 지으며 예리한과 만나기로 한 장소로 향한다. *오늘이 먼 요일이로? 오늘, 화요일이제. 그래믄 우째 놀아야 되노? 새삼스룹기는, 걍 놀제, 우째 놀기는?* 예리한은 눈을 흘긴다. 살짝 흘기는 눈꼬리가 초승달 꼬리보다 더 예쁘다. 황당한은 웃으면서 앞장서서 가다가 갑자기 휘익~ 뒤로 돌아서서 그녀의 치마를 홀러덩 걷어 올린다. 깜짝 놀란 치마가 비명을 지른다. 황당한은 예리한을 강물로 밀어버린다. 물을 푸우푸우 뿜어대며 **니 지끔 머하노?** 토라진 목소리가 물소리와 화음을 맞추어 더 귀엽다. **머 하긴 오늘 화요일이라 화끈하게 한 분 놀아 볼라꼬 그랜다.** 어이가 없는 표정을 지으며 그녀는 또 눈을 흘긴다. **눈 홀게지 마래이. 사램 애간장 다 녹아 내리뿌랜다. 누구 허락받고 그래 이쁘게 태어났노? 화내고 눈 홀기는 게 더 섹시해 보예이, 우쩨믄 좋노.** 하고는 물속으로 풍덩 뛰어 들어간다. 그녀는 황당한 얼굴에 두 손바닥을 부챗살처럼 활짝 펼쳐 물을 마구 퍼붓는다. 둘은 돌아서서 물을 퍼붓기 시작한다. 한참을 퍼붓고 둘 다 물에 빠진 생쥐가 된 다음에야 휴전을 제의하고 물 퍼붓기를 그만둔다. 황당한은 강 기슭으로 나가서 하얀 차돌멩이를 주워서 물수제비를 뜨기 시작한다. 넷 다섯 여섯 돌멩이 하나가 퐁 퐁 퐁 퐁 물장구를 치면서 멀리도 뛰어간다. **자, 니도 한 분 해봐라. 참 재밌다. 나는 할 줄 모른데이, 니나 해라. 누구든지 배우믄 다 한다, 내가 갈채 줄게이 해 봐라.** 황당한은 하얀 차돌멩이를 주워서 예리한의 손에 쥐여준다. **자, 이걸로 아까 내가 떤젠 거 매로 헤꼽하게 살짝 물 우를 걷듯이 떤제 봐라.** 예리한이 돌멩이를 던지자 돌멩이는 물속으로 퐁당 가라앉고 만다. 몇 시간을 물수제비뜨는 법을 가르쳐 주었으나 매번

두 걸음도 못 나가고 가라앉는다. 그게 어디 하루 이틀에 되는 일이 아님을 알면서도 예리한은 부지런히 배운다. 황당한이 던진 차돌멩이가 퐁·퐁·퐁·퐁·퐁 물 위를 새가 날듯 날았다 앉았다 하며 물 위를 뛰어가는 게 신성해 보인다. 신비스럽기까지 하다. 그러나 그녀는 단 한 번도 성공을 못 시키고 물속에 하루를 던져버리고 만다. 계속 연습하면 잘할 수 있다고 어깨를 토닥여주는 황당한이 믿음직스럽고 고맙다. 둘은 그렇게 또 하루를 추수하고 있다. 날마다 행복이 마구마구 둘에게로 배달이 되는 바람에 둘은 가끔 불안할 때도 있다. 우리 이래 행복해도 되나? 황당한이 예리한을 보며 묻는다. 이거도 다 우리한테 주어진 시간이니 그 시간을 잘 베게 뒀다가 이담에 필요하믄 꺼내서 읽어보자. 예리한의 말에 황당한도 고개를 끄덕이며 그녀의 어깨에 다정을 얹는다. 수요일이다. 황당한은 수요일은 물로 무슨 놀이를 하면서 그녀와 행복밭을 가꿀까 생각을 한다. 뒷동산 언덕에서 만나기로 한 두 사람은 의심할 여지 없이 그 자리에 나타난다. 어느새 가을이 둘 사이를 비집고 성큼 들어왔음을 실감한다. 언덕 위 하늘은 구름을 다 벗기고 파란색 옷으로 갈아입고 어디론가 가고 있다. 거리가 평소보다 훨씬 멀어진 걸 보니 아마도 먼 곳으로 가고 있는 듯하다. 돌팔매를 던지면 쨍그랑 깨질 것 같은 하늘창이 오늘따라 더 투명하다. 오늘 먼 요일이로? 수요일이제 먼 요일이로. 그릏제 그래믄 우리 물을 가주고 놀아야 하잖나. 언덕에 앉아서 다리 네 개를 쭉 펴고 놀던 서로의 엉덩이를 툭툭 털어내며 일어선다. 두 사람은 강가로 내려온다. 눈길을 앞세우면서. 그리고 누가 먼저랄 것도 없이 손을 잡고 네 발은 강가로 향한다. 매일 봐도 지겹지도 않고, 매일 보는데도 새로운 곳이다. 하기야 사랑하는 사람하고 있는데 지옥인들 천당으로 보이지 않을까만 그래도 이곳이 두 사람은 너무 좋다. 걸음이 강가로 내려오자 황당한은 물수제비를 더 배우라고 말을 건넨다. 그러나 예리한은 고개를 살래살래 살살이꽃처럼 흔든다. 머리카락이 가을바람에 날리며 얼굴을 반쯤 가리자 황당한의 눈은 거의 넋을 잃고 그 모습을 쳐다보고 있다. 햇빛을 받아 반짝거리는 머리카락이 숨이 막힐 정도로 윤기를 자르르자르르 흘리며 흩어져 황당한의 성욕을 자극하고 있다. 그런 걸 알 리 없는 예리한은, 머리카락을 바람에 후리리후리리 날리며 장난을 치고 있다. 황당한은 뛰어가서 그녀를 얼싸안고 마구 돌아간다. 둘은 하나로 얽힌다. 몇 바퀴를 돌고 물가에 내려놓는다. 한바탕 유희가 지나가고 그녀는 골뱅이를 잡겠다고 엎드려서 골뱅이를 찾기 시작한다. 손도 발도 없는 골뱅이 꼬리도 지느러미도 없는 골뱅이는 살아가기 위해 바위를 온몸으로 붙잡고 있다. 그녀는 금방 제법 굵은 골뱅이를 한 움큼 건져낸다. 그것으로 골뱅이국을 끓여 먹는다며 해가 질 때까지 강물을 헤집는다. 쓰고 갔던 모자를 벗어 그 모자에 가득 차도록 둘이서 잡는다. 그녀는 골뱅이를 많이 잡은 게 기분이 좋은 모양이다. 둘은 골뱅이를 잡았지만 1차 방정식으로는 풀 수 없는 서로의 마음을 잡고 있는 중이다. 어디로 달아나지 못하도록 마음을 꼭 잡아두고 싶은 간절함 이를테면 강력접착제 같은 성분의 그것이다. 목요일이다. 오늘은 둔덕 위 소나무 숲에서 만나기로 한다. 황당한은 일찍 집을 나선다. 그녀에게 그네를 매어주기 위해 어젯밤 늦도록 굵게 새끼를 꼬아 맞대서 튼튼한 밧줄을 만들고 날이 새기를 기다려 일찍 집을 나온 것이다. 언덕에 일찍 도착해 눈을 이리저리 둘러보니 아름드리 밤나무가 보인다. 밤나무 가지가 옆으로 지겟가지처럼 벋은 곳에 새끼줄로 그네를 맨다. 맑은 휘파람을 불며 그네를 매기 시작한다. 예리한의 마음을 자신에게로 매듯 단단하게 맨다. 가지 사이로 탄탄하게 새끼줄로 그네를 매어놓고 그녀가 오길 기다린다. 숲에는 다람쥐와 잠자리들이 미리 와서 황당한을 반갑게 맞이한다. 모든 작업이 마무리되고 나자, 예리한이 헐레벌떡 비탈길을 오른다. 미리 와 있는 황당한을 본 예리한이 환하게 웃는다. 웃는 얼굴에 가을 햇살이 놀라서 미끄러져 땅에 떨어진다. *일찌거이 왔네 내가 늦었나? 아이다, 내가 일찌거이 온 거다. 일로 온나 보이 줄께 있다.* 그녀의 손을 잡고 밤나무로 향한다. 그네를 본 예리한은 *이게 머로?* 하고 새끼줄을 두 손으로 만진다. *잠깐만.* 하고는 새끼줄에 예리한을 번쩍 들어앉히고는 등짝을 힘껏 밀어준다. 그녀는 무섭다고 세게 밀지 말라며 엄살을 떤다. 조금 타더니 그냥 내린다. 황당한은 이대로는 안 되겠다 싶어 그녀를 그네에 다시 앉히고 자신의 발로 그녀의 양발을 싸고 서서 그네를 탄다. 쌍그네를 타는 것이다. 힘껏 굴리자 그네는 점점 높이 날기 시작한다. 더 힘껏 굴리자 밤송이를 품고 있는 나뭇잎에 머리가 닿는다. 황당한은 입으로 밤나무 잎을 따서 입에 문다. 입으로 딴 톱니바퀴 모양이 톱니처럼 난 밤나무 잎을 그녀의 입에 물린다. 예리한은 새끼제비처럼 나뭇잎을 입으로 받는다. 바람이 톱니바퀴 무늬로 잘 다듬어 놓은 나뭇잎에다가 황당한은 막대기로 침을 묻혀 글씨를 쓴다. 그러고는 그 위에 흙을 뿌린다. 잎사귀 위에는 **예리한 사랑해.** 말이 선명하게 태어난다. 둘은 마주 보며 가을하늘보다 파랗게 웃는다. 옆에는 큰 아까시나무가 일렁일렁 육중한 몸으로 서서 가지를 일렁이고 있다. 잎이 무성하게 푸른 아까시나무 줄기 두 개를 꺾는다. 가위바위보를 해서 잎사귀를 하나씩 따고 먼저 따는 사람의 소원을 다 들어주기 게임을 한다. 결과는 예리한의 승으로 돌아간다. 소원은 다음에 쓰기로 하고 둘은 언덕을 내려온다. 노을이 밤을 낳느라 피로 온 하늘을 덮고 있다. 그렇게 목요일은 나무숲에서 나무들과 함께 논다. 바람이 축가를 불러주고, 새들은 춤을 춰주고 두 사람은 가을 열매들은 빨갛게 익은 동글동글한 연서를 허공 가득 뿌리고 있다. 세상에서 가장 행복한 한 쌍이다. 그 행복은 누군가 훔쳐 간 듯 빨리 지나가고 어둠이 둘 사이를 갈라놓으러 걸어오고 있다. 아쉬움은 두 사람 뒤를 그림자처럼 따라가고 있다. 사랑하는 사람들은 이렇게 헤어지기 싫어서 한집에서 살자고 결혼을 하나 보다. 두 사람은 일부러 걸음걸이를 늦추며 천천히 언덕을 내려온다. 두 사람의 마음속에는 양쪽 똑같은 무게로 나누어 펄럭이는 나비 날개처럼 어느 쪽으로도 기울지 않고 똑같은 생각으로 팔랑팔랑 날아오른다. 팔랑이는 아쉬움을 억지로 쫓으며 집으로 간다. 밤엔 꿈속에서 서로 만나 놀고 꿈길이 꺾어진 아침엔 또다시 현실로 돌아와 논다. 금요일이다. 금요일의 약속 장소는 큰 바위가 누워 있고 가운데로 강물이 옥구슬처럼 투명하게 비치고 모래들이 알갱이알갱이 기대서 뒹구는 강에서 만나기로 한다. 황당한은 일찍 강가로 간다. 강물도 자신처럼 밤새 잠을 뒤척였는지 무척이나 수척해 보인다. 강가엔 햇살을 부수어서 깔아놓은 듯 반짝이는 은빛 모래가 강물 밖으로 나와 몸을 말린다. 저쪽에서 예리한이 외나무다리를 건넌다. 햇살은 그녀의 온몸으로 쏟아져 내리고 장난기 많은 바람은 그녀의 옷깃을 마구 잡아 흔든다. 얼마나 멋진 풍경 한 장이 걸어오고 있나 하고 생각을 고르고 있는 사이 예리한이 다리를 등지고 자신에게로 오고 있다. 황당한은 지금 모든 맥박을 예리한에게 던져 놓고 고요히 부풀어 오르고 있다. 지금 출시되고 있는 숨소리는 모두 자신의 것이 아니란 생각을 하며 감자알처럼 콩알콩알 그녀만 보면 자라고 있는 불안함이 뛰어놀고 있음에 슬픈 꿈을 꾸고 있다는 생각을 한다.

오답과 정답

6

　모래밭에서 둘은 모래를 가지고 논다. 목덜미에 모래를 얹으면 소슬바람이 부는 것처럼 보드라운 감촉 사이로 찔레 향 밴 맑은 거문고 소리가 들린다. 물소리에 취하고 거문고 소리에 취한 두 사람은 모래 위에 서로의 이름을 쓰다가 지우고 *사랑*이란 두 글자만 남겨둔다. 손가락 사이로 빠져나가는 모래처럼 시간은 그렇게 그들 사이를 빠져나가고 있다. 모래밭에 나란히 눕는다. 하늘은 가을을 익히느라 바쁜지 살이 내려 더 파랗게 보인다. 물소리도 야위고 하늘도 파랗게 야위었다. 둘은 나란히 누워 야윈 물소리를 깔고 푸르러서 눈이 시린 하늘을 덮고 잠을 청한다. 황당한은 잠이 오지 않아 살며시 눈을 뜬다. 이 고요한 모래밭에 강물 소리가 안개처럼 자욱하게 깔린다. 황당한은 갑자기 어머니 얼굴을 떠올린다. 예리한을 못마땅하게 생각하는 어머니. 순간을 넘기고 조용해

지긴 했지만, 왠지 폭풍전야처럼 오히려 더 불안함이 자신을 떠나지 않고 있다. 어머니 입장에서 보면 고모님이 데리고 온 여자가 맘에 들 수도 있다는 생각을 한다. 그렇지만 예리한보다 천 배 만 배 더 잘나고 좋은 가문이고 예쁘다고 해도 예리한 없이는 하루도 살 수 없을 것 같은 자신을 몰라주고 어머니 눈높이에 맞추어 며느릿감을 고르려고 고집을 부리는 게 이해가 안 간다. 반면, 아버지는 너 에미 말에 흔들리지 말고 예리한이 좋으면 그냥 결혼하라는 훈시 같은 말씀을 하신다. 그러곤 한 마디로 쾅쾅 어머니 가슴에 못 박는 말씀을 하시기도 한다. 다시 한번만 쓸데없이 황당한 결혼 문제에 이 여자 저 여자 수소문을 하면 당신을 용서하지 않겠다는. 가부장적 위엄 있는 한마디 말씀에 평정을 찾는 듯하다. 아버지의 든든한 후원 덕분에 불안을 떨쳐버릴 수 있다. 아버지는 예리한보다도 어쩌면 예리한 아버지와 어머니를 더 좋아하는 건지도 모를 일이다. 호탕하고 개방적인 성격에 서로의 글에 반한 건지도 모를 일이다. 그리고 그 딸은 그 에미를 보고 데리고 오라는 옛말처럼 아버지는 평소에 예리한의 어머니를 아주 마음에 들어 하신다. 여성스러운 외모며 훤칠한 키에 서구적으로 생긴 아니 멋을 부리지 않아도 멋이 줄줄 흐르는 예리한 어머니를 교양 있고 예의 바르며 음식 솜씨까지 칭찬을 아끼지 않으신다. 그건 단순한 인사치레는 아닌 것을 황당한은 어느 정도 눈치를 채고 있다. 아버지는 진심으로 그런 여자 상을 결혼 전에도 꿈꾸신 듯하다. 당신이 못

이룬 꿈을 자식에게서 보상받고 싶은 심리가 작용하였는지도 모른다. 어머니는 키도 작으시고 성격도 다소 억센 편인 데다가 고분고분한 맛도 없어 망설였던 혼사. 과묵한 아버지로서는 할머니의 성화로 한 결혼을 어쩌면 후회하고 있는지도 모를 일이다. 두 분이 잘 맞지 않는다는 생각도 황당한은 가끔 해오던 터다. 아버지의 결혼은 아버지 의사와는 아무 상관 없이 할머니의 의사에 따른 것이다. 황당한은 지나간 말을 돌이킨다. 이웃동네에 아버지의 눈을 사로잡은 여인이 있었는데 할아버지의 친구 딸이었다고 한다. 키도 크고 미모도 출중한 여인이었는데 할머니 눈에는 괄호 밖인 셈이다. 할머니께서는 만약 그 여인과 결혼하면 당신은 죽어버린다고 엄포를 놓으시며 할아버지께 협박 아닌 협박을 가했고 지금의 어머니를 며느릿감으로 선택하셨다고 한다. 이유는 여자가 너무 멀대처럼 키가 크면 쓸데가 없고 어머니처럼 보름달같이 통통한 얼굴에 엉덩이가 커야 자손을 잘 낳고 그 여자처럼 손가락이 길면 게을러서 일도 못 한다는 이유로 어머니의 통통하고 짧은 손가락을 좋아하셨다고 한다. 결과는 아버지는 할머니의 소원대로 지금의 어머니와 결혼을 할 수밖에 선택의 여지가 없었다고 한다. 그건 어머니의 입을 통해 들은 말이다. 그렇지만 과묵하고 어머니의 뜻을 거스르지 못하는 성격이라 결혼은 자신의 뜻대로 하지 못했지만, 당신이 좋아하는 여인과 결혼을 하지 못한 한을 어쩌면 아들에게서 기대하고 있는지도 모를 일이다. 어찌하건 고모가 여자를 데리고 다녀간 다음 아버지는 불같이 화를 내시며 어머니를 나무라신다. 결혼은 저희끼리 마음 맞춰 사는 일이거늘 왜 끼어들어 쓸데없이 분란을 만드느냐며 내 편에 서는 척하며 아버지께서 뜻하는 며느리를 얻고 싶은 속내를 숨기고 그렇게 호통을 친 것이다. 황당한 입장에서는 아버지의 그런 결정이 천군만마를 지원받는 것처럼 큰 힘이 된다. 그래서 예리한을 만나는 데 대한 부담도 반으로 줄어든 것이다. 어머니께서도 대놓고 아무 말씀을 안 하시고 예리한을 만나는 데 대한 아무런 말도 없으신 게 직선적인 어머니 성격에 맞는 행동이 아니다. 그것이 오히려 황당한을 더 불안하게 만든다. 제발 별일이 없기를 하늘에 두 손 모아 기도하고 있다. 혼자 일기 몇 줄을 허공에 쓰고 나자 예리한이 꿀잠을 털고 일어난다. 너무 멀리까지 생각을 한 탓인지 황당한은 더 놀고 싶은 생각이 가신다. 오늘은 고만 집에 가자. 그래고 내일 만내자. 내일은 토요일이까네 우리 조대흙과 진흙이 많은 저 너럭바우가 있는 언덕 우에서 만내자. 그렇게 둘은 약속을 걸어놓고 손을 잡고 나란히 걸어서 서로의 집으로 간다. 다른 때보다 일찍 집으로 돌아간 황당한은 자신의 방에 들어가서 못다 본 책이나 봐야겠다고 막 방으로 들어서려는데 어머니와 고모가 함께 마당으로 들어오신다. 그때 이후 황당한은 고모가 자신의 집에 나타나는 걸 별로 탐탁하게 생각지 않는다. 간단한 목례로 인사를 하고 자신의 방으로 들어가 앉는다. 왠지 모를 불안감이 연기처럼 피어오른다. 왜 또 갑자기 오셨을까?

그렇지만 그녀를 데리고 다녀간 후 서너 번 다녀갔지만 한 번도 그녀에 대한 말을 꺼낸 적이 없던 터라 대수롭지 않게 생각한다. 막 책을 펼치려는데 어머니의 목소리가 방문을 연다. 야야, 일로 쫌 나와 본나, 할 말이 있다. 불길함을 밟으며 마루로 나간다. 딴 게 아이고 전번에 왔던 그 처자가 아파서 자리에 눴다. 그게 내하고 먼 상관이 있니껴? 고모의 말이 끝나기도 전에 볼멘소리를 고모에게 던졌다. 그 여자 말할라믄 지는 할 공부가 있어 방에 드가 봐야 되니더. 두 말도 못 꺼내게 방으로 들어와 방문을 쾅, 닫는다. 창문이 거들어서 맞바람을 쳤는지 닫는 힘보다 더 큰소리로 방문이 쾅! 울리며 닫긴다. 그래 니 보고 그 처자하고 결혼하란 말은 안 하마. 그릏제만 나무집 다 큰 처자가 니 땜시 빙이 나 자리에서 누워 사경을 헤매고 있는데 그래 모르는 척 하믄 그게 어데 양반의 집에서 할 짓이라. 너 아부지가 매일 자랑으로 삼는 양반·선비가 다 먼 쓰잘데기 없는 소리로. 낯 한 분 보이 주고 목심 하나 건재주믄 그게 선비고 양반이제. 남이사 죽게나 말게나 내 싫다고 거들떠보지도 않는 게 선비고 양반이 하는 짓이라. 이 에미는 암만 생각해도 그거는 사램의 도리가 아이다. 짐승도 그래지는 않는다. 니 하고 싶은 대로 하그라. 남이사 죽게나 말게나 니 좋은 대로 하란 말이따. 일방적으로 말을 송곳처럼 꽂아놓고 어머니는 그 자리서 고모를 돌려보낸다. 자네도 얼른 가게. 그래고 처자가 죽게나 말게나 우리 집에 연락하지 말게. 내 뱃속으로 놓고 아들 낳다

95

고 좋아서 미역국을 뭤제만 어데 자식을 겉을 놓제 속 까짐은 몬 놓는 뱁이제. 누가 저른 몰인정한 새긴 동 알고 놓는가? 놓고 보이 저른 걸 우째 다 내 죄이께네 고만 집으로 돌아가게. 암말도 하고 싶잖고 할 말도 없네. 그래고 그 집 딸 죽게나 말게나 그 집서 알아서 할 일이제. 저래 매정한 누미 누구 죽는다고 원눈이래도 까딱할 위인이 몬 되네. 자네 할 도리는 했으이 목심은 하늘에 맽게야제. 매몰차게 고모를 전에 없이 저녁도 안 먹이고 돌려보내고 어머니는 아무 일도 없다는 듯이 저녁을 짓고 저녁은 뜨는 둥 마는 둥 한술 뜨고 방으로 들어간다. 황당한도 황당해서 밥도 먹는 둥 마는 둥 하고 아버지도 분위기가 다른 걸 눈치채셨는지 반쯤 드시고는 수저를 놓으신다. 어머니가 방으로 들어가자 아버지는 목소리를 땅에 깔며 뒷마당으로 황당한을 부른다. 황당한의 말을 다 듣고 난 아버지는, 그랜다고 그 처자하고 결혼하는 거는 꿈에도 안 되고 인정상 한 분 들애다만 봐줘라. 여자가 한을 품으믄 오뉴월에도 서리가 내랜다고 안 하나. 그래이 니 체민상 아이, 니 고모 체민도 살래 줄 겸 그냥 한 분 들래서 낯이나 보이 주고 오는 게 좋을 꺼 같구나. 그래고 예리한하고 결혼도 서둘래서 내년 봄에는 혼인 하도록 내 준비하마. 내 말 알아듣겠나? 황당한은 아무 대답도 할 수가 없어 묵비권으로 일관한다. 방으로 들어온 황당한은 곰곰 생각 속으로 걸어 들어간다. 어떻게 해야 할 것인지, 그 여자를 보러 간다는 것도 예리한에게 죄를 짓는단 생각이 든다. 이튿날 황당한은 미리 나가서 그녀의 집 가까운 곳에서 기다린다. 중요한 이야기, 아주 중요한 자신의 인생을 망쳐버릴 중요한 이야기다. *아부지께서 내년 봄에 우리들 혼인 준비를 해 주신다 그래신다.* 황당한의 말을 들은 예리한의 얼굴이 지구를 다 비추고도 남을 만큼 환해진다. 황당한에게 와락 맹수같이 덤벼들어 목덜미를 그러안고 입을 맞추며 마치 어린아이가 자신이 가지고 싶은 장난감을 얻은 듯 좋아서 팔짝팔짝 뛰면서 걷는다. 황당한도 걷는다. 조대흙이 있는 곳은 조금 멀리 떨어져 있다. *그른데, 오늘은 가치 몬 놀겠다. 집안에 이른저른 할 일이 있어. 그래고 고모님 댁에도 댕게와야 할 거 같애.* 황당한은 알맹이 빠진 빈껍데기 말을, 새빨간 거짓말을 하고 있다. 물론 예리한이 알면 기분이 나쁠까 봐 둘러댔지만 미안하다. 아무것도 모르고 내년 봄에 결혼이라는 말만 그녀의 귓속으로 들어가 그녀를 들뜨게 하고 있다. *그래, 그래믄 댕게와서 놀지 머.* 조금도 기분이 흐트러짐 없이 그녀의 머릿결처럼 가지런한 대답을 빗는다. *그래 미안타, 댕게와서 보자.* 그렇게 둘은 약속을 미루고 황당한은 고모 황이지 집으로 향한다. 고모 집으로 가는 길가에는 들판이 누렇게 일렁이며 고요 속 풍요로움으로 세상을 색칠하고 있다. 부지런히 걸어서 고모 집엘 도착한다. 황당한을 본 고모는 맨발로 뛰어 내려와 혹삭을 떨면서 조카의 손을 잡는다. *그래 우째 왔노? 그냥요. 그래 잘 왔다, 아직은 머꼬 왔나? 야, 머꼬 왔니더. 그래 우쩬 일로 여게를 다 왔노?* 고모는 다그쳐 묻기에 바쁘다. 고모부가 옆에서 뚝배기 같은 말 한마디를 거든다. *거, 조카 멀 꺼라도 주지 않고 왜 그래 다그쳐, 고모한테 모처럼 놀러 온 사램을.* 고모부의 말에 정신이 났는지 고모는 부엌으로 가더니 삶은 감자를 김치와 함께 차려 내온다. *아직 머꼬 왔니더, 지끔 안 머꼬 싶니더. 그건 그릏고 고모 지가 온 이유는 그 처자 집에 고모 입장 생각해서 아부지께서 한 분 들레보라고 해서 왔니더. 그 처자 집이 어디이껴?* 황당한의 말을 들은 고모는 얼굴빛이 환해진다. *그래, 고맙데이. 으응, 그 박 처자네 집 말인가?* 고모부도 알고 있는 눈치다. *잘 왔구먼, 안 그래도 딱했는데 반남 박씨 양반 가문에 재산이 만석꾼인 집안이라 아깝기도 했고.* 고모부는 긴 말씀을 하지는 않는다. *얼른 준비해서 델꼬 가게.* 고모는 머리에 쓰고 있던 하얀 수건을 벗어 마루에 던지면서, *준비가 머 있어. 이대로 가믄 되지.* 하고 서두른다. 고모가 앞장선 그 집은 고모네 집에서 5분 거리쯤 떨어져 있다. 대문에는 입춘 때 붙여놓은 立春大吉, 建陽多慶이 여덟 팔로 묵직한 나무 대문을 지키고 있다. 고모가 대문을 두드리자 열대엿 살쯤 돼 보이는 남자아이가 문을 열어준다. 남자아이는 고모를 잘 아는 듯 길을 안내한다. 집이 궁궐처럼 크다. 빙 돌아서 안채인 듯한 곳으로 들어간다. 안채에 들어서자 한 마흔쯤 되어 보이는 여인이 고모를 맞이한다. 반질반질, 촌집이라고는 할 수 없게 반질거리는 마루는 아주 말끔히 청소되어 있다. 촌 동네라는 곳이 이곳저곳 질서가 망가지게 마련인데 하나 흐트러짐 없이 정갈해서 사람의 기분을 상쾌하게 해 준다. 마흔이나 마흔을 갓 넘은 여인의 옥색 비녀로 쪽 찐 머리가 햇빛에 비쳐 윤기가 잘 잘 흘러내린다. 마루에 앉자 같이 온 황당한이 궁금한지 누구냐고 묻는다. 고모가 조카라고 소개하자, 그 당당 정갈하던 여인이 정갈을 허물고 무례를 부르며 황당한의 손을 덥석 잡는다. 황당한은 당황스러웠지만 태연한 척한다. 잡았던 손을 놓고는 이제야 제정신이 돌아왔는지 *에고 내가 제정신이 아니였제*. 고모를 쳐다보며 무안해한다. 마루를 둘러보니 방문이 세 개가 보인다. 저 중의 한 곳에 그 여인이 머물고 있으리라 예측하며 이리저리 눈길을 흘러본다. 조금 지나자 이 집 식모인 듯한 소녀가 차상을 가지고 온다. 곶감 말린 것 잣과 호두와 대추를 잘게 썰어 동동 띄운 수정과가 하얀 사기 찻잔에 담겨 보기만 해도 맛깔스럽다. 어서 들라고 권하고는 말과 동시에 찻잔을 손잡이가 황당한 쪽으로 가게 들어서 먹으라며 권한다. 좀 과한 친절이다 싶으면서도 고모의 입장을 생각해서 벌컥벌컥 한꺼번에 다 마셔버린다. *우쩨믄 먹는 거도 저래 복시럽게 먹노*. 황당한은 할 말이 없어 그냥 앉아 있다. 조금 어색함이 서로에게 오고 감을 느낀다. 그 어색함을 깨트리며 고모가 먼저 입을 연다. *이화는 쪼매 좋아졌니껴?* 고모의 말을 받아 *멀 머야 좋아지든 나빠지든 하제요. 아무꺼도 입에 안 대고 저래 나무 애를 있는 대로 태우니더. 지끔 어데 있니껴*. 황당한이 묻는다. *이 방에 있니더*. 황당한이 예측한 대로 마루문 중의 하나가 그녀가 있는 방이다. 그런데 이렇게 사람 소리가 나는데도 꼼짝도 안 하고 있다니. 황당한은 황당한 생각이 들어 한마디 던진다. *지가 쫌 디 가도 되니껴?* 묻는다. 여인은 대답 대신 고개만 끄덕인다. 황당한은 방문을 열고 방에 들어간다. 그녀는 아직 춥지도 않은데 겨울 이불을 덮고 누워 눈을 감은 채 죽은 시체처럼 꼼짝도 안 하고 있다. 그녀의 방에는 여자의 방답게 모든 물건이 차곡차곡 곱게도 쌓여 있다. 시골 여인 집에 무슨 책이 저리 많나 싶게 황당한도 못 보던 책들이 가지런히 자신의 이름표를 달고 꽂혀 있다. 황당한은 눈을 그녀에게 돌린다. 미동도 안 하고 누운 그녀의 얼굴은 천사보다 더 곱다. 이름이 이화라 배꽃보다 더 곱다는 생각을 하다가 얼른 생각을 바로잡고 그녀를 부른다. *이봐요, 주무시니껴?* 대답이 없다. *지, 황당한이씨더. 아프시다고 해서 문빙 왔는데 눈 쫌 떠보소.* 그래도 대답이 안 온다. 밖에서 이화 어머니가 들었는지 방문을 열고 들어온다. 딸에게 다가가서 *니가 그래 몬 잊는다는 총각이 왔으믄 눈을 떠야 와 눈도 안 뜨고 그래고 있노, 이화야!* 안타까운 듯이 어머니가 흔들어 깨워도 대꾸도 없다. 죽은 사람처럼 눈을 뜨지 않고 그대로 있다. 어머니는 화가 났는지, *내비 두고 나오소. 미친! 그래 몬 보믄 죽는다고 난리 치디이 왔는데도 멋 땜에 눈도 안 뜨노? 고만 내비 두고 나가시더.* 그녀는 화가 나서 휑하고 나가버린다. 황당한은 다시 한번 설득을 해본다. *눈 쫌 떠보소. 사람을 이래 취급해도 되니껴?* 그래도 대꾸도 없다. *지는 인제 갈라*

니더. 몸조리 잘하소. 그래도 눈도 뜨지 않는다. 핼쑥한 그녀의 모습이 핼쑥해서 더 아름다워 보인다. 그래도 눈을 뜨지 않자 황당한은 문을 열고 나온다. 황당한은 가겠다는 인사를 던지고 그녀의 집을 나온다. 고모에게 간다는 말만 던지고 집으로 향한다. 집으로 돌아오는 길이 무엇인지 편치 않다. 길가에 너럭바위가 그를 유혹한다. 황당한은 너른 바위로 올라가 바위의 배를 깔고 앉는다. 허옇게 잘생긴 바위 무수한 일들을 몸에 새기고 진술을 기록하고도 단단하게 입단속을 하며 세상을 아우르는 바위. 갑자기 바위가 존경스럽다. 백 년도 못 살면서 이렇게 많은 일로 힘들고 아파하며 바둥거리다 죽는 인간에 비하면, 이 너럭바위는 이곳에서 수천 년의 세월을 살면서 온갖 풍파를 겪었으면서도 기꺼이 남에게 배를 내밀어 쉬어가기를 자청하지 않는가. 황당한은 깍지를 끼고 뒷머리를 괴고 누워서 하늘을 바라본다. 어떻게 해야 할지 난감하다. 저렇게 만약에 잘못되기라도 한다면 자신과는 무관한 일이라고 하더라도 한 여인의 생명을 그냥 저대로 가게 할 수는 없다. 그렇다고 뾰족한 대책이 있는 것도 아니다. 내년 봄이면 예리한과 결혼할 몸인데 다른 처녀에게 무얼 해 줄 수 있단 말인가. 황당한은 답답한 심정을 너럭바위 가득 곡식을 널어놓듯 널어놓고 몸만 일어선다. 집으로 오는 발길이 발목에 모래주머니를 매단 듯 무겁다. 아무 일도 없는 듯 집으로 갔으나 입맛도 없고 무엇을 어찌해야 할지 아무 계책도 떠오르지 않는다. 그렇게 밤을 뜬눈으로 지새우고 이튿날 예리한을 만나러 예리한 집으로 간다. 예리한은 친척 집에 대엿새 정도 다니러 갔단다. 예리한 아버지나 어머니 모두 황당한을 사위 대하듯 살갑게 대해준다. 예리한 아버지가 입을 연다. 자네 집에서 내년 봄에 결혼을 시캐자고 해서 예리한 작은아부지와 예리한 고모 댁에 알릴 겸 태장에 댕기로 갔네. 자네 태장의 유래에 대해 아는가? 아이, 모르니더. 거 다행이구먼. 예리한도 없고 심심한테 내 잠시 태장에 대해서 얘기해 줌세. 야. 태장이란 지맹이 문헌에 첨 나타난 건 1849년 안정구가 펴낸 순흥지에 의해서라네. 순흥지에는 '관아가 있는 한산리(漢山里, 항상 골)는 조선 후기 1896년 (고종 33년) 행정구역을 8도제에서 13도제로 개편할 때 순흥부가 순흥군으로 격하되고 한산리는 항상동(項上洞)으로 고쳤다고 전하고 있네. 장태(藏胎)란 옛날에 왕실에서 아 낳았을 때 그 태(胎)를 묻는 걸 일컫제. 태장리는 장태 문화의 중심질세. 태장지는 우리나라 고유 풍습이제. 이웃 나라 중국에도 없는 유일한 우리나라 풍습으로 왕자가 태어나믄 태실을 지어 태를 안장하는 곳일세. 태장지의 조건은 평지에서 봉긋하게 솟으민서 산의 기맥이 닿지 않는 곳이어야 하제. 이른 곳을 길지로 택해서 태실을 만들제. 이른 풍습이 생기기 시작한 곳은 신라로 전하고 있네. 신라 때 유명한 김유신 장군의 태실을 지은 태봉은 진천에 있제. 김유신 장군이 태어났다는 만뢰산(萬賴山)은 천혜의 자연경관을 갖추고 있고 아래는 연화부수형 보련마을과 절이 있는 천혜의 명산이라네. 그 에 태령산이 있제. 만뢰산(萬賴山)의 한 줄기인데 여게 김유신 장군의 태실이 있어 태령산이라 밍밍되었다네. 태를 묻는 자리는 거진 다 태봉이라고 칭하제. 봉보다 산이 우위 개념이기도 하제. 김유신 장군은 왕이 아니었으민서도 왕 이상의 대우를 받은 유일무이한 역사적 인물이제. 여지승람(輿地勝覽)에는 이 산을 태령산 또는 길상산(吉祥山)이라 적고 택리지(擇里志)에도 태령산이라 적고 있다네. 우리나라 법규는 국장을 치르기 위해 길지를 골랐제. 길지라믄 심지어 사민들의 분영(墳塋)을 파내고 그 자리에 혈을 저장하기도 할 만치 중요시했어. 태봉을 꼭 최고로 신령스런 기운과 복을 발할 수 있는 자리를 고르기 위해 이릏게까짐 하고 있었제. 이는 이치에 어긋나는 일일 뿐만 아이라 감여(堪輿)의 발술로 따지드라도 근거가 없는 일이제. 태실을 만드는 이유는 풍수적인 관점에서 유래되고 있제. 그래서 태실을 지은 땅의 기운이 태의 주인에게 고대로 전해지길 비는 맴이제. 또한 태실을 길지에 지으믄 무빙장수하고 총밍해지고, 태실 주인이 왕이 될 경우는 국운이 융통해서 나라와 백성이 편안해진다는 강건한 믿음을 담았제. 그래서 태를 묻을 때는 100분이나 씻는 까탈스로운 절차를 밟아서 단지 밑에다 개원통보를 넣고 그 우에 태를 넣은 뒤 성스러운 절차를 거쳐 이를 봉환하는 거로 전해지제. 우리나라에서 기중 많은 태가 묻핸 태장지가 어덴지 자네 혹시 아는가? 예리한 아버지는 황당함을 향해 눈길을 튼다. 잘 모르니더. 그래믄 지루하드래도 더 들어 볼란가? 야. 그래믄 계속 가네. 우리나라서 태실이 기중 많은 데는 성주(星主)로 알래져 있네. 성주에 기중 많은 태실을 짓게 된 이유는 세종대왕이 열여덟 밍의 아들과 네 밍의 딸이라는 다산을 했제. 세종대왕은 아들인 왕자들 태를 전부 성주에 묻게 했기 때문이제. 성주의 태장지는 태종의 태는 용암 조곡산에 묻해고 나머지 왕자와 세손의 태는 월향면 선석산에 묻해 있제. 이후 단종의 태실은 세자로 책봉되민서 가천 법림산으로 옮게 별도로 조성했제. 이로 인해 성주에는 모도 열아홉 개의 태실이 지어졌고 석성산(742m)에는 국내 하나밲에 없는 태실 법당이 있제. 거게 비하믄 적은 핀이제만 여게 태장에도 고려 시대에서 조선 시대까짐 수 밍 태가 묻했제. 수밍의 태가 묻해자 순흥이 도호부로 승격이 되기도 했제. 조선 시대에는 왕의 태실이 여게 저게 설치되었제. 고려 충숙왕 충목왕 충렬왕 등 시 밍의 왕, 왕비 한 밍, 세손 한 밍의 태를 여게 순흥에 묻었제. 그뿐 아이라 세종대왕의 부인 소헌왕후 심 씨의 태도 여게 묻해 있고 영조의 손자 의소 세손도 묻해 있어 왕실의 태장지가 되민서 태장지로 유명해졌제. 태장이 음택 풍수이기는 하제만 무덤 풍수와는 달라서 여게 태장의 지세가 뛰어나다는 증거이기도 하겠제. 1700년경 순흥부의 행정구역을 면리(面里)로 정비할 때 지역 유림에서 동명을 태장리(台庄里)라 칭함에 따라 순흥지에 태장(台庄)으로 기록되었제. 기록을 참고해 보게.

고려 25대 충렬왕(忠烈王) 동국지도와 신증동국여지승람에
'충렬왕(1236~1308)의 태실이 소백산에 있다'라고 적혀 있다.
특히 신증동국여지승람에는 '충렬왕의 태실을 두었기에
감무를 두었던 순흥을 흥령 현령으로 승격했다'라고 적혀 있다.
고려 27대 충숙왕(忠肅王) 동국지도와 해동지도에
'충숙왕(1294~1339)의 태실이 소백산 경원봉(慶元峰)에 있다'고 했다.

신증동국여지승람에 '충숙왕의 태를 안치하고 현을 주지사로 승격했다'는 기록이 있고, 풍기의 고적에는 '경원봉은 군 북쪽 22리에 있고, 이곳에 충숙왕의 태를 묻었다'라고 했다.

묵동(墨洞, 거묵골), 사현정, 성하리, 석교, 죽동 등 13개 마을(里)이 있었다.

고려 29대 충목왕(忠穆王) 동국지도에
'욱금동에 충목왕(1337~1348) 태실이 있다'는 기록이 있다.
조선의 태실 조사단에 의하면
'비로사 보법탑비에 고려 태조가 진공대사를 보기 위해 욱금을 넘나들었다'는 기록이 있다.

태장은 생명 존중의 장태 문화를 간직한 곳이제. 그 사이 밥상이 들어온다. 온갖 맛깔스런 음식이 정성껏 제 자리에서 냄새를 풍기며 입맛을 유혹하고 있다. 잠깐이라도 태장에 관한 이야기를 들

느라 잊어버렸던 박이화란 처녀가 또 눈앞에 아른거린다. 밥상 위에서 맛있는 밥맛을 방해하고 있다. 무슨 맛으로 먹는지 그냥 입 속으로 마구 구겨 넣고는 바쁘다는 핑계를 놓고 일어선다. 집으로 향해야 할 발은 지멋대로 주인의 허락도 없이 또다시 고모네 동네 아니 박이화 집으로 걸어가고 있다. 이게 무슨 일이람. 머릿속에서 마구 엉키는 실타래를 가닥을 잡을 수도 끊어낼 수도 없다. 그냥 마음이 시키는 대로 해야겠다고 생각을 빚어 내리고 발이 가는 대로 그냥 둔다. 집 앞에 다가가자 심장이 쿵쾅쿵쾅 혼자 어디론가 뛰어가고 있다. 빌어먹을! 왜 심장이 이렇게 뛰고 있어. 힘들게 빨리 달리지도 않고 천천히 걸었는데. 어느새 생각과 달리 손은 대문을 두드리고 있다. 이놈이 팔도 다리도 주인과 상관없이 제멋대로 움직이고 있다. 이미 물은 엎질러졌다. 어제와 다른 사내가 나와 문을 연다. 머슴인 듯했다. 이 미친? 발은 안내도 필요 없이 그냥 성큼성큼 걸어서 박이화가 있는 마루까지 간다. 무슨 정신인지 모른다. 그냥 발이 이끄는 대로 맡기는 수밖에. 마루가 엉덩이를 당겨 앉힌다. 아무도 없고 고요만 펄펄 날아 마루 가득 쌓인다. 주위를 둘러본다. 풍수지리를 모르는 문외한(門外漢)이지만 이 집은 명당 터 같다. ㅁ자 모양의 구조에 어디 하나 허튼 구석이 없어 보인다. 고모의 말을 빌리면 이 동네는 흉년이 들어도 걱정이 없단다. 흉년이 들면 박 부자는 곳간을 풀어서 먹을 것을 나누어 주는 게 관례가 되어 있어서 이 동네는 흉년이 들어도 눈도 깜빡 않는다고 한 말이 눈앞에 다가온다. 이 집과 이 집의 주인 인품에 찬탄하고 있는데 생각을 싹둑 가위질하는 소리가 들린다. 여게 먼 일로 오싰니껴? 아, 여게 빙문안 왔니더. 그르시이껴 알겠니더. 머슴으로 보이는 사내는 두 번도 안 묻고 뒤돌아서서 아래채로 종종 걸어간다. 황당한은 그제야 으흠으흠 기침 소리를 내고 마루로 올라가 그녀의 방을 두드린다. 대답이 없다. 다시 두드린다. 또 깜깜하다. 살며시 문을 열고 들어가니 그녀는 아직도 자고 있다. 여보소 박이화씨, 지 황당한 왔니더. 그 순간 그녀는 눈을 살짝 뜬다. 지 빙문안 왔니더. 머하로 왔니껴? 초면도 아인데 편찮으시다 해서 빙문안 왔니더. 돌아가소. 단호한 목소리다. 이래 사램을 함부로 대하니껴? 빙문안 온 사람한테. 누가 아프다고 빙문안을 와요? 그래믄 안 아픈데 왜 누 있니껴? 남이사 전봇대로 이빨을 쑤시든 말든 그 짝이 무신 상관이껴? 알았니더, 미안하이더. 아주 마이 잘못했니더, 다시는 이런 결례를 안 하무시더. 하고 황당한이 일어서는데 그녀의 어머니가 들어온다. 아이구 이거 멀리서 고상하시니더 잠깐 계시이소. 이 멀리 오싰는데 입이라도 다시고 가소. 여게 잠깐만 계시이소. 말을 마친 그녀의 어머니를 문이 밀어낸다. 어머니 뒤를 따라 나가며 몸조리 잘하소. 하고 나가려고 하자 그녀는 우리 엄마 말씀 안 들리니껴? 잠깐 앉았다가 머라도 드시고 가소. 일어섰던 몸을 다시 앉힌다. 어데가 그래 아프시이껴? 누가 아프다고 그래디껴? 멀쩡한 사램을 가주고 아프기는 누가 아프다고. 천만

다행이씨더. 그래 아프지 않으믄 바램이라도 쇠러 나가시더. 그녀는 그 말에 몸을 일으킨다. *엄마가 멀꺼 가지로 가싰으이 머꼬 가시더.* 그녀는 정말 아픈 사람은 아니다. 그녀는 벌떡 다리를 일으켜 세우더니 *잠깐, 마레 나가서 머 쫌 잡숫고 가시더.* 하고는 그를 마루로 내보낸다. 마루에 나오자 그녀의 어머니는 손수 차 쟁반을 들고 온다. 국화꽃을 노랗게 띄운 노란색 찻물에 가을 향이 솔솔 타오르고 있다. 집에서 만든 유과를 가지런히 담은 접시와 찻잔의 색이 참 잘 어울린다는 생각을 하면서 황당한은 눈으로 차와 유과를 먹고 있다. *빈빈찮지만 얼릉 드이소. 야, 고맙니더.* 그때서야 눈이 먹고 있던 찻잔을 손으로 집어 든다. 국화 향이 콧속으로 마구 기어들어 온다. 콧구멍이 노랗게 물드는 것 같다. 입술에 대자마자 은은한 향이 온 입으로 쏟아진다. 한 모금을 마시고 찻잔을 놓고 있는데 그녀 어머니는 유과를 하나 집어서 먹어보라고 권한다. 고맙다는 말로 유과를 받아서 입안에 넣고 깨문다. 달달한 맛이 온 입안을 덮친다. 국화차와 유과의 궁합이 환상이란 생각이 든다. *이래 먼 길 오시느라 고상 많으싰니더, 그래고 고맙니더.* 그녀의 어머니는 아주 겸손하고 고고한 인품과 귀티가 온몸을 휘감고 있어 도저히 저렇게 큰딸이 있는 어머니로 보이지 않는다. 잠시 곁눈질을 내려놓으며 *아 아입니더.* 황당한은 가렵지도 않은 머리를 긁적인다. 그렇게 차를 마시는 사이에도 어색함이 찻잔 가득 출렁인다. 이게 뭐 하는 짓인지. 자신에게 자문자답하고 있다. *그래 어른들*

은 잘 계시니껴? 야, 잘 계시니더. 아주 교양 있고 정중하고 조심스러운 말색이다. 무언가 제자리가 아닌 듯 어색해서 황당한은 순간 자신을 미친놈이라며 속으로 나무라고 있다. 그러나 이미 엎질러진 물이 아닌가. 예리한이 알지도 못하고 또 사람이 죽는다는데 안 와 보는 것도 도리가 아니라며 자신을 자꾸 정당방어로 매도하고 있다. 그녀가 방에서 나온다. 박이화 그녀를 쳐다보는 순간 머리가 아찔하다. 어찌 저리 고운 천사가 있을까? 하얀 저고리에 치마를 입은 그녀는 이 세상 사람이 아닌 듯 눈이 부시다. 황당한은 얼른 자신을 미친놈에서 벗어나 정신 차리라며 타이른다. *니 밥도 안 머꼬 어델 갈라고 나오노? 잠깐 나갔다 오께. 다 드싰으믄 나가시더.* 좀 전 병색은 온데간데없고 전혀 아픈 사람 같지 않게 생기발랄해 보인다. *야, 가치 나가게?* 어머니는 더 이상 아무 말도 없이 자리를 뜬다. 그녀는 앞장서서 걸어 밖으로 나온다. 바깥은 가을답게 선선한 바람을 던지며 사람의 기분이 좋을 만큼 햇살도 바람도 온도의 아귀를 잘 맞춰준다. 들판은 온통 황금 물결로 출렁이고, 꾸불꾸불 휘어진 논다랑이가 가을을 지워가는 중이다. 어떤 무늬의 여백도 허락하지 않는 저 가을빛은 가을을 익히느라 정신 없다. 저 큰 가을 한 채가 지나가면 매서운 추위 한 채가 들어서리라. 그녀는 아무 말 없이 앞장서서 걷는다. 황당한 역시 무슨 말을 해야 할지 아무 생각이 나지 않는다. 조금 걷자 폭이 꽤 넓은 강이 어디를 향해서 가는지 끊임없이 결속을 다지며 흐른다. 가을 햇살이 끊임없이 강으로 뛰어내려 몸을 씻고 있다. 그녀는 강 쪽으로 걷는다. 이쪽 지리를 모르는 황당한은 그냥 따라 강으로 간다. 가까이 오니 꽤 넓은 강이다. 강에는 섶다리가 놓였다. 섶다리 사이로 강물은 굽이굽이 몸을 휘며 흐르고 금빛 모래가 깔린 옆으로 조그만 자갈들이 자그락자그락 모여서 앉아 놀고 섶다리 사이를 빠져나온 물은 살짝살짝 모래를 적시며 흘러가자 뒤에 오는 물들이 또 모래를 적시며 지나가고 그렇게 평화를 만들어내고 있다. 거기 앉아서 그들과 놀고 싶다는 생각이 머릿속으로 기어들어 온다. 건너엔 나무숲이 있다. 그녀는 앞장서서 오라 가라 말도 없이 자신만 섶다리를 건넌다. 황당한도 따라 건넌다. 섶다리를 건너자 소나무 숲이 울창하다. 나무가 얼마나 수려하게 잘 자랐는지 큰 소나무는 푸른 갈기를 세우고 다리로 허공을 밟으며 두꺼운 비늘을 몸 전체에 감고 구불구불 용이 되어 하늘로 오르고 있다. 숨겨 두고 아껴두고 싶은 비밀이기도 하고 그 은밀한 향기를 자랑하고 싶은 것도 사랑이다. 그런데 지금 이 두 가지 조건이 비껴눕는, 아니 비껴누워야 하는 어긋나야 하는 운명이 함께하는 공감으로, 함께 우는 공명으로, 공동이란 씨앗 하나를 만들기 위해 함께 가지 말아야 할 길을 가고 있다는 예감이 문득 바람을 타고 달려오는 이유는 무엇일까? 목이 하얗게 타도록 흐르는 강 같은 시간이다.

오답과 정답

7

 섶다리와 물과 모래와 자갈들 그리고 소나무를 쳐다보며 감탄사를 즐기고 있는 사이 그녀는 햇살을 받으며 바위에 앉아 강물만 바라보고 있다. 황당한은 왜 그녀가 자꾸만 자신의 눈 속에 들어와서 자신의 정신을 어지럽히는지 모를 일이라 생각한다. 뚱뚱하고 넓은 바위에 앉아서 돌멩이를 주워 강물에 퐁당퐁당 던지고 노는 모습이 자신의 몸속을 열고 들어와 묘한 감정을 불러낸다. 황당한은 몸속을 열고 들어오는 묘한 감정을 쫓아내기 위해 나무를 손바닥으로 통통 두드려도 보고 자신의 손가락으로 한 뼘 두 뼘 자벌레가 세상을 재듯이 소나무를 뼘으로 잰다. 소나무를 품으로 안아서 귀를 바짝 갖다 대고 숨소리도 듣는다. 계속 이렇게 따로 있을 수만은 없지 않은가. 황당한은 그녀 옆으로 간다. *괜찮니껴? 머가요? 몸 말이씨더? 내 몸이 왜? 머 어때서요?* 아무렇지도 않게 해당화 꽃잎보다 붉은 입술이 말을 내뱉는다. 말을 내뱉는 입술에 붉은 꽃물이 뚝뚝 흐를 것만 같다. 신비스런 감정이 해당화 색보다 더 붉게 일어나고 있다. 황당한은 속았다는 생각을 한다. 그렇지만 잘 속았는지도 모른다는 생각이 다른 한 편에 자리 잡고 있다. 이렇게 멀쩡한 사람을 두고, 무슨 다 죽어간다는 말로 자신을 여기까지 오게 만드는지 도무지 고모가 이해가 되지 않는다. *좋아하는 사람 있다믄서요?* 야. 황당한은 단답형으로 대답한다. *여게는 머 하로 오싰니껴? 참말 몰래서 묻니껴? 고모님이 집까짐 와서 이화 씨 아파 다 죽어간다고 난리를 처서 젊은 처녀 하나 처녀구신 안 맹글라고 왔제요.* 안 아프이더. 맴이 아프제. 머 땜에 맴이 아프니껴? *그건 황당한, 당신 때문이제요.* 지가 멀 우쨌다고요? *아이, 그 짝 잘못은 아이제요. 그만 됐니더. 자꾸 말 하믄 내만 비참해지이까 그만하소.* 그녀는 말문을 닫고 돌멩이만 자꾸 집어 들고 강물을 때린다. 황당한은 마치 그 돌멩이로 자신을 때린다는 생각이 든다. 할 말이 없는 황당한도 돌멩이를 집어 물수제비를 뜨자 그녀는 갑자기 하얗게 웃는다. *와! 우째 그래 잘 하니껴?* 어린아이가 엄마를 보며 좋아하듯 환하게 좋아하는 모습이 마치 막 피어나는 목련 같다. *걍 심심할 때 자꾸 하다 보믄 그래 되니더.* 둘은 마치 연인처럼 돌멩이를 던지며 물수제비를 뜨고 또 그녀에게 잘 뜨는 법을 가르치고 있다. 예리한보다 더 빨리 물수제비를 뜬다. *잘 하시니더. 참말요?* 그녀는 잘한다는 황당한의 말에 신이 나서 계속 연습을 하며 논다. 얼마나 놀았을까 노을은 강물에 와서 몸을 씻고 잠자러 갈 채비를 하느라 강물 전체가 노을의 목욕탕이 된다. 장관이다. *인제 집에 가야 되니더.* 황당한 손이 엉덩이를 툭툭 털며 일어서자 그녀도 따라 일어선다. 노을의 몸때가 황홀하게 떠다니는 강물 위로 길게 누워 있는 섶다리를 건너는 두 사람의 모습은 어느 명화의 명장면이 되어 강물에 박제된다. 황당한의 뒤를 이화도 부지런히 따라 건넌다. *여게 풍경 죽이네요. 풍경 좋제요?* 둘은 단 두 마디를 긴 섶다리 위에 걸쳐두고 섶다리를 다 건넌다. *그래믄 편히 계시이소.* 황당한의 간단한 인사에 이화는 아쉬운 듯 *이래 늦었는데 우리 집에서 적이나 자시고 가소. 말씸은 고맙지만 안 되니더. 지끔 가도 초적에는 집에 도착 몬 하니더. 몸조리 잘하고 잘 계시소.* 황당한은 말은 그렇게 잘라버리고 돌아섰지만, 무엇인지 똥 누고 뒤 안 닦은 듯한 느낌이 든다. 이화도 더 이상 권하지 않고 잘 가란 인사만 간단히 하고 돌아서서 집으로 간다. 쓸쓸함이 뒤범벅되어 돌아가는 그녀의 뒷모습이 안쓰럽다. 뒤돌아 뛰어가서 한번 안아주고 싶다는 마음이 동선을 깐다. 그러나 그건 감정이란 나쁜 녀석의 짓이다. 황당한은 이성이란 녀석을 불러내어 감정을 물리친다. 황당한은 발걸음을 재촉해서 집으로 향한다. 길바닥만 보며 부지런히 걷고 있는데 누가 어깨를 툭 친다. *이거 조카 아인가?* 고개를 들어보니 고모부다. *아, 여게 우쩬 일이여 먼 일 있남? 이 밤에 우리 집엘 다 오고.* 황당한은 할 말을 잊는다.

아, 아 아이씨더. 그냥 댕기로. 자신도 모르게 거짓말을 둘러댄다. 잘 왔네. 나도 지끔 막 일하고 적 먹으로 집에 들어가는 길일세. 얼릉 디가세. 황당한은 꼼짝없이 고모부한테 붙잡혀 고모 집으로 들어간다. 저녁을 하던 고모가 시끌벅적 소란을 떨며 조카를 맞는다. 오자마자 간다고 할 수도 없고 황당한은 일단 일이 흘러가는 대로 따른다. 저녁상을 들고 온 고모는 *올라그던 밝을 때 오제. 이래 적에 오노?* 하며 근심 묻은 말을 한다. 된장국 냄새가 구수하게 날아든다. 그러고 보니 점심을 굶은 터다. 시장이 반찬이라고 된장국에 보리쌀이 반은 섞인 밥을 맛있게 한 그릇 꾸역꾸역 뱃속으로 집어넣는다. *배가 고팠구나.* 게걸스럽게 먹는 조카를 보면서 고모가 말을 휘 던진다. 고모, *된장국이 맛있니더.* 말을 밥 위에 뿌려 한 그릇을 뚝딱 비운다. 고모는 이 밤에 온 걸 보니 당연히 자고 갈 거라 생각을 하는지, 집안에 이런저런 안부를 묻는다. *당신 술상 쫌 봐 오게. 오랜만에 조카하고 술 한잔 하그러.* 고모부 말씀이 떨어지기 무섭게 고모는 부엌으로 간다. 조금 후 고모는 술상을 차려온다. 탁주 한 병과 우리나라 민족 과일인 외(오이의 준말)와 참외를 깎아 내온다. 참외는 이름에서도 알 수 있듯이 거짓이 아니고 *참외*다. 우리 민족이 아니면 재배하지 않는 토종 과일이다. 이 고장에서는 집집마다 참외를 재배해서 가을 곡식을 가을 할 때까지 식량 대용으로 먹는 집이 많다. 밥을 금방 먹어 배가 부르지만, 술을 즐기는 황당한은 거절도 없이 고모부하고 주거니 받거니 술잔을 기울인다. 고모도 조카와 남편이 술을 먹는 게 정겨워 보이던지 자신도 한 순배 먹겠다면서 잔을 들이민다. 황당한은 고모에게 한 잔을 붓는다. 두어 잔 받아 마신 고모는 슬며시 어디로 가버린다. 술이 고모를 밀어내고 황당한은 고모부하고 술잔을 기울이며 살아가는 얘기를 주고받는다. 거나하게 취하니 집에 가는 일은 까맣게 숯덩이가 된다. 불콰하게 취하자 술잔에 이화의 얼굴이 환하게 웃으며 빠져 있다. 그래 마시자 그는 술잔에 담긴 이화까지 들이킨다. *인제 자야겠네. 자네도 먼 질 오느라 고생했으이 디가서 자게.* 고모부는 술이 과했는지 방으로 들어간다. 마루는 황당한을 끌어당겨 벌러덩 눕힌다. 주먹만한 별이 마구 쏟아져 내린다. 그런데 문제는 정상을 벗어나 비정상으로 마음이 가고 있는 거다. 이래서는 안 되는데……. 예리한이 보고 싶은 게 아니라 이화가 눈앞에 알짱거린다. 예리한과 한 세월이 얼마인가. 어려서부터 지금까지 함께한 세월인데 젠장! 물음표 같은 현실은 답도 없이 줄줄이 물음표만 몰고 나온다. 왜? 술이 취한 지금 이화가 먼저 머릿속에 걸어들어오냔 말이다. 술은 거짓을 모른다. 술은 이화를 불러들인다. 황당한은 술에게 끌려 동네 어귀에 있는 느티나무 아래로 간다. 마을의 수호신은 늙은 나무지만 지나가는 길손들의 쉼터가 되어주고 바람과 새들의 집이 되어주고 자신의 온몸으로 동네 사람뿐 아니라 지나가는 나그네 새 바람 햇살 나비까지 품어주는 나무다. 자신의 동네 어귀 느티나무다. 거기엔 예리한과 함께 있었고 예리한은 자신을 이끌고 자기 방으로 들어갔으며 함께 잠을 자고 함께 시 한 수를 짓고 예리한과 한몸이 되어 마음껏 서로의 몸을 탐닉한 기억밖에 아무것도 모른다. 술이 자신을 점령해 버렸다. 더 이상은 아무것도 모른다. 꿈속에서 지은 시다.

    ? : !

    늑대는 달의 젖을 빌어머꼬 산다

    보름달은 초승달로 야위어가고 늑대 눈깔엔 밤매둥 초승달이 뜨고진다

    퇴화한 달빛들 땅속에 묻혀 있다가 푸른싹으로 나비로 태어난다.

    어린떡잎 들썩임과 아기나비 날갯짓엔 우주를 들어 올리는 심이 있어
    뚱그런 열매를 익힌다
    혹은 영근다는 말이나 하늘, 하늘하늘 날아댕긴다는 말은 모두가 거짓뿌렁이다, 땅으로 추락한다는 젖은 말이다

    발목 달린 것들 허공 딛는 시간이 더 많고

날개 달린 것들도 알고 보믄 땅 밟는 시간 더 많다
초원은 바램을 낳아 기르고 햇빛은 그늘을 낳아 기른다
싱싱한 빗줄기는 샛강을 낳아 기르고 있다.

파도지느래미 애간장 다 녹이밈서 쉬지 않고 시를 짓지만
壯元은 文魚의 가문에 뼈대와 같은 취급이다.
다만 머릿속 가득 고예 있는 먹물로
괴발 네발 문어발로 구불링 구불링 쓴 획들은 모도 달필이다.
조팝꽃그늘을 밀어내미 하얗게 웃는 적은
또 우뜬 계절의 물거품 되는 풍경인가.
연둣빛 더듬이의 서툰 몸치로 둥둥 물살을 저어간다
? 에 줄줄이 걸려드는 !

물음표와 느낌표는 암컷과 암도 아닌 거 새의 부호다.
날개 굳은 나비 한 마리가 개미떼를 까맣게 몰고
하얀우주 밖으로 날아가고 있다.

  우주 밖으로 나비를 좇아가다 잠을 깬다. 머리가 몹시 아프다. 눈을 뜨고 옆을 보니 여기가 어딘가. 몸이 용수철처럼 튀어 오른다. 이화의 방이다. 무엇이 무엇인지 도무지 아무것도 지난 시간이 실종되고 없다. 황당한은 이것 역시 꿈이란 생각을 하며 자신의 머

리를 손으로 잡아당긴다. 그렇지만 현실이다. 현실 틀림없는 현실 옆에 이화는 없다. 그나마 안심이 된다. 벌떡 일어나 머리맡에 얌전히 앉아서 자신을 내려다보고 있는 옷을 입는다. 옷을 입고 밖으로 나가려는데 방문이 열리고 이화가 쟁반에 무언가를 들고 들어온다. 괜찮니꺼? 이거 꿀물 일단 한 잔 잡수소. 아무렇지도 않은 듯 이화는 사랑의 향기를 한 줌 없은 꿀 사발을 얌전스럽게도 자신에게 내민다. 대체 우쩨 된 거이꺼? 기억 없니꺼? 깜깜하게 기억이 안 나니더. 다행이씨더. 이화는 알듯 말듯 묘한 웃음을 얼굴에 바르며 아무 말도 안 한다. 불안함과 황당함 때문에 꿀물인지 뭔지 그는 사발을 받아 방바닥에 두고 자신의 기억 필름을 재생하기에 바쁘다. 빌일 없었니더. 술에 이끌래서 우리 집 앞으로 온 걸지가 부축해서 지방에 재웠니더. 집에 가신다디이 고모님 댁에서 술을 마싰니꺼? 황당한은 고개만 끄덕일 뿐 도대체 아무 기억이 없어 미쳐버릴 지경이다. 황당한은 안 되겠다 싶어 자리를 털고 나온다. 고모네 집을 지나서 집으로 발걸음을 옮기는데 도무지 길조차도 다 벽으로 막힌 기분이 든다. 천천히 걸으면서 아무리 생각을 해도 어렴풋이 떠오르는 예리한과의 황홀경에 빠졌던 그 잠자리가 예리한이 아닌 이화라면 이건 큰일이다. 아니라고 꿈이라고 자신에게 안심을 시켰지만 그건 자신의 바람일 뿐이다. 집에 도착하니 어머니는 어디를 말도 없이 다녀왔냐며 걱정 반 짜증 반을 내민다. 그냥 바람 쐬고 왔다고 얼른 둘러대고 느티나무 아래로 다시 간다. 느티나무는 분명히 어젯밤에도 이 느티나무였고 여기서 예리한과 시를 지었고 예리한 집으로 이끌려가서 잠을 잤는데 기억이 아주 또렷한데- 어찌하여 그것이 이화의 집이란 말인가. 그는 더욱 답답함에 머리가 마구 도리질을 해댄다. 외나무다리는 혼자 동그마니 가랑이 아래로 강물을 흘려보내고 있다. 외나무다리를 혼자 건너서 예리한과 있던 찔레 넝쿨로 가본다. 하얗던 넝쿨엔 빠알간 열매들이 그 빨간 눈으로 일제히 자신을 째려보고 있다. 황당한은 찔레 넝쿨에서 다시 나온다. 더 있을 자신이 없다. 함께 놀던 모래밭에 간다. 그때 놀던 모래는 모두 허물어지고 흔적도 없다. 모래를 발로 툭툭 걷어찬다. 물수제비를 뜨던 돌들도 어디로 갔는지 흔적이 없다. 모래밭을 나와서 둔덕을 향해 걷는다. 둔덕에 올라서자 그녀에게 매주었던 새끼줄 그네에 바람이 앉아 덜렁덜렁 그네를 타고 있다. 고사목 그루터기에 엉덩이를 디민다. 아까시잎도 자신을 외면하고 바람을 불러 건들건들 자신은 본 척도 않는다. 밤 이파리 하나가 파르르 날아내린다. 거기에 침을 발라 꾹꾹 썼던 **예리한 사랑해.** 그날을 생각하니 웃음이 입 밖으로 나온다. 웃음에 쓴맛이 난다. 턱을 고이고 사방을 보니 아무것도 아름다운 것이 없다. 그렇게 멋지던 풍경들도 모두 자신을 배신하고 어디론가 사라지고 없다. 갑자기 예리한이 보고 싶다. 그래야 무슨 대책이 있는 건 아니지만, 일단은 답답한 마음을 예리한을 만나면 좀 나아질 것 같다. 황당한은 벌떡 몸을 일으켜 세운다. 그래 태장으로 가서 예리한을 보고 싶다. 무얼 어찌하겠다는 말이 아니고 그냥 불안함이 예리한을 만나면 좀 가라앉을 것 같은 생각이 든다. 황당한은 일어난다. 발은 태장으로 황당한을 안내한다. 어느 집이 그녀의 친척 집인지는 모르지만, 그냥 그 동네도 궁금하고, 못 만나면 그만이고 만나면 다행이고 두 판 잡고 간다. 어쩌면 자신의 불안을 떨쳐버릴 길이 없어 방황을 하는지도 모를 일이다. 한나절이 훨씬 지나서야 태장에 도착한다. 그곳에도 입구에 느티나무가 서 있다. 예리한 아버지의 태장에 대한 설명을 들은 탓인지 이곳은 맑은 기운이 가득 서리고 명당자리가 마을을 품고 있다는 생각이 든다. 황당한은 나무 밑에 그늘을 깔고 앉는다. 저 멀리 할아버지 세 분이 이쪽으로 오고 있다. 자리에서 일어선다. 어디로 가야 할지도 모르고 그 자리에 있기도 그렇고 해서 무작정 걸어 큰길로 나오니 큰길 옆에 강이 있다. 큰길을 타넘어 강으로 내려간다. 냇가엔 온갖 열매들이 노랗게 아니면 빨갛게 익어 고개를 숙이고 있다. 도랑 가엔 새바구가 주렁주렁 열려 이죽이죽 웃고 있다. 새바구 가지를 잡아당겨 새바구 하나를 딴다. 껍질을 벗기고 씹으니 벌써 너무 농익어 질기다. 질겅질겅 씹으니 단물이 나온다. 단물만 빨아먹고 뱉는다. 강가 돌멩이에 엉덩이를 걸치고 앉는다. 물살이 제법 통통한 강이다. 물들은 어찌 저리 어떤 장애물이 있어도 거스르지 않고 잘도 피해 가는지 신기하다. 황당한은 물을 한 주먹 떠서 얼굴을 씻는다. 시원하다, 갈증이 나서 물을 한 움큼 마신다.

시원하고 맛있는 물이다. 물을 마시고 바위에 다시 걸터앉는데 어디서 도란도란 소리가 들린다. 황당한은 자신이 예리한과 놀던 생각이 나서 얼른 넝쿨이 벋은 넝쿨 속으로 몸을 숨긴다. 사랑하는 연인들이라면 자신이 방해될 것 같아 숨어주는 것이다. 몸을 숨기고 있는데 어디서 귀에 익은 목소리가 들린다. 여기에 내가 아는 사람이 있을 리가 없지 세상에 비슷한 목소리도 많지 대수롭지 않게 생각을 저장한다. 고개를 들어 넝쿨 사이로 밖을 보던 황당한은 동공을 키운다. 저 남자는 추부정이다. 반가운 마음에 *부정아!* 하고 소리 질러 아는 체를 하고 싶었지만 참는다. 그런데 그 옆에 있는 여인은 더 낯이 익다. 예리한 저건 분명 예리한이다. 순간 숨이 멈추는 것 같다. 그렇지만 서로 아는 사이이니 만나서 이야기를 나눌 수 있는 일 아닌가. 섣불리 판단하지 말자고 겨우 안정을 시킨다. 그리고, 그냥 모른 척하고 지켜볼까? 아니면 아는 척할까? 망설였으나 그냥 지켜보자고 뇌가 꼬드긴다. 두 사람 모두 함께 만난 일이 하루 이틀인가? 그래 둘이 잘 아는 사이니 그럴 수도 있지. 그렇게 생각하며 아는 척을 하려다 그는 멈칫한다. 둘은 강물에 내려오면서 손을 잡는다. 그래, 예리한이 여자니까 넘어질까 봐 보호하는 거지 둘이 다정하게 손을 잡은 곳은 전혀 넘어질 가능성이 없는 평지다. 그렇다고 해도 숨을 멈추고 지켜보기로 작정한다. 둘은 편편한 바위에 자리를 잡는다. 바위의 배 위에다 자신들의 엉덩이를 털썩 내려놓는다. 예리한이 신발을 벗는다. 추부정이 신발을 받아 바위 위에 가지런히 놓는다. *정성도 뻗쳤지!* 혼잣말로 중얼거리며 눈은 그들의 행동을 찍는다. 추부정은 예리한의 신발을 가지런히 놓고 발을 씻겨 주기 시작한다. 저것도 꿈이 아닌가! 황당한은 자신의 허벅지를 힘껏 꼬집어보았으나 아프다. 그렇다면 현실이다. 그래 저럴 수도 있지. 자신의 허벅지를 다시 힘껏 꼬집어보았으나 아프다. 그렇다면 현실이다. 그래 저럴 수도 있어, 아니 아니 저럴 수는 없어. 아니야 함께 공부하던 동문이니까 그럴 수도 있지. 마음은 냉탕에 들어갔다 온탕에 들어갔다 난리 블루스를 치면서 안절부절못한다. 심장도 자꾸 쿵쾅거리며 발광을 한다. 숨을 들이쉬며 다독인다. 조금 더 기다려 봐, 그럴 리는 없어. 예리한이 나를 얼마나 좋아하는지는 내가 더 잘 알지. 불안과 불편이 손을 잡고 자꾸만 자신을 꼬드긴다. 침착을 불러내어 자꾸만 자신을 달랜다. *먼 발을 저래 오래 씻게고 있노 미친놈!* 한참을 발을 씻겨주고 나서 둘은 물장난을 시작한다. 서로에게 물을 마구 퍼붓더니 예리한의 머리가 다 젖고 옷이 다 젖고 추부정의 옷이 다 젖고 예리한이나 추부정이나 옷 속에 있던 둘의 몸은 옷을 밀치고 밖으로 곧 삐져나오기 직전이다. 물을 퍼붓던 추부정이 갑자기 예리한을 번쩍 가로로 들어 아기를 안듯이 안고 바위에 눕힌 뒤 입술을 포갠다. 자신과 했던 장면이 그대로 연출되고 있다. *개새끼!* 하마터면 소리를 지를 뻔한다. 그러나 입술을 깨물어 피가 흐르는지도 모르고 참고 있다. 남의 연애장면을 구경하듯 다음 장면이 어디까지 갈지를 가슴 죄며 기다리고 있다. 침은 딸깍딸깍 목구멍으로 넘어가고 입안은 가뭄에 논바닥이 갈라져 농부의 마음이 타듯 까맣게 탄다. 탄내가 진동을 한다. 추부정은 예리한을 삼키기라도 하듯 입술을 오랫동안 포개고 있더니 둘의 몸은 거머리처럼 찰싹 달라붙는다. 옷을 입었기에 망정이지 아니면 저 체위는 반드시 서로의 몸속으로 서로의 몸을 교환하는 서로의 모든 것을 주고받는 체위다. 황당한은 몸 심지에 불이 붙어 활활 타오르기 시작한다. 강풍 부는 날 산불 번지듯이 걷잡을 수 없다. 강물을 모두 태워버릴 듯이 번진다. 불길은 용광로가 되어 마음을 펄펄 끓이고 강물을 설설 끓인다. 그렇지만 어디까지든 참을 수 있을 때까지 참자고 황당한은 자신에게 타이른다. 온몸이 분노로 활활 타고 있지만, 그 불을 끄지도 못하고 이러지도 저러지도 못하고 그 자리서 새까맣게 타고 있다. 둘은 얼마를 그렇게 떨어지지도 않고 밀착되더니 떨어진다. 그러곤 또 고개를 서로 반대로 재치며 입술을 포갠다. 저건 분명 사랑도 도를 넘어선 것이다. 둘은 그렇게 사랑 짓을 하다가 그때서야 정신이 났는지 주위를 살핀다. 추부정은 예리한의 젖은 머리를 손가락으로 쓰다듬고 젖은 발을 자기의 옷으로 닦아 준다. 그리고는 아직도 사랑이 덜 끝났는지 예리안을 안고 쪽! 입술을 빨아먹고는 팔짱을 끼고 아무렇지도 않게 큰길로 올라간다. 예리한의 그 지적(知的)이던 웃음이 기생처럼 간드러진 웃음으로 변해 강물을 더럽힌다. 둘이 벌였던 애정행각이 금방 본 영화 필름

돌아가듯 돌아간다. 영화의 줄거리만 그림자로 남는다. 황당한은 부들부들 떨려서 일어날 수가 없다. 한동안 꼼짝도 못 한다. 황당한은 자신의 이마를 돌에 탕! 탕! 탕! 찧는다. 그러곤 짐승처럼 울부짖는다. *씨불알 개좆 같애 인생이 젠장 개좆 가치 이따구야!* 황당한은 하늘을 쳐다보며 미친 듯이 허불허불 개불처럼 웃다가 술 취한 사람처럼 비틀거리며 신작로로 올라온다. 저렇게 욕하는 사람을 입이 더럽다 냉대하던 자신의 입에서 냉대당할 말을 쏟아내고 있다. 어디로 가야 하나? 무엇을 어찌해야 하나? 황당한은 모든 생각이 얼어붙어 더 이상 욕도 나오지 않는다. 황당한은 미친 듯이 뛴다. 뛰고 또 뛰고 뛴다. 그리고 도착한 곳은 이화네 집이다. *모르겠다. 수행만 하는 이판승이 되든, 절집 살림만 하는 사판승이 되든, 이판 사판 공사판승이 다 되든 나도 모르겠다.* 꼭 미친 사람처럼 중얼거린다. 이마가 통통 부어서 자신의 집에 온 것이 예사롭지 않게 생각했는지 이화는 아무것도 묻지 않고 마루로 올라오게 한다. *곡주나 한 잔 하실라이꺼? 술이든 머든 아무거라도 쫌 주소.* 이화는 부엌으로 가서 술상을 차려온다. 황당한은 미친 사람처럼 원수를 들이켜듯 차려온 곡주를 연이어 들이켠다. 그 사이 식모가 무언가를 받쳐 들고 마루로 오고 있다. 미친 듯이 술을 들이켜는 황당한에게 놀란 이화는 식모가 가까이 오자 손사래를 친다, 저리 가라고. 식모는 들고 오던 무언가를 들고 다시 종종 부엌을 향해 되돌아간다. 연거푸 술을 다 비운다. 빈속에 그 많은 술을 다 목구멍으로 쏟아붓는다. 그러고는 술에 점령당한다. 마루는 그를 눕힌다. 이화는 조심스럽게 황당한 팔을 잡고 짐짝처럼 끌어 자신의 방으로 데리고 들어간다. 정신없이 취한 황당한은 아무것도 모르고 술들에게 포위당한다. 어쩌면 포로로 잡혀 있다는 말이 적합할지도 모를 일이다. 어느덧 밤이 온다. 그는 여전히 꿈을 꾸는지 술을 꾸는지 헛손질을 하며 무엇인가를 잡으려 애를 쓴다. 이화는 조용히 그의 손을 잡는다. 술에 취한 것인지 잠에 취한 것인지 황당한은 미친 듯이 이화를 품에 안는다. 이화 역시 얼마나 사모하던 남자의 품인가. 둘은 몸이 닿기가 무섭게 불꽃이 인다. 불길은 관솔불 타듯이 순간에 타올라 한 몸이 된다. 폭풍처럼 격렬한 밤은 지나고 둘은 벌거벗은 알몸으로 서로에게 안겨 눈을 뜬다. 둘 모두 에덴동산에서 노닐던 아담과 이브의 부끄러움 모르던 그때 그 순수가 찬란한 실오라기 하나 걸치지 않은 맨몸이고 온 바닥은 흥건한 피로 범벅이 되었다. 이화는 자신의 몸에서 흘러나온 피를 보면서 당황스럽다. 하지만 그렇게 짝사랑하던 사람과의 관계에서 자신의 처녀성이 상처를 입고 터졌음이 당황함마저 사라지게 한다. 붉은 방바닥을 보며 생각을 다스리고 있는데 황당한이 눈을 뜬다. 황당한은 알몸의 두 사람과 방바닥에 고인 피를 보며 흠칫 놀란다. 그렇지만 아랑곳하지 않고 어떤 감정이 일어나는지 옆에 있는 이화를 당겨 다시 한번 사랑스럽게 아주 사랑스럽게 꼭 안는다. 마치 추부정과 예리한이 못다 이룬 잔정 때문에 다시 입술을 포개듯 이화를 다시 한번 몸이 으스러지게 꼭 껴안는다. 이화는 숨이 막혔지만 행복하다. 둘은 그렇게 다시 안고 잠이 든다. 그 순간, 밤은 끝없는 행복을 잠자리 이불처럼 둘에게 덮어준다. 황당한과 이화는 밤이 날라다 덮어준 행복 이불을 함께 덮고 무릉도원에서 밤을 보낸다. 아침에 눈을 뜨니 이화의 방이다. 저번에 눈떴을 때처럼 황당하지 않다. 황당한은 다시 눈을 감는다. 아무 생각 없이 다시 잠은 그를 침식한다. 얼마를 더 잤는지 눈을 뜨니 한나절이다. 이화는 배꽃처럼 하얗게 웃으며 꿀물 한 사발을 가져다 황당한을 일으켜 직접 먹여준다. 황당한은 마다하지 않고 먹여주는 대로 꿀꺽꿀꺽 목구멍으로 삼킨다. 꿀물을 다 마신 황당한은 옷을 주섬주섬 입고 밖으로 나온다. 잘 쉬었니더. 고맙니더. 나 가니더. 뒤도 안 돌아보고 이화네 집 대문을 나온다. 집을 향해 걷는다. 아직 무얼 어쩌겠다는 마음 같은 건 없다. 그냥 집으로 간다. 황당한은 자기 방으로 들어가 눕는다. 자, 무얼 어디서부터 어떻게 해결을 해야 할지 머릿속에 안개가 자욱해서 앞을 내다볼 수가 없다. 몸도 처지고 상처도 욱신거리고 그냥 잠이나 실컷 자고 싶다. 저녁도 안 먹고 잔다. 이튿날 아침 이마가 부어오른 걸 본 어머니와 아버지는 큰일이라도 난 듯 걱정을 돌무덤처럼 높이 쌓는다. *괜찮니더. 넘어져 쪼매 다친 걸 가주고 멀 그래 난리이껴.* 두 사람은 아들에게 무슨 일인가 있음을 직감하지만 더 이상 아무것도 묻지 않는다. 다시 강으로 나간다. 예정대로라면 아직도 하루 이틀은 더 있어야 예리한은 올 것이고 있는 동안 예리한은 추부정과 매일 사랑을 나눌 것이고 거기까지 생각하자 또 뱃속에 불길이 솟는다. 그동안 무엇을 어떻게 해야 할지 오월 보리깜부기처럼 먹먹하다. 혹시 무슨 연락이라도 있나 황당한은 예리한 집으로 발길을 돌린다. 집에는 사람은 없고 잠자리만 떼로 몰려와 살살이꽃에 살래살래 엉덩이를 흔들며 앉았다 날았다 놀고 있다. 그는 다시 집에서 나온다. 동네를 한 바퀴 돌고 집으로 들어오는데 예리한이 서 있다. *먼 일이야. 여게.* 자신도 모르게 퉁명스러움을 던진다. 아무것도 알 리 없는 예리한은 *말투가 왜 그릏노?* 하고 언짢은 표정을 날린다. *몰래서 묻나?* 황당한은 여전히 퉁퉁 불어터진 말을 날린다. *몰래서 묻다니 멀?* 예리한 역시 까닭을 몰라 어리둥절하다. *그래 됐다. 그만하자 잘 댕게왔나? 잘 댕게왔다. 가 봐라 왜? 여게 서 있노?* 점점 알 수 없는 단답형 말에 예리한은 뾰로통해서 돌아서 간다. 황당한은 잡지 않는다. 뒤도 안 돌아보고 가는 예리한이 야속하기도 하고 한 편으론 너무 낯설게 느껴진다. 어찌해야 할까. 어디서부터 어떻게 실마리를 풀어야 한단 말인가. 실타래라면 한 실꾸리에 감긴 실을 모두 못써 버리는 한이 있어도 가위로 몽땅 잘라버리고 싶은 심정이다. 다리는 힘을 어디다 버렸는지 휘청거리는 다리를 끌고 집으로 들어오던 황당한은 예리한의 심정을 듣고 싶어진다. 오던 발길을 돌려서 예리한의 뒤를 따라 뛰어간다. 거의 집 앞에 다 간 예리한을 부른다. *우리 어데 가서 애기 쫌 하*

자. 그래. 둘은 강가로 간다. 누가 먼저랄 것도 없이 둘이 놀던 자리로 가서 앉는다. 황당한은 손가락끝으로 고추장을 찍어 먹어보는 심정으로, 아니 소금인지 설탕인지 몰라 혀끝으로 살짝 맛을 보는 심정으로, 아니 그것도 아니다. 뱀을 가둬놓은 뱀통에 뱀이 들어있는지 없는지 뚜껑을 열어보는 심정으로, 중요한 시험 결과를 확인하는 심정으로 모든 감각을 두려움으로 숨죽이며 조심조심 묻는다. 태장은 잘 댕게 왔나? 응, 잘 댕게 왔어. 거겐 머하로 갔노? 걍 댕기로. 거게는 누가 사는데? 작은 아부지랑 고모가 사셔. 황당한이 자신이 한 행동을 보았을 거라는 건 상상도 하지 못한 예리한은 너무도 천연덕스러운 거짓말을 하고 있는데 울분이 치솟아 머릿속 가마뚜껑이 펄펄 끓는다. 저 여인이 저런 사람이었나? 그렇담 그동안 자신에게 보여준 자신과 함께했던 시간은 모두 연극을 했단 말인가? 황당한은 머리를 세차게 이리저리 흔든다. 아니야 예리한은 순수하고 해맑고 절대로 거짓말을 할 사람이 아니야. 그럼 혹시 내가 본 것이 착각인지도 몰라. 거기까지 생각한 황당한은 어느 것이 진실이고 어느 것이 거짓인지 분간이 가지 않아 더 이상 말을 잇기가 벅차다. 너무나 태연하게 거짓말을 하는 그녀가 가증스러워 미칠 것 같다. 아니 다른 사람을 잘 못 보고 예리한을 의심하는 자신이 용서가 안 된다. 확인하는 것이 서로에 대한 신뢰를 쌓는 일이라 생각한 황당한은 예리한에게 묻는다. 혹시 요새 추부정 만내나?

오답과 정답

8

　황당한의 말에 예리한은 아무렇지도 않게 대답한다. *음 가끔. 이분에 가서도 만났겠네?* 황당한은 심장부를 찔러본다. *음, 만냈어.* 아무렇지도 않게 만났다고 말하는 그녀에게 황당한은 따귀라도 올려붙이고 싶지만 참는다. *그 자식은 머 하로 만나노. 내년 봄에 결혼할 여자가.* 언성이 좀 높아졌는지 예리한은 황당한을 빤히 쳐다본다. *만내믄 안 돼? 결혼은 결혼이고 친구는 친구제. 그거도 구빌 몬해.* 너무나 당당한 예리한의 태도에 황당한은 반격할 말이 얼른 떠오르질 않아 그만 입을 다문다. *그래. 결혼할 맴 준비는 된 거라? 안죽 봄인데 벌써 맴 묶어 둘 일 머 있노?* 성격 급한 황당한은 기어이 말에 피를 묻히고 만다. *그래 맴 안 묶어두고 그 새끼와 먼 짓을 하고 돌아 댕기는데?* 깜짝 놀란 예리한은 가슴속을 파고드는 한 방 주먹질에 어리둥절하다. 속마음과 반대로 화를 섞은 말이 황당한에게로 휘리릭 날아간다. *먼 짓을 하든 먼 상관이로? 결혼을 한 것도 아이고 날을 받은 것도 아이고 그게 먼 상관이라고 욕을 하고 성질을 내노?* 황당한은 인내가 자신을 떠남을 절감하고 자신을 억제하지 못하고 일어선다. 그리고 아무 말도 없이 뒤도 안 돌아보고 곧장 걸어서 집으로 온다. 예리한은 뒤도 안 돌아보고 이유 모를 퉁퉁 부은 말만 던지고 가는 황당한이 이해가 안 간다. 예리한도 집으로 향하면서 곰곰 생각한다. 예리한은 혹시 자신이 추부정을 만나 놀고 온 걸 아는 걸까? 그럴 리가 없는데, 그래 우리가 좋아하는 건 어쩔 수 없잖아. 그렇지만 결혼은 자기 쪽으로 선택을 했는데 이게 뭐람. 예리한은 추부정을 좋아한다기보다 추부정이 줄기차게 자기를 좋아하고 황당한과 자신의 관계를 알면서도 사랑은 쟁취하는 사람의 것이라며 친구로라도 남아달라 애원을 했다. 솔직히 말하면 황당한은 동네에서 너무 익숙하게 함께하니 가끔은 보지 말아야 할 모습도 보았지만 추부정은 떨어져 멀리 살다 보니 좋은 모습, 남자다운 모습이 늠름해 보일 때도 있고 가끔은 측은할 정도로 자신이 아니면 죽을 것처럼 난리를 쳐서 혹 남의 귀한 아들 죽이지나 않을까 하고 조금씩 마음을 열어주었다. 그러다 보니 정이 들었고 그렇지만 황당한만큼 좋아하는 감정은 없다. 그저 함께할 시간이 많이 주어졌고 냉정하게 뿌리치지 못하지만, 의사는 분명히 했다. 추부정이 얼굴이라도 보여 주고 도저히 안 되면 친구로라도 지내 달라는 간청을 외면할 수 없었다. 그래서 이제 봄에 결혼한다는 말도 전해줄 겸 작은아버지 동네에 살고 있어서 겸사겸사 간 것이다. 그날 사실은 결혼 이야기를 하기 위해 냇가로 간 것이다. 추부정은 오랜만에 만난 예리한을 보자 어린아이처럼 좋아하며 매일 예리한을 만나러 왔다. 그러나 황당한과의 결혼 말은 꺼내지도 못 했다. 그러나 아직 시간이 있으니 차차 말할 수 있는 기회를 만들어 보자고 생각한 예리한은 최대한 상처를 덜 입게 기회를 만들어 말하고 싶어 며칠을 함께 놀다가 결혼 말도 못 꺼내고 왔다. 그런데 그걸 알 리 없는 황당한이 어떻게 알았단 말인가? 그렇담 추부정이 황당한에게 무슨 말을 한 것일까? 예리한도 나름대로 이상하고 도무지 캄캄한 밤에 묻힌 것 같아 화가 난다. 사람이 사람을 좋아한다는데 안 보면 죽을 것 같다는데 어찌 그렇게 매정할 수 있어 서로 함께 공부하면서 잘 알던 사인데. 그래서 충격을 줄이면서 모든 걸 말하고 풀어가며 달래가며 상처 주지 않으려고 했던 잘못밖에 없는데, 저렇게 벌레 먹은 배춧잎 같은 말을 하는 황당한을 이해할 수가 없다. 예리한은 집으로 와서 어머니께 묻는다. 어머니는 그동안 자기 집에 왔었다는 이야기며 아버지께서 태장의 유래에 대해서 말해준 이야기며 하나도 빠짐없이 딸에게 말해준다. 추부정이 자신을 좋아서 쫓아다니는 건 본인도 모두 알고 있는 일 아닌가. 그렇담 귀신이 곡할 노릇이지. 어디서 무슨 소리를 듣고 저러는지 답답하다. 자신이 진심으로 좋아한 건 황당한이 아닌가! 그 많은 세월을 함께하고 어찌 저렇게 경솔한 말을 던지는지 도무지 이해가 안 간다. 물론 어제 만나서 냇가에서 잠시 포옹은 했지만 그건 어디까지나 못 넘어야 할 선을 넘은 건 아니지 않은가. 그렇게 함께 냇가로 가서 말할 기회를 틈타 결혼 말을 꺼내기 위함이었는데 그리 자신을 좋아하는 사람에게 냉정하게 말할 수 없어 말도 못 하고 다음으로 미루고 돌아오는 길 아닌가. 나름대로 자신은 최선을 다하는데 뭐가 뭔지 도무지 알 수 없다. 예리한은 불같이 화를 내고, 지금까지 단 한 번도 본 적 없는 행동에 당황스럽다. 이튿날 아침을 먹고 예리한은 황당한 집으로 간다. 황당한은 아직 자고 있다며 그의 어머니가 대신 말을 건넨다. 예리한은 돌아서서 강으로 간다. 답답함에 머리를 마구 흔든다. 둘이서 그 많은 시간을 함께하던 곳을 가본다. 외나무다리는 혼자 동그마니 가랑이 아래로 강물을 흘려보내고 있다. 외나무다리를 혼자 건너서 황당한과 있던 찔레 넝쿨로 가본다. 하얗던 넝쿨엔 빠알간 열매들이 그 빨간 눈으로 일제히 자신을 째려보고 있다. 예리한은 찔레 넝쿨에서 다시 나온다. 더 있을 자신이 없다. 함께 놀던 모래밭에 간다. 그때 놀던 모래는 모두 허물어지고 흔적도 없다. 모래를 발로 툭툭 걷어찬다. 물수제비를 뜨던 돌들도 어디로 갔는지 흔적이 없다. 모래밭을 나와서 둔덕을 향해 걷는다. 둔덕에 올라서자 황당한이 손수 매주었던 새끼줄 그네에 바람이 앉아 덜렁덜렁 그네를 타고 있다. 고사목 그루터기에 엉덩이를 디민다. 아까시아잎도 자신을 외면하고 바람을 불러 건들건들 자신은 본 척도 않는다. 밤 이파리 하나가 파르르 날아내린다. 거기에 침을 발라 꾹꾹 썼던 *예리한 사랑해*. 그날을 생각하니 웃음이 입 밖으로 나온다. 웃음에 쓴맛이 난다. 턱을 고이고 사방을 보니 아무것도 아름다운 것이 없다. 그렇게 멋지던 풍경들도 모두 자신을 배신하고 어디론가 사라지고 없다. 갑자기 황당한이 보고 싶다. 둔덕을 걸어 내려온다. 산국화가 노랗게노랗게 향기를 뿜어내자 벌들이 잉잉거리며 국화꽃 속으로 마구 머릴 처박는다. 그래 무언가 이유가 있을 거야. 만나서 오해가 되든 이해가 되든 빨리 풀자. 풀 죽었던 마음을 다시 싱싱하게 고쳐먹으며 다시 황당한 집으로 향한다. 집엔 사람은 없고 바람들이 살랑살랑 엉덩이를 흔들며 빼곡하게 알을 품어 여물고 있는 해바라기 대를 일렁일렁 흔들고 있다. *참 멀대같이 키도 크다.* 해바라기에게 말을 던지고는 집으로 온다. 길을 걸어도 벽들이 길을 막는다. 어디를 갔는지 알 길이 없어 답답했지만 답답함을 해결할 생각도 나지 않아 그냥 집으로 돌아온다. 마루에 누워서 생각을 엿가락처럼 늘려본다. 그러나 생각으로는 아무것도 해결할 게 없음을 너무 잘 아는 그녀는 그래 들판에 곡식이 아무리 빨리 익고 싶어도 때가 되어야 여물고 익듯이 모든 일도 풀릴 때가 되어야 풀린다고 체념을 한다. 한편 황당한은 정처 없이 집을 나선다. 어디로 가야 한다는 목적지도 가고 싶다는 생각도 없다. 그냥 발이 끌고 가는 대로 짐짝처럼 끌려다닐 거라 생각하며 걷는다. 그런 발걸음은 어느새 이화네 동네로 향한다. 에라! 나도 모르겠다. 내 인생은 파토다. 다시 태어날 수도 없고 돌아갈 수도 없다. 지우개로 박박 지우고 다시 백지에 쓸 수만 있다면 얼마나 좋을까? 조물주는 인간을 잘 못 만들었다. 연습도 없이 살아가라니! 어찌 연습 없이 글씨를 잘 쓸 수 있단 말인가? 빛바랜 바람들이 구불구불 뱀처럼 몸을 틀고 있는 소나무를 마구 흔드는 오솔길을 걷는다. 구름이 울먹인다. 금방 먹구름이 몰려오면 모두 사라질 빛들이 바람을 손에 움켜쥐고 좌표를 잃어버린 방랑자가 되어 공허한 발길만 내디디고 있다. 초점을 잃은 눈알에 풍랑이 인다. 주어 없는 문장 위로 소나기가 쏟아진다. 대가리 잘린 뱀이 고무호스처럼 꿈틀꿈틀 생각을 휘젓고 있다. 급할 것도 느릴 것도 없이 마음 줄만 늘였다 줄였다 하며 걷다 보니 어느새 이화네 동네다. 황당한은 고모네 집으로 들어간다. 그러나 모두 일하러 갔는지 아무도 없다. 오히려 잘 됐다 싶다. 마루에 벌러덩 눕는다. 거꾸로 누우니 눈은 강물을 건너고 들을 건너고 산으로 간다. 풍경이 정말 멋지다. 세상은 변한 것 없이 철 따라 저렇게 오차도 없이 도는데 이 짧은 인생은 왜 이리 오차도 많고 바람도 많은지 황당한은 갑자기 속세가 싫어진다. 스님이 참 부럽다는 생각이 든다. 세상 번뇌 다 내려놓으며 수도를 하는 스님이 부럽다. 스님이 도술을 부려 잠을 재웠는지 고모가 깨우는 바람에 눈을 떴다. 고모는 우째 이래 고모집에 발길이 잦노. 니 먼 일 있나? 의심을 굴린다. 아이 그냥 왔니더. 심심해서. 야가 지끔 니 입에서

심심하다는 말이 우째 나오노? 지는 심심하믄 안 되니껴? 그건 아이제만. 그래 쪼매 기다래라. 고모가 비빔밥 해 주마. 고모 황이지는 황당한을 어려서부터 무척 귀여워했다. 먹을 것이 있어도 당신 자식보다 더 챙기며 귀여워 한 걸 아는 터라 황당한도 고모를 따른다. 고모가 도깨비방망이처럼 뚝딱해서 차려온 비빔밥을 아무 맛도 모르고 그냥 입속으로 집어넣는다. 점심을 먹고 황당한은 *고모 인제 가봐이 되니더.* 고모 집을 나온다. 갈 곳도 없고 그렇다고 이화네 집에는 가기 싫다. 그런데 왜 이 정신 빠진 발은 자기를 이리로 데려왔는지 알 수 없다. 황당한 발은 섶다리로 간다. 양쪽으로 소나무가지를 꺾어서 세우고 만든 섶다리, 그는 다리 중앙에 소나무가지를 옆으로 밀치고 앉는다. 강물은 그가 앉거나 보거나 말거나 지 갈 길만 부지런히 간다. 한참을 앉았다가 일어선다. 어디로든 가야 한다. 집으로 가기는 싫고 어디로 가야 하나. 터덜터덜 다리에 힘을 빼고 걷는다. 그런데 저만치서 이화가 오고 있다. 자기를 보고 온 건 아닐 테고 어디를 가는 거겠지 생각이 든다. *우째 우리 동네에 오싰니껴? 아 아 볼 일이 있어서.* 얼렁뚱땅 둘러댔지만 어색하다. *어데 가시니껴? 여게 왔잖니껴. 지가 온 걸 아싰니껴? 그래믄요, 황당한 씨 노선은 지 손바닥 안에 있제요.* 이화는 떨어지는 배꽃잎처럼 화르르 웃는다. *아아 그르이껴?* 그러고는 할 말이 끊어진다. 그녀도 말이 없고 황당한도 말이 없다. 어색한 바람이 두 사람 사이에 분다. *급히 가실 때 없으믄 우리 집 가서 차*

나 한잔하고 가시제요? 부모님은 어데 댕기로 가서 모레나 오시고 집에는 일하는 사램만 있니더. 아무 신경 안 쓰시도 되이 한 잔 드시고 가소. 좋다 싫다 말도 없이 그냥 그녀 뒤를 따라 들어간다. 그 큰 집에 일하는 사람조차도 안 보인다. 황당한은 다행이라 생각하며 이화의 뒤를 따라간다. 이화는 자기 방 마루에 황당한을 앉으라며 권하고 정지로 향한다. 이화는 황당한을 혼자 마루에 앉혀 놓고 부엌으로 팔랑팔랑 걸어간다. 부엌으로 걸어가는 뒤태가 하늘하늘 황당한의 눈 속으로 걸어 들어온다. 자신을 위해 손수 찻상을 차리겠다고 부엌으로 가는 이화가 연초록 잎처럼 초록초록 싱그럽다는 생각을 한다. 미리 준비라도 된 듯, 금방 술상을 차려 온다. 대낮에 술상이라니! 낮술 먹으믄 애비·에미도 몰래본다는데 머도 되니껴? 겸연쩍은 생각이 들지만, 한마디 벌컥 던진다. 알아볼 애비·에미 오늘은 출타 중이라 안 계시이까 걱정 같은 건 저 마구간에 꽁꽁 묶어두고 술이나 드시이소. 이화는 안심 한 바가지를 던진다. 그래 보시더 까짓거. 말을 받아넘긴 황당한은 에라 모르겠다, 모든 근심은 모두 술에 타서 마셔버리자, 한 잔을 단숨에 다 목구멍에 부어버린다. 시원한 막걸리가 맛있다. 아무 말도 안 하고 두 잔 석 잔 연거푸 술만 마신다. 이화는 아무 말 없이 말리지도 않고 잔에다 술만 따른다. 얼마나 마신지도 모른다. 눈을 뜨니 마루다. 대낮부터 술에 취해 남의 마루에 누워 낮잠을 잔 것이다. 술상은 어디로 갔는지 안 보이고 이화도 보이지 않는다. 황당한은 일어나서 집으로 갈 준비를 한다. 옆에서 기다린 듯이 이화는 하얀 사기사발에 찰랑찰랑 사랑 섞은 꿀물을 타온다. 한 사발 주욱 입도 안 떼고 단숨에 다 마신다. 달고 맛있다. 꿀 사발을 상에 놓고 일어서려는데 몸이 말을 안 듣는다. 비틀거린다. 몸은 하나도 안 취했는데 그놈의 마룻바닥이 미쳐서 벌떡 일어나 자신의 이마를 때린다. 기둥이 달려와 자신의 이마에 부딪힌다. 비틀거리는 마루를 눕히고 기둥을 떠밀고 이화가 황당한을 부축한다. *아무래도 술이 깨야 되제 이대로는 몬 가시겠니더. 잠깐이래도 누서 깨고 가소.* 하고는 자기 방문을 열고 황당한에게 자기 이부자리를 펴 준다. 이불이 뭉게구름처럼 하얗다. 황당한은 싫다는 말도 좋다는 말도 없이 그냥 쓰러져 눕는다. 꼭 구름을 깔고 누운 것처럼 푹신하다. 이화의 마음속에는 행복이 산국화 향보다 더 짙게 번지고 있다. 이 행복이 영원하기를 빌고 또 빈다. 황당한은 눕자 그대로 떨어진다. 정신없이 떨어진 황당한 옆에 눕자 술 취한 황당한의 팔이 이화를 껴안는다. 키가 크고 체격이 좋아 자신의 몸이 황당한의 품에 폭 싸인다. 엄마가 들으면 화낼 일이겠지만 엄마 품보다 몇십 배 더 포근하고 아늑하고 이대로 죽어도 좋을 만큼 행복하다. *아, 행복은 이른 게 행복이야.* 혼잣말이 입술을 빠져나온다. 술에 취해 잠이 든 줄 알았던 황당한, 자신이 그토록 좋아 상사병까지 앓던 그 사내의 품에 지금 안겨 있다는 행복이 혹시 꿈일까 두려운 생각이 든다. 황당한은 술은 취했지만 잠이 들지는 않았다. 술은 몸을 점령했고 잠도 밀어냈다. 황당한은 이화를 품에 안자 갑자기 식욕이 돋는다. 성에 대한 식욕 이 싱싱한 여인이 자신 때문에 목숨을 버리겠다고 하던 순수하고 깨끗한 백목련 같은 여인이 자신의 몸에 안기자 온몸의 혈관들이 벌떡벌떡 발기하기 시작한다. 더 이상 참을 수 없는 황당한은 그녀의 몸이 입고 있는 옷들을 모두 벗긴다. 벗기는 대로 순한 양이 되어 고분고분하다. 첫 남자를 무사통과시킨 연둣빛 여인. 더 이상 벗길 것이라고는 살 껍데기밖에 없다. 실오라기 하나도 걸치지 않은 여인의 몸을 이 벌건 대낮에 보기는 처음이다. 아직 활짝 다 피지 않고 막 피어나는 중인 백목련처럼 눈 부시는 피부 탱탱하게 부풀고 있는 현재 진행 중인 젖가슴 양다리 사이로 맑은 물이 금방이라도 줄줄 흐를 것 같은 계곡에는 숲들이 풍성하게 자라 둑을 만들어 물흐름을 막고 있다. 저 숲속에 모든 사람의 생명이 살고 있다니 억겁의 신비를 여기서 만나다니. 여자의 곡선을 이렇게 아름답게 만들어 놓은 죄는 전적으로 조물주의 죄다. 이렇게 황홀의 극치로 여인의 몸을 만들어 놓고 **간음하지 말고 간통하지 말라**니 굶주린 고양이에게 생선을 던져주고 먹지 말고 먹을 생각도 말라는 것과 뭐가 다른가. 플러그 하나 연결하지 않은 두 사람의 몸은 벌건 대낮에 고압 전류가 흘러 감전이 되고 있다. 혈기 왕성한 두 남녀는 그렇게 밤까지 한몸이 되어 마음껏 별나라와 지구를 오가며 마음껏 구름다리를 건너고 마음껏 서로의 몸을 탐닉하며 세상 어디서도 보기 어려운 멋진, 어떤 형용사로 수식을 해도 표현의 부족감을 느끼게 해 주는 여행을 한다. 황당한은 황당하게도 이화와의 잠자리가 훨씬 더 행복하고 황홀하다는 생각을 한다. 그래 인생은 최대 공약수도 최대 공배수도 없어. 합집합과 교집합으로 되어 있어. 정답이 어디 있고 오답이 어딨어. 가끔은 정답이 오답이 되고 오답이 정답이 되기도 하지. 황당한은 예리한에 대한 복수심 같은 것이 섞여 있음을 알면서도 애써 그 마음은 아니아니 아니라고 외면하고 있다. 둘의 사이는 키가 부쩍 자란다. 그렇게 밤새도록 등 하나 없이 한 황홀한 여행도 끝나는 법이다. 그 또한 지나가고 있다. 새벽이 찾아온다. 그들은 굶주린 사자가 먹이를 찾듯 다시 벌거벗은 몸으로 한 몸이 되어 숨을 몰아쉬며 헐떡헐떡 서로의 몸속으로 들어가 다시는 안 나올 듯 사랑을 즐기고 새벽은 아침에 밀려나고 있다. 아침이 되어도 두 사람은 일어날 생각을 않는다. 이화는 황당한의 배 위에 자신의 배를 맞대고 배꼽의 크기라도 재듯 찰싹 달라붙어 떨어질 생각을 않는다. 황당한도 싫지는 않다. 둘은 아침도 거른 채 굶은 창자 속에 사랑을 채우며 그렇게 한나절이 지나고 오후가 되어서야 방에서 나온다. 황당한은 아무 말도 없이 새색시처럼 고개를 숙이고 이화의 집을 나와서 집으로 걷는다. 그럴 수만 있다면 이대로 영원히 그냥 아무것도 생각 말고 이화랑 살고 싶다는 생각을 하다가 **미친놈** 하고 자신의 머리를 쥐어박는다. 집에 온다. 아무도 없는 빈집이다. 어디를 갔는지 궁금하지도 않다. 자신의 방으로 들어가 책 정리를 하듯 마음 정리를 해야 한다고 자신에게 타이른다. 사랑이 웃자라 잘라버리지도 못하고 예리한에게로 다시 마음을 돌리기에도 너무 멀리 온 느낌이다. 사람의 마음이 이렇게 손바닥처럼 뒤집힌다는 데 황당한은 놀라고 있는 중이다. 그렇다면 정답은 아니지만 그렇다고 오답도 아닌 최선의 답을 찾아야 한다. 추부정에게 마음이 간 예리한은 추부정에게 돌려보내고 이화에게 마음이 간 황당한 자신은 이화와 일생을 함께하면 된다. 이렇게 문제를 풀어본다. 방바닥에 앉아서 생각을 정리한 황당한은 벌떡 일어나서 예리한에게로 간다. 세상은 온통 미해결 된 채로 여물어 가고 있다. 예리한 집에 예리한이 있어도 좋고 없어도 좋고 그렇지만 마음 한쪽에서 정리되지 못할 것 같은 기분이 물먹은 콩나물처럼 자꾸만 돋아난다. 예리한 집 절반쯤 걷는데 예리한이 이쪽으로 오고 있다. 가던 발길을 세운다. 장성처럼 뻣뻣한 느낌이 드는 몸. 예리한이 걸어와서 옆에 선다. *저 짝으로 가자.* 황당한은 한 마디를 그녀에게 던지고 둘은 말없이 걷는다. 외나무다리는 어제와 변함없이 가랑이 아래로 물을 흘려보내고 있다. 외나무다리를 건너서 예리한과 있던 찔레 넝쿨로 가본다. 하얗던 넝쿨엔 빠알간 열매들이 그 빨간 눈으로 일제히 두 사람을 째려보고 있다. 황당한이 찔레 넝쿨에서 다시 나오자 예리한도 따라 나온다. 더 있을 자신이 없다. 둘은 함께 놀던 모래밭으로 간다. 그때 놀던 모래는 모두 허물어지고 흔적도 없다. 모래를 발로 툭툭 걷어찼다. 물수제비를 뜨던 돌들도 어디로 갔는지 흔적이 없다. 모래밭을 나와서 둔덕을 향해 걷는다. 두 사람이 둔덕에 올라서자 그녀에게 매주었던 새끼줄 그네에 바람이 앉아 덜렁덜렁 그네를 타고 있다. 고사목 그루터기에 엉덩이를 디민다. 아까시나무잎도 자신을 외면하고 바람을 불러 건들건들 두 사람은 본 척도 않는다. 밤이파리 하나가 파르르 날아내린다. 거기에 침을 발라 꾹꾹 썼던 *예리한 사랑해*. 그날을 생각하니 웃음이 입 밖으로 나온다. 두 사람 웃음에 쓴맛이 난다. 턱을 고이고 사방을 보니 아무것도 아름다운 것이 없다. 그렇게 멋지던 풍경들도 모두 두 사람을 배신하고 어디론가 사라지고 없다. *할 말 있다민서? 할 말?* 황당한은 입을 다물고 먼 산만 바라본다. 예리한도 말이 없다. 둘은 그렇게 앉아 있다가, 아무 말도 없이 그냥 자릴 뜨려고 바지 엉덩이를 투두둑 투두둑 알밤 터는 소리로 턴다. *우·리·결·혼·없·었·던·걸·로·하·자.* 예리한이 또박또박 말끝마다 마침표를 찍으며 이별장을 던진다. 황당한은 자신이 생각했던 말을 예리한이 먼저 던지는데 왜 자신이 배신감이 드는지 배신감이 온몸을 휘감는다. *그래. 이유는? 걍. 그릏게 쉽게 없던 걸로 하자 할 수 있네.* 예리한은 고개를 숙인 채 고개만 끄덕이고 있다. 황당한은 아무런 대답도 없이 혼자 부지런히 걸어 내려온다. 예리한은 꼼짝도 못 하고 얼어붙는다. 자신이 던진 말에 한마디 반박도 없는 황당한에게 배신감이 느껴져 눈에서 맑은 액체가 주르르 흘러내린다. 눈물을 닦을 생각도 없이 옷을 적시며 앉아 있다. 찝찌름한 눈물은 입을 거처 턱밑으로 흘러내린다. 뒤도 안 돌아보고 내려간 황당한, 자신이 일생을 함께하려고 생각했던 남자가 저 남자였던가! 예리한은 자신이 너무 초라해진다. 그렇담 자신과 함께한 그 많은 시간은 모두 가심이었단 말인가. 예리한은 무언가가 잘못되었다고, 아니 꿈을 꾸고 있다는 생각이 든다. 그렇지만 꿈은 아니다. 어떻게 해야 할지 아무 생각도 없다. 어두워져서야 집으로 내려온다. 더 이상 황당한을 만나 무슨 말을 할 수도 없다. 자신이 던진 파혼 이야기에 아무런 반응도 없는 남자 그게 무언지조차 알 수 없다. 예리한은 새벽에 일어나 태장엘 다녀오겠다는 말을 남기고 태장으로 향한다. 걸어가는 길은 왜 이리도 길게 늘어놓았는지 아무리 걸어도 제자리다. 거의 한나절 가까이 되어서야 도착한다. 추부정 집으로 간다. 추부정이 환하게 웃으며 예리한을 맞이한다. 우쩬 일이로? 걍. 말보다 앞서 눈물이 주책없이 주르르 떨어진다. 예리한의 눈물에 놀란 추부정이 신발을 신고 예리한 손을 잡고 집 밖으로 나온다. 느티나무 아래로 가서 앉는다. 대체 먼 일이로? 다급한 색으로 묻는다. 황당한하고 결혼하기로 했었는데 결혼 깨졌다. 머라고? 결혼은 머고 깨진 거는 머로? 우리 양가 부모님들도 친구분들 아이라. 그래서 우리 결혼 시캘라고 내년 봄에 결혼하기로 했었제. 그래서 니한테 사실은 그 말 해줄라고 왔었었제. 추부정은 말문을 닫아건다. 잎으로 하늘을 가린 느티나무 사이로 하늘을 찾고 있다. 머리가 어지럽다. 자신은 예리한과 결혼을 하고 싶지만 차마 말을 못 하고 차일피일 미루고 있었는데 난데없이 황당한이랑 결혼이라니. 추부정은 어이도 없고 기가 차서 할 말을 잊고 멍하니 나뭇잎 사이로 하늘을 찾고 있다. 보일 듯 말 듯 하늘 조각만 보인다. 그렇지만 결과는 자신이 손도 하나 안 쓰고 일이 해결되었다. 좋긴 하지만 그렇다고 기분이 좋은 건 아니다. 황당한과 예리한이 서로 잘 지내는 건 알았지 그건 한동네여서 그러려니 했었지 결혼까지 오갈 만큼 가까운 사이인지는 몰랐다. *잘됐네.* 한 마디 던진 추부정은 더 이상 아무 말도 할 수 없어서 일렁거리는 바람 소리만 듣고 앉았다. *알았어. 고만 가 봐야겠다.* 예리한이 먼저 몸을 일으키자 추부정도 따라 일어선다. *가게? 응. 잘 가. 응.* 뒤도 안 돌아보고 걸어서 자신에게서 멀어져 가는 예리한을 보면서 추부정은 가을이 참 쓰다는 생각을 한다. 예리한은 다시 왔던 길을 걸어서 집으로 간다. 한편, 황당한은 또다시 이화의 집으로 간다. 동네 어귀에 들어서자 괜히 왔다는 생각이 들어 돌아설까 이화를 만날까 두 마음이 또 싸움을 하기 시작한다. 그래 이까지 왔으니 얼굴이나 보고 가자. 이화의 집 앞에 도착하자 마침 어디로 가던 중이었는지 이화는 말쑥하게 차려입고 나오는 길이다. 이화는 황당한을 보더니 얼굴빛이 확 펴진다. *우쩬 일이이껴? 걍 왔니더. 어데 가는 길인가 본데 얼릉 가보소. 아이씨더. 내가 갈 데가 어데 있겠니껴. 걍 바람 쐬러 나오는 길이씨더.* 이화는 깡총, 깨금발을 뛰더니 황당한의 팔을 잡는다. 둘은 섶다리로 간다. 섶다리는 끊임없이 강물을 다리 밑으로 흘러보내며 시간을 지우고 있다. 이화는 한 편으로는 좋으면서 한 편으로는 불안한 마음이 든다. 혹 자신을 잊어달라고 오지 않았나! 막연한 불안이 일고 있다. **자주 오시니더.** 황당한은 이화의 말을 땅에 떨어지기도 전에 받아서 대답한다. **보고 싶어 왔니더.** 황당한의 말이 입술문을 열어젖히며 밖으로 나간다. 보고 싶어 왔다? 보고 싶어 왔다? 보고 싶어 왔다? 이화는 이 말을 뼛속까지 새기려 되뇌고 있다. 세상에서 **보고 싶어 왔다**는 말보다 아름다운 말은 없다. 이화는 기분이 한결 좋아져 황당한의 어깨에 팔짝 뛰어오른다. 마음속에는 돌덩이가 달려 무겁기만 하지만, 이화가 애교를 떨며 달려드는 바람에 잠시라도 잊는다. 둘은 그렇게 장난을 치며 섶다리를 건넌다. 모래알갱이들이 모여 부드럽게 곡선을 이루고 있는 강가에 앉는다. 강가나 섶다리가 이렇게 아름다운 곳이었나 이화는 새삼 놀란다. 이화는 황당한의 다리에 머리를 올리고 모래밭에 눕는다. 모래알갱이가 이렇게 감미로울 수 있다니! 마치 활짝 핀 메밀꽃밭에 누운 기분이 든다. 황당한은 이화의 머리를 받아 자신의 무릎에 올리고 머리카락을 손으로 넘긴다. 머리카락이 이렇게 부드럽다니! 손에서 매끈매끈 빠져나가는 머리카락이 감미롭다. 황당한은 쪽! 하고 이화의 입술에 자신의 입술을 포갠다. 이화의 입술에 달콤한 향기가 와르르 쏟아진다. 황홀경이다. 둘은 어둠이 몰려올 때까지 있다가 이화의 집으로 함께 들어온다. 이화의 부모님이 있는지 없는지 마당엔 머슴들만 왔다 갔다 할 뿐 보이지 않는다. 살피는 기색을 눈치챈 이화는 *부모님 절에 가셨니더.* 하고 안심을 던져준다. 안심을 받은 황당한은 잘 됐다 싶다. 절에 가시면 최소한 오늘 안에는 안 오시니까 성가신 물음이나 눈길을 받을 염려는 없다. 둘은 저녁을 먹은 후 이화의 방으로 들어가 사랑하는 연인처럼 자연스럽게 한 이불 속으로 들어간다. 너무나 익숙한 둘. 둘의 밤은 또 다른 씨앗을 받아 잉태할 만큼 깊은 관계를 맺으며 서로에게로 자석처럼 빨려든다. 황당한과 이화는 떨어지면 죽을 사이처럼 한 몸이 되고 입술이 다 닳도록 서로의 입술, 세상에서 가장 맛있는 술을 마신다. 온몸을 마음껏 탐닉하며 여행을 하느라 밤이 새는 줄도 모른다. 어느새 둘의 사랑은 이승의 경지를 넘어선다. 앞으로의 일은 조금도 예상하지 못하고 오롯이 이 세상에 둘만이 사는 세상처럼 진한 사랑 속에서 밤을 보낸다. 사랑의 마취에서 깨어나지 못한 두 사람은 아침이 되어도 알몸을 감출 생각도 않고 접착제로 붙인 듯 붙어 있다. 신은 늘 인간에게 질투의 화살을 쏘는 법. 둘만의 시간을 방해하는 문을 두드리는 소리가 문을 열고 들어온다. 이 집의 식모다. 밥상을 차렸으니 밥을 먹으라는. 둘은 그때서야 서로의 알몸을 확인하고 옷을 입는다. 쪽! 입가심을 하고 밥을 먹기 위해 밖으로 나온다. 이화는 밥보다 사랑이 더 맛있는데 방해를 한 식모가 밉다. 마루에 나와 밥을 먹는다. 두 사람 모두 아무 말도 없다. 밤새도록 몰아친 폭풍 후에 맞이하는 고요가 밥상 위에도 날아다닌다. *마이 드시이소.* 이화의 말에 황당한은 고개만 끄덕인다. 왠지 모를 불안이 자꾸만 고인다. 술이 고프다. *저 술 있니껴? 있긴 하제만 대낮에 술을?* 더 이상 말을 끌어가지 않고, *잠깐만 기다리소.* 그녀는 술을 가지러 자리를 뜬다. 언제는 대낮부터 술 마시라고 권하더니 인제는 대낮에 술 먹는다고 핀잔이구먼. 어느 장단에 맞춰 춤을 춰야 하나. 황당한은 혼자서 중얼거린다. 그냥 맨정신으로는 아무것도 할 수 없고 어디선가 불안이 자꾸만 날아와 견딜 수가 없다. 불안을 쫓으며 이화가 술을 가지고 온다. 술을 가지고 오자마자 술은 정신없이 황당한의 목구멍으로 흘러 들어간다. 알코올 중독자처럼 술을 맹물 먹듯 먹고 난 황당한은 마루에 그대로 잠이 든다. 일어나니 또 이화의 방이다. 머리가 아프다. 취한 마음속에 먹구름만 가득 날고 있다. 마치 금방이라도 소나기가 쏟아질 것 같은 날이다. 황당한은 꿈속을 걷듯이 간다는 말만 남기고 집으로 온다. 이제 다시는 이 동네에 오지 말자고 다짐을 뭉친다. 뭉친 다짐을 풀지 않기 위해 집으로 간 황당한은 무작정 짐을 챙긴다. 부모님께는 어디 좀 다녀오겠다는 말을 드리고 집을 나온다. 자신을 이 모든 것들을 보이지 않는 감옥에 가두어 두고 마음만을 열어 크고 넓게 생각을 해 보자고 자신을 가두는 감옥으로 발걸음을 향한다. 오답 스승의 집으로 발길을 인도한다. 늘 모든 사물을 한발 물러서서 생각하라는 스승의 말이 떠오른다. 무슨 일이든 너무 멀리서도 너무 가까이서도 보지 않는

게 정답이라며 불가원 불가근(不可遠 不可近)이란 말로 모든 사물을 보아내고 일을 해결하는 지혜를 가르치는 스승이라면 무슨 대안이 있을지도 모른다. 모든 일에서 넘치는 것은 모자라는 것만 못하다. 모자라면 채워서 쓸 수 있지만 넘치는 것은 버려야 한다며 늘 중용(中庸)을 잊지 말 것을 당부하시며 가르치시는 분. 오답 스승을 만나면 정답이 나올 수도 있으리라 오답 스승을 찾아간다.

오답과 정답

9

 황당한은 마당에 서서 방안에서 책을 읽고 있는 오답을 기다린다. 방해하면 안 될 것 같아서. 고요한 대낮에 혼자 앉아서 책장 넘기는 소리를 듣자 얼음을 깨고 찬물로 세수를 한 듯 정신이 번쩍 든다. 벌써 머릿속엔 맑은 시냇물 흐르는 소리 꽃을 흔드는 바람 소리 나뭇가지에 앉아 지저귀는 새소리가 들리고, 답답했던 마음을 깨끗이 씻어내는 주사라도 맞은 듯 맑다. 가뭄을 적시는 빗소리에 꽃들이 *어이 시원타! 어이 시원타!* 환호를 치고, 비를 맞은 나뭇잎들 반짝이는 소리가 반짝반짝 들린다. 황당한은 지옥에서 천당으로 망명한 느낌이 든다. 시간이 자신을 잡다한 생각의 세계에서 푸르름 가득한 소리의 세계로 데려다 놓은 듯 평화롭다는 생각을 하는데 오답이 황당한을 보고 반갑게 맞는다. 오답은 오랜만에 만난 제자에게 별일 없었냐는 안부를 묻고 황당한은 그 물음에 별일을 싸놓았던 마음 보자기를 풀어놓는다. 스승은 아무 말 없이 찻잔만 기울인다. 먹물처럼 까맣게 묵묵해서 속을 알 수 없을 만큼 조용하게 듣던 오답은 *복잡한 맴이 가라앉을 때까지 여게서 공부에 열중하민서 차츰 생각을 정리하그라.*는 스승의 말에 뾰족한 대책을 몰라 방황하던 황당한은 그 말이 정답일지도 모른다는 생각이 들어 그렇게 하기로 한다. 오답은 자신의 역사관과 철학관 인간의 삶이란 무엇이며 어떻게 살아야 잘 살다 죽는 것이며 온갖 철학적 물음을 가르쳐 준다. 처음엔 머리가 헝클어져 아무것도 들리지 않아 그 귀한 말은 귓바퀴만 맴돌고 귓속으로 들어오지 않는다. 그렇다고 할지라도 여기서 마음을 푼 이상 어쩔 방도가 없다. 그냥 여기서 비겁한 도망자가 되어 시간을 지우는 수밖에. *공부에 몸과 맴을 푹 담그거라. 모든 일은 지나가기 마련이다.* 황당한의 속 마음을 알고 오답이 가끔 양념으로 한 알씩 던져주는 간식을 먹으며 일주일이 지나고, 한 달이 지나자 근심들은 잠잠하게 잠들기 시작하고 오답 스승에게 공부하는 하루하루가 편안해져 갔다. 석 달이 조금 넘도록 공부에만 전념한다. 그날도 아침부터 하늘은 구멍이라도 뚫린 듯이 눈이 펄펄 날아내리고 있다. 한겨울에도 용기를 잃지 않고 펄펄 푸르름을 자랑하는 소나무 가지도 축축 늘어져 눈의 무게를 감당하느라 더욱 퍼렇게 용을 쓴다. 바람은 눈을 털어주느라 용을 쓰지만 큰 가지가 기어이 찢어져 맨살을 허옇게 드러내놓고 있는 아침이다. 모처럼 집 생각이 난다. 부모님이 잘 계시는지 궁금하다. 오답 스승에게 심중의 말을 꺼낸다. 스승은 그리하라며 한 마디에 승낙을 내린다. 스승께 잘 다녀오겠다는 말을 하고 황당한은 공부하던 책만 두어 권 들고 길을 나선다. 터덜터덜 걸어서 집으로 향하는 길은 몇 년이 흘러간 듯 새롭고 낯설고 그립다. 예리한이 궁금하고 이화가 궁금하지만 모두 머릿속에서 지워버리기로 마음먹는다. 그냥 집에 잠깐만 들러 부모님 안부나 확인하고 멀리 더 넓은 곳으로 가서 공부를 해야겠다 다짐을 하지만 다시 또 어지러운 생각이 죽순처럼 삐죽삐죽 나온다. 집에 도착하니 찬바람이 조금 수그러드는 듯하다. 어머니 아버지를 뵙고 나니 집에 왔다는 느낌이 든다. 황당한은 버릇처럼 강가로 나간다. 강물도 화가 났는지 꽁꽁 얼어붙어 허옇게 배를 깔고 퍼져 누웠다. 강에서 썰매를 타던 생각이 씽씽 달려온다. 깔깔 웃는 소리가 얼음장에 쨍쨍 금이 가도록 투명하던 예리한. 어쩌다 일이 여기까지 비틀비틀 비틀려버려 바른 걸음을 쫓았는지. 아무도 없는 겨울강 외나무다리에 걸터앉은 자신이 춥고 초라해진다. 바람이 세차게 불어 일어서서 집으로 가는데 저쪽에서 예리한이 걸어온다. 오랜마이다. 응 오랜마이다. 어데 댕게 왔노? 으응 어데 쫌. 인제부텀 내 피해 어데로 갈 필요 없어. 내 맴 정리하고 추부정과 결혼 할 거이까 맴 편하게 여게 살아. 그동안 서로 행복했잖아. 행복했어. 언제 결혼해? 곧. 니한테는 오르골같은 사랑 상자가 있으이 좋은 노래 꺼내 들으민서 오르골맨치 행복

상자 열고 행복 펄펄 날리게 살그라. 혼자 생각으론 추부정과 예리한이 결혼하고 자신은 이화랑 결혼하면 된다고 생각을 했지만, 막상 일이 이렇게 되고 예리한 입에서 이런 결정이 나자 황당한은 피가 거꾸로 솟는다. *알았어. 잘 살아.* 황당한은 씽~ 예리한을 두고 칼바람보다 더 차가운 걸음으로 달린다. 어떻게 어떻게 저럴 수 있단 말인가! 제정신이 아니다. 오르골맨치 오르골맨치 황당한은 머리를 망치로 얻어맞은 듯 멍해 어찌할 바를 모르고 그냥 걷는다. 예리한의 말은 자신의 가슴에 못이 되어 심장을 멈추게 하고 있다. 황당한은 이화와 자신이 결혼하면 된다고 생각했지만 막상 예리한이 저렇게 말하자 이화고 뭐고 다 싫다. 그렇지만 딱히 갈 데도 없고 이화에게나 가야겠다. 가서 술이나 퍼마시고 밤낮 이화나 안고 뒹굴어야겠다. 가슴은 못이 박혀 있으면서 머리는 엉뚱한 생각을 한다. 이화가 보고 싶지도 가야겠다는 생각도 없이 그냥 정처 없이 가는 발걸음이 그리로 향한다. 이화를 만나면 오르골 같은 행복 상자가 있을까? 겨울이라 해는 일찍 잠을 자러 가고 어둠이 뜬다. 몸과 마음이 꽁꽁 추운 밤이다. 일단 고모네로 간다. 고모가 놀라며 반겨 준다. 그리고 고모부랑 술을 한잔하고 일찍 잔다. 이튿날 아침을 먹고 인사를 하고 고모네서 나온다. 발은 이화네 집으로 안내를 한다. 이화가 안으로 안내를 했지만, 오늘은 왠지 집으로 들어가기 싫다. 답답하니 어디로 나가서 바람이나 쐬자고 한다. 이화는 두 말도 없이 따라 나온다. 아침부터 바람

은 매섭게도 불어오고 눈발도 간간이 흩뿌린다. 갈 곳이 마땅치가 않아 두 사람은 섶다리로 간다. 섶다리 밑에는 죽은 물고기가 배를 뒤집듯 물이 하얗게 배를 뒤집고 얼어 있다. 섶다리로 올라서 자 강바람은 더 차갑게 둘을 휘감는다. 추워서 떠는 걸 본 이화는 집으로 가잔다. 황당한도 몹시 춥던 터라 못 이기는 체 집으로 따라 들어간다. 둘은 또 술상을 마주하고 술을 마신다. 다른 때보다 더 많이 마시는 황당한을 이화의 눈은 걱정스레 바라본다. 몸을 못 가눌 정도로 술을 마신 황당한은 집으로 간다며 밖으로 나온 다. 몸도 못 가누면서 집에 간다는 황당한. 이화는 불안한 마음에 황당한을 따라 나온다. 조금만 술이 깬 다음에 가라며 붙잡아도 소용없다. 비틀비틀 걸음이 아니라 술이 걸어간다. 이화는 황당한 을 부축해서 섶다리로 간다. 섶다리까지 고분고분 따라가던 황당 한이 섶다리를 건너는 중간쯤 물이 가장 깊은 곳에서 다시 집으 로 가겠다며 팔을 뿌리친다. 둘이서 밀고 당기며 실랑이하는데 저 쪽에서 어떤 남자가 걸어와 황당한을 물로 밀어버린다. 꽁꽁 언 줄 알았던 물은 살얼음이 얼었는지 황당한이 물속으로 빠진다. 물 이 가장 깊은 곳이어서 *위험*이란 붉은 표지가 붙어있는 곳이다. 이화가 황당한의 팔을 잡아당겼으나 황당한을 물속으로 빠트린 남자는 음흉한 웃음을 흘리면서 *건방진 놈! 저런 놈은 뒈져야 해!* 황당한을 물에 빠트린 그 남자는 다름 아닌 자신의 집에 자주 드 나들면서 치근덕거리던 일본사람이었다. 이화가 황당한 손을 잡으러 하자 그 남자는 이화를 잡아끌고 간다. 날씨는 춥고 이러다가는 큰일 나겠다 싶어 집으로 뛰어간 이화는 자신의 집 머슴 둘을 데리고 온다. 그런데 황당한이 보이지 않는다. 분명 물에서 다리 위로 올라올 것 같았는데 물에도 길에도 보이지 않는다. 술이 많이 취해 멀리 가지는 못했을 것이다. 이화는 머슴들에게 빨리 주위를 뒤져 찾으라고 시키고 자신은 집으로 가서 아버지께 사실을 알린다. 놀란 아버지는 황급히 뛰면서 이화에겐 빨리 가서 동네 사람들을 데리고 오라고 시킨다. 이화가 동네 장정들 다섯 명을 데리고 오자 아버지는 물이 막혀서 고인 곳부터 사람들에게 얼음을 깨고 들어가 줄 것을 부탁했다. 동네 사람들은 애타게 살얼음을 깨며 찾는다. 어디에서도 황당한의 흔적은 찾을 수가 없다. 꽤 넓고 깊은 곳이어서 종종 어린이들의 익사 사고가 나는 곳이라 불안을 느끼는 이화는 발을 동동 구른다. 그렇지만 얼음 밑이라서 찾기가 쉬운 일이 아니다. 한 편으로 사람들은 **여게 빠져서 떠내려올 일은 없는데 다른 곳에 간 걸 헛수고 하는 것** 아니냐며 투덜거리는 사람도 있다. 그러나 이화와 그의 아버지, 황당한의 고모부와 고모는 심장이 다 타들어 간다. 이 추위에 아직 만약 물에 있다면 살아있을 확률이 희박하기 때문이다. 그러나 포기할 수는 없다, 모두 힘을 모아서 얼음을 깨지만 물이 깊은 곳이라 얼음을 깨는 일이 여간 조심스러운 일이 아닐뿐더러 자신들도 빠질 염려가 있어 모두 몸을 조심하는 터라 일은 점점 늦어지고 있다. 거의 저녁때쯤 되어서야 얼음 한쪽 밑에서 황당한이 발견된다. 이미 숨을 거둔 것 같다. 황당한을 업고 고모부는 자신의 집으로 간다. 황당한 집에다 연락해야 하지만 연락하는 게 우선순위가 아니고 사람을 살리는 게 우선순위라며 황당한의 고모는 동네 침을 잘 놓는 의원 집에 사람을 보내고, 젖은 옷을 벗기고, 이불을 덮은 다음 옆으로 뉘고 물을 토하게 한 뒤 인공호흡을 한다. 그러나 그는 숨을 쉬지 않는다. 모든 사람이 숨죽이며 기다렸지만 좀처럼 깨어날 생각을 않는다. 모두 숨죽이며 깨어나길 기다린다. 다행히도 의원이 집에 있다고 한다. 급히 달려온 의원은 황당한이 몸을 이리저리 만져보고 눈도 까뒤집어보더니 좀 어려울 것 같단다. 신의 가호가 없으면 살아날 가망이 없단다. 의원은 가서 약을 좀 달여서 먹여보기나 하자며 자리를 뜬다. 의원이 약을 먹여도 아침이 되어도 황당한은 깨어날 생각도 않고 깊은 잠에서 헤맨다. 고모부는 황당한의 집에 이제 알리자며 자신이 다녀올 테니 잘 간호하고 있으라며 길을 떠난다. 한나절이 지나 황당한의 부모가 달려오고도 그는 깨어나지 않는다. 하나밖에 없는 아들의 청천벽력 같은 소식에 황당한의 어머니는 거의 송장 같은 얼굴로 달려온다. 저녁때가 되자 의원은 약 달인 것과 침통을 가지고 또 온다. 손과 발 머리 가슴까지 침을 꽂는다. 꼭 살려 달라며 의원에게 애원하며 매달리던 황당한 어머니는 절로 향한다. 부처님이라면 분명히 살려 주실 거라며 고모에게 아들을 부탁하고 절로 간다. 고모는 쓸데없는 짓이라며 부처님이 살릴 거면 의원님이 살린다고 핀잔을 주지만 들릴 리가 없다. 어머니가 절로 향하고 고모와 고모부 그리고 아버지와 이화 이화 부모가 앉아서 황당한을 숨죽이며 바라보고 있다. 온몸에 침을 꽂았던 의원은 다시 침을 하나둘 빼더니 따뜻하게 덮어놓으라는 말을 남기고 간다. 달여 놓은 약은 어쩌란 말이냐고 이화가 묻자 일어나면 먹이고 못 일어나면 못 먹인다고 무심하게도 말을 던진다. 애가 다 타들어 가 아무도 숨소리도 제대로 못 내고 적막을 깔고 앉아 있다. 한나절이 지났는데도 황당한이 깨어날 생각을 않자 모두 이제는 틀렸다며 자리를 뜬다. 이화 혼자만이 지키고 모두 밖으로 나간 지 한참이 지났다. 이화는 낙심한 얼굴로 황당한의 얼굴을 들여다본다. 하얗게 잘생긴 저 얼굴이 못 깨어날 이유가 없다며 숨을 넣어줄 테니 일어나 보라며 입술을 벌리고 자신의 숨을 불어넣는다. 한참을 숨을 불어넣던 이화는 깜짝 놀란다. 무언가 꿈틀하는 느낌이 들어 고개를 들자 손가락이 꿈틀거린다. 이화가 황당한을 마구 흔들며 황당한을 부른다. 그렇지만 눈은 뜨지 않는다. 이화는 조심스레 다시 지켜본다. 손을 주무르고 발을 주무른다. 손발이 얼음장처럼 차다. 얼마를 주무르다 자신도 모르게 잠이 든다. 잠을 깨어보니 한밤중이고 자신을 아무도 깨우지도 않고 잠든 채 두었다. 아직 미동도 하지 않고 잠자듯 누워 있는 황당한, 이화는 지난날 불같은 밤을 함께 보내던 생각을 떠올리면서 몸서리를 친다. 두 손을 모은다. *하느님*

부처님 예수님 아무라도 좋닙니다. 우리 황당한만 살래 주소, 지발! 지발! 지발! 애타게 기도를 한다. 종교에 이름을 올린 적 없는 낯선 영혼의 다급한 그 절규를 듣는지 마는지 시간만 자꾸 새벽으로 간다. 이화는 자신도 모르게 잠이 들었는데 꿈에 누군가 머리를 쓰다듬는다. 한참을 쓰다듬어 퍼뜩 잠을 깨니 꿈이다. 주검으로 누워 있을 옆을 바라보니 황당한이 눈을 뜨고 있다. 죽은 사람이 살아난 것처럼 너무 놀란 이화는 허겁지겁 문을 박차고 나와 밤중인지 뭔지도 모르고 소리를 지른다. 고모와 고모부가 놀라서 방으로 뛰어 들어온다. 황당한이 깨어난다. 고모는 부엌으로 달려가 의원이 준 한약을 데워 온다. 아무 말도 않는 황당한에게 자꾸만 말을 시킨다. 그렇지만 눈만 뜬 채 단 한 마디도 하지 않는다. 하루가 지나고 이틀이 지나도 말을 않는다. 주위는 모두 답답함으로 꽉 찬다. 그러나 달리 방법이 없다. 의문문 투성이의 문장만 만들어내고 있는 시간이다. 시간이 흘러야 할 거란 의원의 말을 믿는 수밖에. 사흘이 지나서야 황당한은 겨우 한마디를 한다. 오르골! 그게 무슨 말이냐고 물어도 대답이 없다. 그냥 오르골 오르골만 연신 한다. 의원을 모셔온다. 의원은 조금 더 기다려야 말이 돌아온단다. 의원의 말을 믿고 기다리는 하루하루가 몇 년이 흐르듯 길기만 한 이화. 이화는 잠시도 곁을 뜨지 않고 곁을 지킨다. 그렇게 보름이 지나자 말을 하기 시작한다. 온전한 말을 못 하고 말을 더듬을 뿐 아니라 말끝마다 오르골 오르골 오르골이다. 황당한의

부모는 황당한을 집으로 데리고 온다. 집에 와서도 열흘이 지나도 말을 더듬자 황당한의 아버지는 예리한이라도 보면 기억을 찾아 옛날처럼 말을 할까 싶어 예리한에게 자초지종을 알린다. 예리한이 단숨에 뛰어온다. 예리한을 보자 황당한은 벌떡 일어난다. 아기처럼 예리한을 안으며 웃는다. *예리한 보보 보고 싶었는데 어어 어데 갔다 왔노? 오르골.* 예리한은 어이가 없다. 그러나 시간이 흐르면 낫겠지 마음을 풋풋하게 먹는다. 빨리 시간이 흘러 황당한이 말을 잘 하길 기다리는 예리한은 시간이 가던 길을 멈추듯 천천히 가고 있다고 느낀다. 말을 더듬고 오르골을 붙이고 옛날 기억을 하나도 모른다. 며칠 뒤 이화가 병문안을 온다. 이화가 병문안을 오자 *누누 누구이껴? 오르골.* 하고 다른 사람처럼 묻는다. 이화는 눈물을 흘린다. *내라고 내 이화란 말이씨더!* 소리를 질렀지만, 전혀 기억을 못 한다. 이화는 자신을 처음 보는 사람처럼 대하는 황당한이 기가 막혔으나 달리 도리가 없어 그냥 집으로 돌아간다. 참으로 신기한 건 예리한만 보면 싱글벙글 좋아하고 예쁘다느니 함께 놀고 싶다느니 노골적인 표현을 한다. 예리한은 황당한 때문에 가슴이 아프다. 그녀는 매일 달려 가보지만 나아지는 느낌은 없다. 그렇게 반대를 하던 황당한 어머니도 예리한을 살갑게 대해 준다. 반대로 황당한 아버지는 이제 황당한을 잊고 좋은 사람한테로 시집을 가라며 예리한에게 오지 말 것을 당부한다. 황당한에게 정을 주면 상처를 입게 되니 갈 길을 가라며 그렇게 며느리로 삼고 싶어 하던 마음을 접는다. 예리한은 동정심에 매일같이 함께 만나면서 시간을 보낸다. 어린아이가 되어버린 저 남자를 내가 뒤돌아서면 어쩌겠는가. 나라도 옆에서 지켜줘야겠다는 생각으로 엄마처럼 다독이며 함께 논다. 예전 기억을 돌려보기 위해 함께 놀던 자리를 매일 데리고 다니며 함께 논다. 황당한은 예리한과 함께라면 어디든지 가려고 하고 예리한 외 다른 사람의 말은 듣지도 않고 다른 사람이 있거나 말거나 **나 나 나는 시 시 시상에서 예리한이 기중 이이 이쁘다, 오르골.** 하며 웃는다. 예리한은 그런 황당한을 아기처럼 다독이며 말더듬이를 고치려 했지만 그건 헛수고다. 한편 이화는 걱정이 이만저만이 아니다. 자신의 몸에는 이미 황당한의 씨가 싹이 터서 파릇파릇 자라고 있고 황당한은 회복은커녕 자신을 알아보지도 못하고 있다. 집안에서는 모두 황당한을 사위로 들일 수 없다며 포기하고 아이만 낳아 기르라고 한다. 이제 와서 황당한의 아이란 걸 누가 믿어준단 말인가. 그야말로 처녀가 애를 뱄으니 이러지도 저러지도 못하는 신세가 된다. 이화는 그 곱던 얼굴이 입덧에 걸려 반쪽이 되게 마른다. 아이가 하루가 다르게 자라는 만큼 자신의 걱정도 하루가 다르게 자란다. 아무리 많은 일이 벌어져도 시간은 멈추지 않는다. 봄이 되자 배가 불러오는 딸을 바깥출입을 제한시키고 집 밖으로 못 나가게 감금조치를 당한다. 어느덧 봄이 오고 이화의 아이도 이 세상에 태어난다. 아들로 태어난다. 아버지의 성을 따서 황금빛이라는 이름을 짓는다. 아이가 하루가 다르게 자라는 만큼 걱정도 자란다. 아버지에 대해서 무어라고 설명을 해 줄 것인가! 그렇다고 자신을 전혀 몰라보는 사람에게 자기 아들이라고 아무리 말해본들 오히려 자신이 이상한 사람이 될 것은 당연한 일이 되고 말 것이고. 이화는 황당한과 자신의 운명은 처음부터 엇갈린 운명이라 생각한다. 첫눈에 안 보면 죽을 것처럼 그립고 보고 싶던 사람 그 사람과의 절정에 이르는 밤을 보낸 행복은 모두 이렇게 큰 근심 덩이가 되어 자신의 인생을 송두리째 망가뜨리고 있는 것이다. 아들이야 시간이 흐르면 크지만, 자신의 인생은 시간이 흐를수록 어떻게 해야 할지를 모른다. 부모님은 애초에 아이 출생에 황씨 성을 다는 것부터 못마땅했지만 딸의 고집을 꺾을 수 없어 어쩔 수 없이 이름을 지어준 것이다. 이화는 자신이 목숨 걸고 사랑한 남자의 아이란 사실에 아이를 볼 때마다 사랑이 지극하다. 그렇지만 황당한과 함께 살고 싶은 마음을 몰라주는 부모님이 아쉽다. 부모님 반대를 꺾고라도 살고 싶지만, 문제는 황당한이 자신이 누군지도 모르고 자신에게 아무런 관심도 없이 자신 앞에서도 우리 예리한 우리 예리한, 마음속에 오로지 예리한밖에 살고 있지 않으니 어떻게 해 볼 방법이 없다. 아직 황당한 집안에서는 아이가 있다는 것도 모른다. 부모님은 알려야 한다고 했지만, 이화는 반대다. 부모님의 속마음은 아이를 황당한에게 주고 딸이 다른 곳으로 출가를 시킬 생각을 하고 있다. 이화는 그 일본놈이 언제부터인가 자신의 집에 드나들며 자신에게 눈독을 들이며 부모님을 도와주고 있음을 눈치채고 있었고 황당한이 사고를 당한 것도 자신들이 그랬노라고 자백하는 것을 들었다. 자신에게 시집오지 않으면 황당한을 죽여 버리겠다고 엄포를 놓았다. 이화의 부모님은 이 모든 일은 자신들이 이화를 차지하기 위함이니 딸이 임신한 걸 안다고 해도 재산을 좀 나눠주면 이화를 데려갈 사람이라고 어리석게도 마음을 먹었고 자신만만하게 생각하는 부모다. 황당한이 아무리 아이의 아버지라고 해도 저렇게 정신도 옳지 않은 데다가 딸을 알아보지도 못하는 사람에게 딸을 보내본들 평생 속앓이로 살게 불 보듯 보이는 일이다. 그리고 일본놈과의 약속을 어기면 재산을 다 몰수당하고 딸과 자신들 가문에 어떤 짓을 할지도 모르기 때문이다. 이화의 아버지는 황당한의 고모를 찾아가서 모든 이야기를 털어놓고 아이 이름이 황금빛이란 걸 알린다. 아이를 보러온 고모는 자기 조카 어릴 때와 똑같다며 호들갑을 떤다. 이화는 그런 고모를 보며 어쩐지 자꾸만 불안하다. 이화의 부모님은 이화가 더 상처를 받기 전에 어서 서둘러 시집보낼 생각을 하고 있다. 언제부터 딸과의 혼사를 말했지만, 이화가 워낙 완강해서 때만 기다리고 있던 중이라 그 일본사람도 이화라면 대환영일 거란 생각에 커트라인 없는 착각을 하고 있었다. 이화의 부모는 모든 걸 사실대로 말하고, 그 대신 자신의 재산을 넉넉히 떼어주는 조건으로 혼인은 성사가 되어 가고 있다. 이화는 울면서 애원을 해봤으나 부모님을 설득시키기는 턱없다. 이화는 아이를 보는 일 외에는 아무 낙이 없이 하루하루를 보낸다. 매일매일 아이 자라는 기쁨만을 집어먹으며 살려고 애를 쓰고 있다. 꽃진 자리마다엔 시간이 여물어가고 있다. 아픔을 참고 또 참으면 꽃이 피어날까? 마음속엔 황당한과 함께했던 추억 이파리가 꿈처럼 성성 자라고 황당한에 대한 집착은 솔향기 되어 솔솔 향향 숨을 쉰다. 추사 유배지의 바람 같은 일만 만들고 있는 부모님이 야속하기만 한 날들이 겨울인데 쉬파리처럼 앵앵 날아다니고 있다. 아이 웃음에서 해맑은 경전을 읽는다. 햇살이 빗소리가 별빛 내리는 소리가 사선을 긋는다. 캄캄한 밤이 두렵다. 고집을 꺾지 않는 딸에게 부모님은 또 다른 조건을 내민다. 그럼 아이를 데리고 가는 조건. 어차피 피할 수 없음을 직감한 이화는 그 조건을 받아들인다. 부모님도 그쪽에서도 모두 쾌히 승낙하는 조건으로 혼인이 진행된다. 혼인을 사흘 앞둔 날 부모님은 황금빛을 황당한 고모에게로 데려다준다. 이화 몰래 계획된 일이다. 잠깐 외출을 했다 돌아온 사이에 아이가 없어진 걸 안 이화는 황당한 집으로 아이를 찾으러 간다. 그러나 아직 고모네 집에 아이가 있다는 걸 미처 상상도 못 한 이화. 이화가 도착해 다짜고짜 아이를 내놓으라고 야단법석을 부리자 황당한 집에서는 황당해하며 정신이 나간 여자라고 몰아세운다. 황당한을 붙잡고 빨리 아이를 내놓으라고 멱살을 잡아 흔들자 황당한은 밀쳐내면서 *웬 미친 여자가 나무 집에 와서 이러느냐*고 소리를 지른다. 기억을 잃은 후 이화를 본 황당한은 당연히 미친 여자로 볼 수밖에 없다. 이화는 방을 다 뒤져도 아이가 없자 미친 듯이 다시 집으로 향한다. 집에도 아이가 없다. 부모님에게 물어도 모른다며 딱 잡아뗀다. 이화는 울면서 아이를 미친 듯이 찾았으나 어디에도 보이지 않는다. 아이 찾는 데 시간을 정신없이 보내는 중에 결혼 날짜는 어김없이 다가온다. 결혼식은 어느 결혼식보다 화려하지만 이화에게는 아이밖에 보이는 게 없다. 그렇게 예정된 시간은 흐르고 신랑 집에 갔으나 남편이란 사람은 눈에 들어오지 않는다. 오로지 아이만 생각난다. 열흘 정도 넋 나간 사람처럼 아이 생각에 아무것도 먹지도 않고 잠자리마저 계속 거절하자 일본 남편은 달래고 어르고 하다, 참을 만큼 참아 인내가 동이 났는지 이화를 향해 화를 벌컥 낸다. 귓가에는 아이 울음소리밖에 안 들린다고 심정을 솔직하게 말한다. 그 순간 남편의 손이 이화의 뺨을 후려친다. 이화는 맞은 뺨을 쓰다듬으며 남편을 쩨려본다. 그러곤 칼날보다 더 시퍼런 말날을 던진다. *니가 뭔데 나를 때려*라며 말날을 집어던지자 남편은 왕복으로 이화의 따귀를 갈긴다. 그리고는 발로 마구 짓밟는다. *어디 감히 조센징이 대들어.* 사정없이 밟는다. 기가 막히고 억울하고 분노가 머리끝까지 번져나간 그녀는 자리를 박차고 밖으로 나온다. 밖에는 달이 환하다. 달 속에서 아이가 방긋방긋 웃는다. 이화는 아이가 그리워 더 이상 못 살 것 같아 집으로 간다. 집에 아이가 있을 리 없다. 아이를 찾아 집으로 온 딸을 부모님은 모질도록 심하게 꾸중을 해서 다시 시집으로 돌려보낸다. 꾸중만 들은 이화는 어쩔 수 없이 시집으로 다시 간다. 울고 있는 이화를 향해 일본 남편은 거짓말을 둘러댄다. 그 아이 죽었대. 그녀는 까무러칠 뻔했다. 누가 그래디껴? 니네 아비·어미가 말했어. 이화는 돌아버릴 것 같다. 하지만 곰곰 생각하니 부모님 행동이 조금씩 수상했단 생각이 든다. 이화는 조금씩 실마리가 풀리는 느낌이 든다. 황당한의 집에도 자신의 집에도 없다면 그 갓난아이가 갈 곳이 어디 있단 말인가. 그 말이 진실인지 확인하고 싶어 다시 묻는다. 우쩨 아니껴? 내가 아이를 데리고 가서 잘 키우겠다고 했더니 사실대로 말씀하면서 너한테는 비밀이라 했는데, 내가 말해 버렸구만. 하기야 언제 알아도 알 일인데, 빨리 알고 빨리 잊는 게 더 낫지. 조센징 너를 위해서라도. 이화는 죽을 것 같다. 앞뒤 안 가리고 바로 뛰어나와 친정으로 향한다. 사실이란다. 이화는 더 이상 살고 싶지가 않다. 목숨처럼 사랑했던 사람이 저렇게 되고 아이마저 이렇게 되고 돈으로 산 남편이 무슨 남편이란 말인가? 그리고 남의 나라를 마음대로 짓밟는 나라 사람을 남편이라고? 머리를 마구 흔들며 이화가 집으로 들어가자 남편은 없고 일본인 서너 명이 기다리고 있다. 이화가 들어서기 무섭게 일본놈은 차례로 달려들어 이화의 옷을 벗기고 모욕을 주었다. 이화는 차라리 죽었다고 생각하자 하고 이를 악물고 있다가 눈을 뜨니 방바닥은 피범벅이 되고 일본놈은 어디로 갔는지 보이지 않는다. 조금 있다가 남편이란 작자가 들어와 *그러게 왜 고분고분 말 좀 잘 듣지 그랬어. 한 번 더 즐겁게 해 줄까?* 하며 늑대 같은 이빨을 허옇게 드러내며 달려들었다. 이화는 화장실을 다녀온다고 하자 일본 남편은 여기서 그냥 보라며 험상궂은 인상으로 말한다. 이화는 *잠시 큰 거*라고 하자 *그럼 얼른 갔다 와.*라며 명령을 한다. 이화는 천천히 걸어 나와 화장실로 들어간다. 그리고 얼마를 밖을 보자 남편이 어디론가 가는 것이 보이는 틈을 타서 밖으로 나와 남편이 가는 반대편으로 있는 힘을 다해 뛴다. 너무 힘이 들어 옆집 굴뚝 밑에 쪼그리고 앉는다. 좀 시간이 지나면 집으로 갈 생각으로. 조금 지나자 그 남자는 미친 듯이 뛰어다니더니 조용해진다. 아마도 자신의 집으로 갔으리라. 이화는 굴뚝에서 부모님께 공손하게 큰절을 하고 조용히 뒷산으로 향한다. 그리고 소나무에 목을 매달고 조용히 가기 전 한 마디를 던진다. *아들아 엄마가 갈 테이 쪼매 이만 기다래라. 엄마 아부지 불효자를 용서하소.* 그렇게 이화는 꽃다운 나이에 꽃처럼 아름다운 이름과 몸을 꽃잎이 지듯이 화르르 날려 목숨을 꺾는다. 이화라는 이름 한 송이가 하얗게 지고 산새들이 장송곡 악보를 펼치고 구슬프게 울어댄다. 일본놈들은 이화의 죽음을 알고 이화네 집 그 많은 재산과 집까지 모조리 다 빼앗고 이화네 집에 불을 놓아 태우고 머슴 식모까지 모두 길거리로 내쫓아버린다. 일제 저항기에 이 명문가 반남 박씨 가문은 저항 한 번 못하고 몰락하고 말았다. 한편, 황당한의 고모는 아이를 데리고 황당한의 집으로 간다. 황당한의 부모는 깜짝 놀란다. 그렇지만 한 눈에도 자신의 아들 황당한이 어렸을 때 그맘때하고 너무도 판박이처럼 닮아서 무어라고 변명할 말조차 잊어버린다. 황당한은 누구냐며 묻는다. 이화라는 여자와 자신 사이에서 태어난 아들이라고 아무리 설명을 해도 이해를 못 한다. 이화라는 여자조차 기억을 못 하는 황당한. 말하는 고모도 듣는 조카도 모두 황당할 뿐이다. 그러나 황당한의 부모는 고모 황이지의 말을 받아들인다. 자초지종을 모두 들은 황당한의 부모는 이름까지 황씨 집안 성을 따서 황금빛이라고 말하자 그럼 자신들이 아이를 키우겠다고 냉큼 입을 모은다. 그렇게 모진 세월은 오답의 말처럼 지나가고 황당한의 아이가 무럭무럭 자라서 말을 하고 귀염을 쏟으며 자라고 있는 어느 날, 아무것도 정상으로 돌아오지 못한 황당한과 결혼을 하겠다며 예리한은 황당한 부모님께 사정을 한다. 황당한이 이렇게 된 게 자기 때문이라며 결혼할 의사를 밝힌다. 아들의 행복만을 위하면 그만이지만 예리한 사랑이 지극한 황당한 아버지는 극구 말리고 반대를 한다. 황당한의 아버지가 아무리 말려도 결혼을 하겠다고 고집을 피우자 황무지는 극단의 처방까지 쓴다. 예리한에게 저 아이가 황당한의 아들이란 것까지 말해주자 예리한은 침묵의 숲속으로 빠져든다. 말없이 황당한 집을 나간 예리한은 그다음 날부터 오지 않는다. 황당한은 미친 사람처럼 예리한 집으로 찾아다니고. 황당한 부모는 무슨 말로 아들을 설득해야 할지 온전한 정신이 아닌 아들을 보며 한숨으로 시간을 적시고 있다. 아이는 자랄수록 이산가족에서도 금세 알아볼 수 있는 판박이인 황당한과 똑같다. 예리한은 그때 이후부터는 집에 오질 않지만 매일 찾아가는 황당한을 모른 체하지는 못한다.

오답과 정답

10

　지나간 시간은 모두 먹물에 침몰되고 오직 현재의 자신만을 기억하는 저 사내를 어찌해야 할지 예리한은 황당한을 생각하면 심장이 찢어진다. 머리가 복잡해 추부정과의 좋았던 생각도 고이 접어 한 마리 하얀 학으로 날려 보낸다. 황당한에게는 홧김에 추부정과 결혼한다고 했지만, 그것 역시 하잘것없는 자존심 때문에 충격을 받아 황당한이 저리되었다는 생각이 들자 견딜 수 없어 자신의 머리카락을 마구 쥐어뜯는다. 왜 그랬을까? 솔직하게 추부정과의 이야기를 했어도 이해했을 황당한인데 한 방울도 안 되는 오기를 부리다가 황당한을 저리 만든 것 같아 밤잠을 적신다. 황당한은 아무 생각 없이 늘 아기를 데리고 예리한에게로 간다. 아기가 아장아장 걷고 말을 잘도 하면서 황당한을 잘도 따른다. 삼촌이라며 아이를 데리고 논다. 인간에게 지워진 기억이란 저렇게 다시 태어나게 하는 마법을 거는 걸까? 황당한은 자기 아들이란 말을 농담으로 안다. 아들을 자꾸 누구의 아이냐고 꽃 이름 묻듯 묻는다. 황당한은 너무나 아무렇지도 않지만, 모든 것을 잃어버린 그는 부모나 예리한과 주위 사람을 너무나 황당하게 만들고 있다. 예리한도 가슴을 쓸어내리며 아이를 데리고 가서 잠을 재우기도 하지만, 황당한보다 아기가 자신을 더 따르는 걸 보면서 아리고 아픈 마음이 푸르게 자란다. 저 어린아이에게 엄마가 되어줄까? 여전히 삼촌이라면서 놀아주는 황당한에게 예리한은 가슴이 아파 어느 날 진지하게 황당한이 말을 더듬는 이유와 오르골 오르골 말끝마다 하는 그 말을 언제부터 했는지와 술에 취해서 이화라는 여인과 하룻밤 잔 것이 아이가 생겼다는 이야기 모두를 들려준다. 모두 황당한 아버지가 예리한과의 결혼을 반대하기 위해 솔직하게 다 말해준 이야기다. 황당한은 먼 수천 년 전생 이야기를 아무렇지도 않게 하느냐며 부정한다. *예리한 나나 나는 니뱄에 여자 모모 몰라 오르골.* 옛날 기억이란 기억은 전혀 못 쓰게 모두 망가진 듯하다. 예리한은 이렇게 모진 인연을 어떤 고문을 가해도 강제로 끊지 못한다면 현실을 믿으며 함께하자고 고심 끝에 생각을 굳힌다. *황당한 그래 우리 둘이 저 아이 잘 키우자.* 하고 황당한의 등을 툭툭 친다. *고고 고마워 오르골.* 밤하늘 달은 세상에서 가장 밝은 황금빛으로 빗자루를 만들어 어둠을 모두 쓸어내고 있다. 한편, 분을 참지 못한 일본 남편은 이화네 집으로 쳐들어가 신발을 신은 채로 방으로 뛰어 들어간다. *빨리 이화 데려오지 않으면 이 집구석 불사를 테니 빨리 내놓아라.* 이화 아버지가 무슨 소리야 이화가 거기 있제 왜 여게 와서 찾아?라는 말이 떨어지기 무섭게 아버지를 발로 밟고 옆에 떨고 있는 이화 어머니 머리채를 감아 패대기친다. 무서워 떨고만 있는 그들에게 *어서 이화를 내놓아!*라고 소리 지르지만, *이화 없다는 데도 그러네. 하자 이거 말로는 안 되겠구먼.* 하더니 부엌으로 뛰어가 성냥을 그어서 집에다 불을 붙인다. 이미 그들은 각본을 다 짜놓았던 것이다. 그렇게 그 고래 등 같던 집을 불이 다 태워 재가 되고 말았다. 이화네 집 모든 재산은 일본의 손아귀에 넘어가고 만 상실의 시대, 빙하기 시대, 처참한 시대, 어떤 말로도 채워지지 않는 머저리가 머저리머저리 울고만 있는 시대였다.

싱그러운 운명

철없던 시절에 불붙은 열정이 그들의 운명을 함께 묶는다. 예리한은 그와 함께했던 지난날들을 잊지 못해 밤을 뒤척인다. 아니 어쩌면 저렇게 다른 사람이 되어버린 황당한에 대한 동정이란 것이 더 정확한 표현일지도 모른다. 예리한 부모님들은 특별한 말이 없다. 예리한이 매일 황당한 집에 드나드는 건 알지만 드나들지 마라 드나들어라, 어떤 말도 하지 않는다. 황당한을 사위로 생각했지만 저렇게 사위로 받아들이긴 너무 먼 당신이 되었고 또 딸에게 그만 가라고 하는 것도 어쩌면 위선이란 생각 때문이다. 어려서부터 언제나 형제처럼 다정하게 지내온 사이를 어떻게 하루아침에 도끼로 장작 패듯이 쪽을 내라고 할 것인가. 서로의 혼인을 부추긴 것도 당사자보다 어른들이 더욱 바라던 일이 아니던가! 그냥 이런 말도 저런 말도 아무 말도 하지 않고 오로지 딸에게 맡겨두는 것이 딸을 위한 최선의 방법이라 마음을 접는다. 예리한은 그동안 지나온 추억이 온 동네 곳곳에 묻어 있어 황당한을 잊어버린다는 건 어렵다는 걸 안다. 황당한이 멀쩡하다면 어쩌면 냉정하게 사이를 정리할 수도 있겠지만 그렇다고 하더라도 황당한에 대한 감정과 사랑은 자신의 호흡과 체온까지 조절을 하고 있어 쉽게 잊지는 못할 것이란 걸 스스로 잘 알고 있다. 황당한은 자신의 과거를 모두 지우개로 깨끗이 지워버리고 마음과 세포 구석구석 오로지 예리한으로 각인되어 있다. 몸이 저렇게 된 후엔 예리한밖에 눈에 들어오지 않는다. 어쩌면 그것이 원초적 본능인지도 모를 일이다. 둘은 오로지 순수한 감정과 동심을 함께했기에 어떤 무엇도 그들 감정을 쪼개고 끼어들기란 어려울 것이다. 설령 서로가 잠시 젊은 혈기로 미궁으로 빠졌다지만 그건 두 사람 모두 발을 헛디딘 실수에 불과할 뿐이다. 그렇게 시간을 엉거주춤 보내고 있다. 예리한은 황당한의 아들이 자신이 엄마인 줄 알고 따라주는 것에 대해 묘한 모정 애를 느낀다.

자신의 아들인 줄도 모르고 황당한은 그저 귀여운 아이로만 생각하는 그 모습에 예리한은 가슴을 쓸어내릴 뿐이다. 어떤 가혹한 일도 저렇게 가혹하지는 않을 것이라 생각한다. 자신의 아들을 아들로 보지 못하는 저 시력. 그것이 안타까워 예리한은 황금빛을 더 불쌍하게 여기는 건지도 모른다. 두 사람은 자신들이 함께했던 추억이 자라고 있는 곳으로 황금빛을 데리고 다니면서 또 다른 즐거움을 만들어가고 있다. 그 사이 추부정이 몇 번을 예리한 집으로 찾아왔지만, 매번 헛걸음으로 되돌아간다. 그러던 어느 날 예리한이 집에 없어 기다릴 겸 강가로 나간 추부정은 강가에서 어린 아기와 예리한과 황당한이 마치 부부가 아이를 데리고 노는 것처럼 행복하게 노는 걸 보고 몸이 그 자리에 얼어붙는다. 꼼짝을 못 하고 얼어붙어 있는 추부정의 눈 속으로 예리한이 들어온다. 예리한의 눈에도 추부정이 들어온다. 예리한은 황당한에게 잠깐 황금빛을 데리고 놀고 있으라고 말하고 자신은 추부정을 못 본 척 지나쳐 자신의 집으로 간다. 한여름에 꽁꽁 얼어 있던 추부정의 몸이 녹아서 움직이기 시작한다. 예리한의 뒤를 따라간다. 자신의 집 근처에서 멈춰 선다. 조금 있으니 추부정이 온다. 둘은 서로가 아무 말도 않고 장석처럼 서 있다. *우쩬 일로 여게까짐 왔노?* 예리한이 먼저 침묵 뚜껑을 열어젖힌다. 말을 들었는지 못 들었는지 땅에 동전이라도 떨어져서 찾고 있는지 뚫어지라고 땅만 쳐다보고 서 있는 추부정.

말이 안 들리나? 우쩬 일로 여게까짐 왔냐고 묻잖나. 한참을 바라보던 땅이 꺼져버렸는지 고개를 들고 멍하니 예리한을 바라본다. 니 갑재기 귀가 멎나? 아무 말 없이 서성거린다. 똥 마려운 강아지처럼 왔다 갔다 하더니 예리한 쪽으로 다시 온다. 머로? 머가? 아까 거랑에서. 거랑에서 머? 황당한, 그래고 그 아 는? 보다시피. 그래믄 너 둘이 결혼이라도 했단 말이라? 니 지끔 머라 하노? 그래믄 그 아 는 머로? 예리한은 어떻게 설명을 해줘야 할지 잠시 뇌에게 생각을 요청한다. 뭐라고 답을 해줘야 할지 뇌도 답을 주지 않는다. 아무 대답이 없자 추부정은 다시 꺼칠꺼칠한 말로 묻는다. 그 아 가 누냐고 묻는데 니 귀멎나? 머라고? 귀 멎냐고 물었다. 귀 먼 사람한테 말 하믄 들래겠나? 집에 가라. 귀 먼 귀머거리하고 먼 말을 할라고 왔노? 가지 마래도 가마. 그릏제만 한 가지는 알고 가이겠다. 니 황당한하고 사나? 예리한은 무어라고 대답을 해야 할지 깜깜해진다. 그렇게 어정쩡하게 이렇게 있을 일이 아니라 추부정을 인제 그만 단념시켜야겠다는 답이 뇌로부터 전달된다. 니가 그게 왜 궁금하노? 답 피하지 말고 똑바로 말해 보그라. 먼 답이 듣고 싶노? 진실. 진실? 그래. 그래 진실을 말해주꾸마. 니가 본 대로다. 그래믄 그 아 도 니 아 라? 응 내 아다. 결혼도 안 한 처녀가 아 를 나? 남이사 밤소이로 밑을 딱그나 말그나 니가 먼 상관이로. 상관이 있으이 문제. 참말로 니가 논 아 란 말이라? 그래 처녀인 내가 논 아다. 인제 답이 됐나? 그래믄 인제 돌아가그라. 그래고 다시는 찾아오지 말그라. 우리 사이가 고작 이거 뿐이었나? 우리 사이가 우뜬 사이였는데? 그걸 말이라고 묻나? 니하고 내가 먼 사이라고 그래 말하노? 하긴 아무 사이도 아니긴 아니제. 늘 내 혼자 해바래기를 했으이. 그릏제만 황당한 저 나쁜 새끼 땜에 우리가 이래 된 게 억울하고 분하다. 그래 마구 말하지 마라. 황당한 욕은 왜 하노? 니가 먼데 황당한 욕을 해! 예리한의 목소리 톤이 높아지면서 얼굴색이 달라지자 추부정의 목소리가 낮아지면서 하모니를 이룬다. 그래 인제 알겠다. 가마, 행복하게 잘 살그라. 그렇게 추부정은 처음처럼 고개를 땅으로 박고 걸어간다. 추부정의 뒤를 쓸쓸한 그림자가 키를 줄였다 느렸다 하면서 걸어간다. 예리한은 그 자리에 서서 황당한과 자신과 황금빛 사이를 생각한다. 나무와 불과 연기처럼 다른 몸이면서도 필요불가결한 그런 사이로 자신들이 얽힌 것 같은 생각이 든다. 싱그러운 운명 한 잎이 느티나무에서 뚝, 떨어진다.

스승을 찾다

그렇게 마음을 굳히면서 추부정을 보내긴 했지만 예리한 마음 한구석에서 추부정에 대한 미안함이 꿈틀꿈틀 자신을 괴롭힌다.

황당한이 저리되지 않았다면 추부정에게 그렇게 매정스럽게 하지는 않았을지도 모르지만 저렇게 멀쩡하던 사람이 하루아침에 저리된 데에는 자신의 잘못도 있는 것 같아 마음이 무겁다. 아무것도 모르는 황당한과 황금빛 두 부자가 자신만 바라보고 있음에 예리한은 그들의 따뜻한 미래를 위해 자신이 불을 지펴 주리라 마음을 굳힌다. 그렇게 예리한의 굳힌 마음 덕분에 황당한과 황금빛은 매일을 봄처럼 따스하게 지내고 있다. 속이 비어 늘 흔들리는 바람들은 어디를 가든 소리를 몰고 다닌다.

  쓸쓸한 곳엔 쓸쓸쓸쓸 쌀쌀쌀쌀
  억새밭에선 억억억억 새새새새
  소나무에선 솔솔솔솔 살살살살
  매화나무에선 분분분분 홍홍홍홍
  별빛에선 별별별별 빛빛빛빛
  가는 곳마다 별별 소리를 다 거느리고 다닌다.
  끊임없이 돋아나고 사라질
  방향도 크기도 무게도 색도 냄새도 형체도 없는 바람이지만 모든 생물체의 목숨 줄을 꽉 틀어쥐고 있다.
  저 바싹 말라비틀어진 곳에도
  꼿꼿하던 등을 구부정하게 만드는 곳에도
  팽팽하던 몸에 주름을 물이랑처럼 만드는 곳에도

멀쩡하던 정신을 자신의 아들도 몰라보게 하는 곳에도
다정다정 다정을 키우며 행복 넝쿨을 키우던 황당한과 예리한

예리한에게 하늘은 감동을 했는지 행복바람이 날갯죽지를 펄럭이며 달려든다.
몹쓸, 또 어떤 바람이 날아와서 무엇을 허물어버리지 말길
예리한은 그저 묵묵히 바람과 동행을 하고 있다.
내일은 아침밥 일찍 먹고 오답 스승 댁엘 다녀오자고 황당한이 제안한다.
예리한도 너무 오랜 세월 스승을 잊고 살았다는 생각이 봄풀 돋아나듯 파릇파릇 돋는다. 답답함도 있고 궁금하기도 하고 예리한은 함께 가자고 한다. 이튿날 둘은 다정히 손잡고 스승에게로 발길을 향한다. 바람 한 켤레씩을 신고 가볍게 걷는다.
길가에 꽃과 풀들은 싱싱 방긋방긋 시청료 한 푼도 받지 않고 눈을 즐겁게 해준다. 푸릇푸릇하고 달짝지근한 향기들도 한 그릇의 값도 배달료도 받지 않고 모두 무료 서비스를 해준다. 새들은 끊임없이 무게를 털어내고 있다. 푸르름은 절정을 찍고 둘 다 오랜만에 집을 떠나 스승을 만나러 간다. 예리한은 가슴이 설렌다. 늘 다정다감하던 스승, 모르는 것이 없어 자신들의 입을 다물지 못하고 따라다니게 하던 걸음들이 자신의 눈앞을 지나간다. 둘은 장난을 치면서 가느라 한나절이 돼서야 스승의 집에 도착한다. 집에 도

착하자 텅 빈 집 같다. 마당 가에 달리아가 알록달록 곱게 피어 있고 바람은 꽃들을 흔들며 놀고 있다. 꽃의 머리에 앉았는지 꽃대궁에 앉았는지 알 수 없지만, 꽃을 끊임없이 흔들어댄다. 대문이 열린 것으로 보아 집에 계실 것 같은데 인기척이 나도 나오지 않는다. 둘은 마루까지 가서 스승님을 부르지만, 스승님은 답이 없다. 마루를 지나 방문을 열어본다. 스승님은 아직도 주무시고 계신다. 둘은 스승님이 어디 아픈가 싶어 얼른 방으로 들어간다. 책상 위에는 먹으로 쓴 사람 이름이 있다. 일본 사람 이름과 우리나라 사람 이름이 적힌 이름. 내 이 사램들을 황천길로 보내 본보기를 삼아 다시는 동네에 나쁜 짓을 못하게 해야겠다. 행패도 정도껏 부래야지. 육시랄 놈들. 사흘이 멀다고 사램을 죽이고 재물을 빼앗고 한글 가르친다고 불을 놓고 나무 나라 명절도 못 쉬게 하고 문화와 말과 글을 모두 말살시키고 이름까지 자기네 나라말로 개명하라는 미치광이 같은 놈들 내가 본보기로 죽이고 나도 죽으믄 다른 사람들도 들불맨치 일어나서 일본 놈들을 물리치믄 좋겠다. 그래서 나라를 찾아놓고 죽어야만 후손들이 자자손손, 이 금수강산을 지키믄서 대대로 살 수 있을 것이다. 오늘은 내 사랑스런 제자들이 그립다. 얼굴을 한 분 보고 싶은 맴이 간절하다. 내 기도가 하늘에 닿기를 바랠 뿐이다. 내 한 몸 바칠 준비가 끝났다.

글을 읽은 그들은 너무 놀라 얼른 스승을 흔들어 깨우자 눈을 뜨고 자신들을 본다. 둘은 동시에 안도의 한숨을 쉰다. 스승님 저

희 왔니더. 어데 편찮으시이껴? 너들 왔구나. 내 기도가 하늘에 닿았구나. 스승 오답은 천천히 일어나 앉는다. 몸이 조금 안 좋긴 하지만 괜찮으시다며 애써 반긴다. 그 모습에 순간 어둠이 밀려온다. 어떤 예감을 한 수레 싣고 바람이 방으로 들어온다. 아니라고 고개를 갸우뚱하다가 일어선다. 밖으로 나온 예리한은 주위를 살피지만, 식구들은 모두 어디로 갔는지 아무도 보이지 않는다. 다시 방으로 들어오자 오답은 속에서 음식을 받아들이지 않아 물밖에 못 마신다. 저 일본 놈들이 하루가 멀다 하고 한글을 가르치는 곳에 들이닥쳐서 행패를 부래고, 곡식을 빼앗고 처녀들을 강간하고 이 마당에 밥이 넘어가야 먹제. 제자들의 속을 꿰뚫듯이 말씀을 하신다. 그동안 자신들의 일에 빠져 나라 생각은 꿈에도 안 하고 스승의 가르침도 까맣게 잊고 산 죄책감이 아리리아리리 밀려온다. 너무 무심했다. 답답하고 어려운 일이 있을 때는 찾아와서 고민을 털어놓고 괴롭히고 자신들이 편안할 때는 까무룩 잊고 살아온 자신이 너무 미워 펑펑 두들겨 패주고 멱살이라도 잡아 패대기를 치고 싶다는 쌍둥이 같은 생각을 하는 예리한과 황당한을 향해 오답은 그래 먼 바램이 불어서 둘이 이까지 왔노? 뵌 지가 넘 오래돼서 왔니더. 그래. 모두 잘 지내제? 인제 너희들하고 공부하로 댕그는 일도 못 할 것 같구나. 내가 죽더라도 너희들은 늘 내 말을 허투루 듣지 말고 나라를 위해 무언가를 해야 함을 명심하고 공부를 게을리하지 말그라. 크리스마스 선물 등 유명한 단편 소설

작가인 오 헨리(본명 윌리엄 시드니 포터 William Sydney Porter)란 소설가가 있다. 오 헨리는 의사가 되고자 했던 약사 아부지와 문학적 재능이 뛰어난 어머니 밑에서 자랐다. 그른데 갑작스런 사고로 부모님이 모두 돌아가시자 그는 고아가 되고 숙부의 손에서 자라민서 할매한테 공부를 했다. 공부는 자유로운 글쓰기였제. 그는 해보지 않은 일이 없을 정도로 닥치는 대로 일을 했단다. 27살에 7살 연하의 부인과 결혼하고 부인이 폐결핵이 걸리자 치료비를 마련하기 위해 열심히 공부해 은행에 취직했제만, 계산 실수로 인해 그는 법원에 불구속 상태로 재판을 받게 되고 마지막 결심 공판 전에 그는 도망 길에 올랐단다. 그러나 부인의 위급 소식을 듣게 된 그는 부인을 만나로 가다 경찰에 체포된다. 결국은 5년 형을 받고 감옥에 갇히게 되었단다. 약사 자격이 있었던 그는 교도소에서 약사로 지내다 각양각색의 범죄자들을 만나게 되었고 감옥에서 그는 할매한테 배운 글쓰기로 단편 소설을 쓰기 시작했다. 그에게 감옥은 제2의 인생을 살게 해준 모티브였다. 그 유명한 『마지막 잎새』라는 단편 소설도 이때 썼단다. 수많은 단편을 쓰민서 딸에게 감옥에 있다는 사실을 숨기고자 필명을 쓰게 되었는데 바로 감옥의 간수장 이름인 '오 헨리'란 이름으로 작품을 발표했단다. 감옥에서 만내는 모든 사램들이 그의 소설의 내용이 되었고 특히 경찰관과 찬송가 등 범죄에 연루된 소설도 이러한 경험에 의해 생겨난 작품이라고 한다. 그의 소설은 일약 유명세를 타기 시작했고, 그는 모범수로 나온 후 '오 헨리'라는 필명으로 거의 하루 한 편의 단편 소설을 쓰다시피 했다고 한다. 수많은 단편 소설은 그가 감옥 생활에 한숨과 비관만 하고 있었다믄 불가능했을 게다. 어려울 때일수록 그것을 전화위복(轉禍爲福)의 기회로 삼았기 때문에 가능했던 일이다. 너희들도 지끔 일본놈이란 인권 감옥에 갇혀 어려울 때다. 불평불만만 하고 있지 말고 오 헨리맨치 이 기회를 반드시 전화위복의 계기로 삼아서 반드시 이 나라를 찾아 빛나게 맹글어 놓아야 한다. 아무래도 내가 너희에게 해주는 유언이 될지도 모르니 맹심하고 다른데 정신줄 놓고 살지 말고 나라 찾는 일에 목심을 바쳐야 할 것이다, 알았나? 야, 맹심하겠십니더 그룲제만 유언이란 말씀은 하지 마소. 저들 겁줄라거든 차라리 싸리 회초리로 때리시제 왜 유언이라고 무시무시한 말씸을 하시니껴? 마마 맞습니더, 오르골. 둘은 그렇게 스승의 말을 들으면서 이제 스승이 마음 먹은 대로 기어이 하고 말 것을 직감한다. 오답은 자기가 태어난 조국의 은혜를 잊으믄 사램이 아이다. 조국은 어머니의 뱃속과 같으니 조국이 없으믄 내가 없음을 맹심해야 한다. 하고 의미심장한 말을 한다. 예리한은 스승님 무신 말씸을 하시는지 잘 모르겠니더. 꼭 어데로 떠날 사램맨치 말씸 하시니껴? 떠나고 안 떠나고는 그래 중한 게 아이다. 온 고을을 제 발톱밑에 때만큼도 안 여기민서 짓밟고 있는 일본 놈들을 우쩨든 쫓아 내놓고 죽어야 할 겐데 걱정이따. 그래야 되제만 그게 어데 맘대로 되니껴? 그래 무사안일하게 생각하는 게 문제고 또한 제 나라를 괄세하고 일본 편에 서서 돈 몇 푼에 나라를 팔아먹는 매국노가 있으이 말이따. 에이! 설마요? 그래 니 말대로 설마믄 울매나 좋겠노만 지끔 실정이 그릏다. 요 아래 금대에 사는 마백정이 알제? 야, 자자 잘 아니더 오르골. 그른데 백정은 왜요? 사램들이 백정이를 불효막심한 눔이라고 하는 말은 들었니더. 잘 듣그라. 백정이네는 5대 독자 집안이다. 그른데 온갖 정성으로 절에 가서 빌고 산에 가서 빌고 10년 만에 얻은 아들이제. 그른데 태어나민서부터 눈이 한쪽 안 보였단다. 멀쩡 하게 다 보이는데요. 보기만 그릏제. 5대 독자 아들이 눈이 안 보이니 오죽했겠나. 그래 애지중지 키웠는데 일본눔의 앞잽이가 돼서 이 고을에 누가 논이 및 마지기고 밭이 및 마지기고 세세하게 다 알래주고 댕긴단다. 누구 집에서 한글을 갈채고 누구 집 어데서 갈치는지까지 다 알아서 일본에게 아르켜준단다. 백정이 친구 나푼수하고 같이. 돈 및 푼에 그래 매국노 짓을 하고 있으이 이 나라가 우째 되겠노. 그래 내가 그 아 들한테 및 분 타일렀제만 개한테 글 가르치기제. 그래믄 우째야 되니껴? 내 생각하는 일이 있으이 그래 알고 후재 먼 일이 있으믄 그래 알고 있으라고 해주는 말이따. 이미 말에 어떤 결기가 서려 있어 실오라기 같은 희망도 없다. 얼굴에도 죽음의 그림자가 덮여 있다고 생각했다. 돌아가시기 전에 찾아뵌 걸 다행이라 생각한다. 스승은 자신을 좀 부축해 달라고 부탁을 한다. 화장실을 가시고 싶다는 말로 알아듣고 둘은 양쪽에서 한쪽 팔씩을 각각 잡고 스승을 부축한다. 스승은 화장실이 아니라 옆방으로 간다. 그 방은 전에 황당한이 거처하면서 공부를 한 적이 있는 곳이다. 바로 스승의 서재인 것이다. 온갖 생각으로 마음을 정리하던 곳. 그러나 황당한은 자신이 있었던 곳이란 것도 모른다. 오답은 시렁에서 대나무로 엮은 광주리 하나를 내린다. 그 안에는 누렇게 겉표지가 변한 공책이 들어 있다. 무슨 보물이라도 되는 양 귀중하게 생각하시기에 큰 보물이라도 되는 거로 생각했던 둘은 조금 실망이 든다. 그렇지만 이제 마지막이 될지도 모르는 스승이니 말을 경청하기로 한다. 그중에서 가장 밑에 있는 공책 한 권을 꺼낸다. 그 공책과 함께 다른 책 두 권을 꺼내 들고는 다시 상자를 옆으로 밀친다. *이이 이게 머이껴? 오르골.* 황당한이 그 새를 못 참아 묻는다. *이거는 혹시 너들이 이 나라를 찾는 데 귀중한 자료가 될 수 있을지 몰라 보관했던 것이다. 내 아부지가 그 시대를 기록한 것이다. 너희들이 공부하는 데 도움이 될지 안 될지는 모르제만 내가 주는 마지막 유물이니 한 분 읽어보길 바란다. 야, 아아 알겠십니더, 오르골.* 인사를 하고 공책과 책을 받아든다. 마당 가 달리아 이마에 빗방울이 투두둑 투두둑 내려앉는다. 이어서 소나기가 쏟아지고 있다. 비가 오는데 빨래를 걷는 아내도 토란잎을 머리에 쓰고 뛰어와 비를 털어내는 자식도 손자들이 비를 피해 들어와 소란을 떨지도 않는 그 평범한 일조차 일어나지 않는 적막한 집. 들뜬 흥분 한 모금도 수선스런 말 한 줄기도 하다

못해 마당 가에 지렁이 한 마리도 꿈틀대지 않는 집, 빗소리만 세차게 마당을 두드리며 슬픔을 훌쩍이고 있다. 빗소리를 함께 들으며 감정의 스위치를 올려 전도를 높여놓고 빗소리에 젖은 말 한마디 주고받을 아무도 없는 집, 몸이 아픈 스승을 혼자 두고 나라를 구할 용사들은 다 어디로 가고 아무도 없는지 생각하던 예리한은 갑자기 이 나라가 이렇게 마음의 병이 들어서 몸을 못 가누는데 아무도 옆에서 나라를 간호하지 않아 나라가 죽어가는 건 아닐까? 매우 급한 생각이 든다. 갈 수 없어 두 사람은 스승의 방으로 다시 들어간다. 그렇지만 오답은 어서 가서 나라 구할 방법이나 연구하라며 손을 휘이휘이 새를 쫓는 허수아비처럼 흔든다. 오답은 비쩍 말라서 콩 껍질처럼 일어나는 입술에 간혹 물을 축여주고 물을 몇 방울 입으로 떨구어 주어서라도 갸르릉갸르릉 하는 나라를 반드시 구해야 한다는 생각을 하고 있다. 나라를 구하는 일이라면 어떤 일이든 해서 보기에 처연해서 너무나 가엽고 처연해서 가슴이 통증을 호소하는 나라를 건강하고 싱싱하게 억눌린 무게를 치워줘야 한다는 생각을 하면서 천하를 움켜쥘 듯 두 주먹을 불끈 쥐어본다. 어차피 올 때 빈손으로 왔다가 갈 때는 움켜쥐었던 천하를 다 놓고 손바닥에 아무것도 없음을 펴 보이고는 가는 목숨. 올 때는 봄바람처럼 따뜻한 체온을 온몸에 가득 채우고 왔다 갈 때는 체온조차 다 빼앗기고 얼음처럼 차가운 체온으로 꽁꽁 얼어붙는 목숨. 화르르화르르 피어났다가 주루룩주루룩 지는 목숨. 매

혹적으로 부드럽고 신기하고 곱던 모습이 환멸적으로 일그러져 버리는 목숨. 어쩌면 이 세상에 보물 가득한 금고를 열거나 납덩이가 금덩이가 되기를 익히는 연금술을 배우기 위해 생을 다 쓰고 가는 것인지 모른다. 누구나가 가야 할 길이고 다 겪어야 할 일이지만 마음은 어떤 형용사를 수식해도 부족할 만큼 아리다. 그렇게 생각에 생각을 덧대던 오답 이다덕(李多德). 그러니까 계절의 할아버지인 스승은 단단한 생각을 튼튼한 동아줄에 매고 있다. 예리한은 나라에 빚을 진 것처럼 마음이 무겁다.

오답과 정답

11

예리한은 앞을 보아도 뒤를 보아도 옆을 보아도 완두콩 껍질 속에 갇힌 것처럼 깜깜하고 긴 현실을, 몽돌같이 단단하고 칠흑같이 어두운 이 터널을, 대낮같이 밝은 빛으로 바꿀 방법을 어디에 가면 구할 수 있을까? 생각 고삐가 풀려 초원으로 날뛰고 있는데 오답이 다시 말을 잇는다. 나무 나라에 쳐들어와서 횡포를 부리민서 우리 글도 우리 이름도 우리 맹절도 우리 거라고는 아무것도 못 하게 하민서 마구 짓밟는 일본 놈을 그냥 두어서는 안 된다. 내가 본보기를 보여서 다시는 횡포를 부리믄 언제든지 우리나라 사람한테 독약을 먹게 될지 모르는 두려움을 확산시켜야 한다. 그래서 우리나라에서 물 한 모금도 맴 놓고 못 마시게 되믄 스스로 물러나는 계기가 되지 않을라? 내 생각을 계기로 여게저게서 일본 놈들에게 이렇게 사약을 메기는 일이 들불맨치 번지믄 좋겠다. 스스 스승님

시방 먼 말씸을 하시니껴? 제자의 물음에 오답은 대답을 꿀꺽 삼키면서 마백정과 그 친구와 일본 놈을 한꺼번에 없애야겠다고 마음먹는다. 오답은 마음이 기울어지는 대로 기울지 않아야 한다고 안간힘으로 버텼지만, 일본의 위협과 탄압을 받으며 안간힘으로 버티던 이웃들이 날로 피폐해져 가고 사탕발림에 동조하는 사람이 단맛에 맛 들어 이웃에 상처를 주는 사람이 늘어나자 잠 못 자고 뒤척이는 날들이 계속되었다. 이러다간 나라가 소멸하고 말지도 모른다는 불안꽃을 나날이 피웠다. 남의 나라 담 타넘는 것을 장미꽃이 담장 타넘는 것으로밖에 여기지 않고 붉은 웃음을 웃으며 담을 타넘어 노략질을 해가는 데 동조를 하는 우리나라 국민에 더욱 분노를 느끼던 이다덕이다. 우리나라 사람을 자신의 편으로 만들어 우리나라를 흔드는 저들을 어떻게든 물리쳐야겠다고 주먹을 불끈 쥐고 어금니를 깨물며 격분하는 나날이었다. 울분에 젖다가 분노를 일으키다 비참함으로 넝쿨을 뻗으며 여름풀 자라듯이 수북하게 웃자라는 울분. 다윈의 적자생존이 맞단 말인가? 아니다 아니아니 아니야, 서로 공감을 하고 서로 함께할 때 인류는 평화롭고 살기 좋은 지구촌을 만들어 지구도 영원히 푸르를 수 있다. 함께 웃고 함께 울고 함께 춤추고 노래하고 이렇게 든든한 함께라는 밧줄을 조물주는 인간에게 주었는데 무엇이 인간의 욕심을 허풍선으로 늘려 놓았는지 언제 끝날지 모르는 이 현실이 답답하기만 하다. 악기들을 보면 다루기 전에 반드시 조율하고 연주를 한다.

습도나 온도 때문에 수축하거나 팽창하거나 틀어지거나 휘어진 소리를 조화롭게 조율하면 세상에서 가장 아름다운 소리를 내는 것이다. 악기와 악기들이 모여 화음을 맞추면 천상의 소리가 나는 걸 저 일본은 보지 못한단 말인가? 이웃끼리 서로 돕고 화음을 맞추면 서로 얼마나 정답고 따뜻하고 평화롭고 아름다운 향기가 온 세상을 날아다닐까 말이다. 살다가 감정이 메말라 부스럭거릴 때 기름진 노래 한 곡을 불러주는 악기처럼 협주회에서 긴장해 밑으로 깔리거나 떨리거나 당황해 제대로 소리를 못 낼 때 다른 악기들이 보충을 해주면 멋진 조화의 하모니가 되듯 이웃끼리도 그렇게 아름다운 소리가 매스컴을 통해 연일 들려온다면 세상을 만든 조물주는 얼마나 기특하고 고마워 더 살기 좋은 지상낙원을 만들어 줄 것인가? 서로의 다름을 인정하고 서로의 장점을 배우고 단점을 고치며 아름답고 푸르른 시간을 번역해 나뭇가지에 걸어두고 서로 오가며 그 나라만의 고유한 문화를 즐기면 매일 맥박수는 더욱 싱그럽게 뛸 것이고 살아있음이 행복하고 행복꽃이 세상에 넝쿨지면 얼마나 좋을까? 사랑하는 연인들끼리 만나면 가슴이 뛰듯 서로의 나라를 사랑하면 그렇게 가슴이 뛰고 행복할 텐데 저 일본은 그 행복보다 아무짝에도 쓸모없는 땅이 탐나서 저렇게 고귀한 생명을 죽이고 노예화 시키며 만행을 저지른다. 저 일본사람의 피는 붉은색이 아니고 아마도 검은색일지도 모른다. 하늘에는 달도 하나 해도 하나지만 세계인 모두가 공동으로 사용하고 즐기고 수

많은 상상력과 에너지를 얻는다. 그렇게 같은 하늘을 이고 살면서도 왜 땅은 그렇게 집착을 하는지? 어느 민족이 저 하늘을 달을 해를 별을 빼앗기 위해 싸운 적 없다. 달은 부풀었다 줄었다가 먹구름이 오면 비켜주고 맑은 구름이 오면 함께 놀고 비가 오면 무지개를 걸어놓고 놀고 공중은 늘 날것들에 땅을 내준다. 하늘과 땅과 공중의 주인이 어디 있단 말인가? 모두 평생 쓰다가 후손에게 물려주고 가야 할 잠시 임대인에 불과한 인간이 그걸 강제로 빼앗아서 자신의 나라라고 한들 죽을 때 그 땅 전체를 가지고 갈 것인가? 옷 한 벌도 없이 태어나 잘 먹고 즐겁게 잘 살다가 가면 서로서로 사랑을 주고받다가 가면 될 것을. 그 짧은 임대 기간을 받아서 이 세상에 이주했으면서 그렇게 욕심을 부리는지 도무지 이해가 되질 않는다. 그래서 그것들은 온전히 평화와 행복과 화합을 주고 인간에게 필요한 것들을 골고루 나누어 준다. 그러나 저렇게 남의 땅을 빼앗으려 하기에 땅에서는 늘 피비린내를 맡아야 한다. 땅이 부족해 사람이 못 사는 것도 아닌데 웬 땅! 땅! 땅 하면서 남의 나라 땅을 빼앗으려 저리 안간힘을 쓰는 걸까? 땅을 빼앗아 주머니에 넣고 다닐 것인가? 가방에 지고 다닐 것인가? 요로 깔고 잘 것인가? 이불로 덮고 잘 것인가? 그것도 아니면 그 넓은 땅을 매일 걸어 다닐 것인가? 머리를 가로로 살랑살랑 살살이꽃처럼 흔들어 보지만 답은 동쪽에 있는지 서쪽에 있는지 알 길이 없다. 오답은 지구가 기울듯 고개를 갸우뚱갸우뚱 기울이다 제자들을 보고 묻는다.

　너들 우째야 이 나라를 다시 찾을 수 있을지 생각해 봤나? 미처 두 사람이 대답도 하기 전에 다음 말을 고삐 끌 듯 끌고 간다. 그건 우리 민족 하나하나가 단결해야만 한다. 눈앞에 이익만 생각하고 사램이 해서는 안 될 일을 해서는 안 된단 말이따. 사램이 노예근성을 가지고 살믄 자신만 노예로 살믄 괜찮은데 그 노예근성이 가정을 좀먹고 사회를 좀먹고 나아가서 나라를 망치는 지름길이 된단 말이따. 세계 역사 어데를 봐도 자신의 나라에 충성과 애민 정신이 강한 사램이 많을수록 그 나라는 굳건하지만 그릏지 못한 나라는 모두 망하고 말제. 잘 사는 나라들을 보믄 애국심이 대단하다. 그래이 자기들 나라를 온전히 지키제. 우리나라는 애국심이 너무 약해. 아이씨더 우리도 애국심 있니더. 그래 다행이따. 역사를 거슬러 올라가 보믄 중국 같은 나라는 정말 대단한 애국심을 가진 나라따. 내가 그들이 자기 나라와 부하들을 울매나 대단하게 사랑 하는지 얘기 해줄 테이 잘 들어보그라. 우째믄 내 죽기 전에 너희들에게 마지막 유언이 될지도 모르이 잘 듣고 새게 놓았다가 애국심이 있다고 하이 그 애국심을 실천해 보그라. 야, 둘이 쌍둥이 같은 대답을 한다. 당나라 때 당태종(이세민)을 도와 천하를 평정하였던 24명의 장군이 죽어서 신명계로 돌아가 봄, 여름, 가을, 겨울을 돌리고 운행하는 24절후를 담당하는 신명이 되었다고 말한다. 이 말도 안 되는 말이 말이 되어 기록이 되고 우리도 알게 되었다. 이건 엄청난 생각을 하는 사람과 아무 생각 없이 사는 사람과의 차이다. 그래서 나는 내 아들이 아직 어리제만 먼저 말해 두었다. 이담에 니가 커서 장개를 가고 아들을 낳으믄 제일 큰아들은 계절, 둘째는 봄, 싯째는 여름, 닛째는 가을, 다섯째는 겨울, 이래 지으라고 했다. 아들이 안죽 어리제만 나는 당태종이 자신의 부하가 절후를 돌린다고 했듯이 왠지 우리나라 4계절을 내 손자들이 돌렸으믄 하고 생각했단다. 닛이서 한 계절씩 돌리고 제일 큰놈이 계절을 관장하믄 못할 것도 없제. 스스 스승님 안죽 태어나지도 않은 손자들한테 말도 안 되니더. 그른 안일한 생각 때문에 우리는 최고 우수한 조상의 피를 받고도 늘 나무 나라 간섭 밑에 살민서 고통을 받는 거다. 우리나라에도 당태종 부하보다 뛰어난 사램이 울매나 많은데, 절후를 신이 돌린다는 생각도 않는다. 신이 없다고 생각하이까 그릏제요. 예리한이 말 한 가지를 꺾어 스승에게 올린다. 먼 소리로? 우리나라맨치 신을 잘 받드는 나라가 또 어데 있다고? 통시 정지 마루 방 우물 서낭당을 짓고 방구에도 낭구에도 들에도 고시레를 할 정도로 신을 섬기고 대접하는 나란데. 그릏기는 하이더, 스승님. 봄 여름 가을 겨울 4계절이 운행되어 돌아가는데 신명을 맡은 장수들은 다음과 같이 정해놓고 이 신명을 이십사절주(二十四節呪) 신명이라 한다. 울매나 허무맹랑한 소리인동 한분 내가 있는 대로 읽어 주께 찬찬히 들어보그라.

장손무기-동지(冬至)를 담당하는 신명

효공-소한(小寒)을 담당하는 신명

두여회-대한(大寒)을 담당하는 신명

위징-입춘(立春)을 담당하는 신명

방현령-우수(雨水)를 담당하는 신명

고사렴-경칩(驚蟄)을 담당하는 신명

울지경덕-춘분(春分)을 담당하는 신명

이정-청명(淸明)을 담당하는 신명

소우-곡우(穀雨)를 담당하는 신명

단지현-입하(立夏)를 담당하는 신명

유홍기-소만(小滿)을 담당하는 신명

굴돌통-망종(芒種)을 담당하는 신명

은개산-하지(夏至)를 담당하는 신명

시소-소서(小暑)를 담당하는 신명

장손순덕-대서(大暑)를 담당하는 신명

장양-입추(立秋)를 담당하는 신명

후군집-처서(處暑)를 담당하는 신명

장공근-백로(白露)를 담당하는 신명

정지절-추분(秋分)을 담당하는 신명

우세남-한로(寒露)를 담당하는 신명

유정회-상강(霜降)을 담당하는 신명

당검-입동(立冬)을 담당하는 신명

　　이세적-소설(小雪)을 담당하는 신명

　　진숙보-대설(大雪)을 담당하는 신명

　그들은 이렇게 적고 있다. '삼신(三神)이신 구천상제께서 말씀하시길 천지에서 혼란한 시국을 평정하려고 당태종(이세민)을 내고 다시 24 장군을 내어 천하를 평정하게 하였다. 이 모든 것은 우주의 주인이신 삼신(三神)의 뜻에 의해서 이루어진 '하늘의 뜻'으로 보아야 할 것이다. 당태종을 도와서 천하를 평정하였던 24명의 장군이 죽어서 신명계로 돌아가 봄, 여름, 가을, 겨울을 운행하고 돌리는 24절후를 담당하고 있다'는 24명의 영웅을 봐라. 울매나 월척 없는 일인 동. 누가 옥황상제를 본 사램이 있나? 24절후는 자연의 이치이거늘 누가 사램이 죽어서 절후를 돌랜다고 할 수 있노? 가만히 두 눈을 말똥구리처럼 돌리던 황당한이 끼어든다. 그그 그랠 수도 있겠니더. 사램이 돌랠 수도 있다는 말이씨더, 그를다믄 그전에는 자연에 계절이 없었다는 말이라? 그건 자신들 민족의 우수성을 자랑하기 위해 지어낸 얘기제. 이제 그 얘기를 다 외우지는 못하이 내 읽어 줄 테이 잘 들어 보고 너희들이 먼 일을 해야 할지 생각해 보그라. '28수가 좌선하고 24절후가 우선함에 의해 천기(天氣)가 하강(下降)하고 지기(地氣)가 상승(上昇)하여 천지가 운행되어 만물이 생(生)하고 성장하고 결실하고 감추어 끝없이 번성하고. 이십팔수주(二十八誰呪), 동서남북 각 방위마다 일곱 별자리가 있어 28 별자리가 있다. 28수는 달이 한 달 동안가는 백도(白道)를 따라 별자리가 정해져 있으며 이십팔수에 의해 천체가 운행한다. 후한의 광무제(光武帝) 유수(劉秀)를 도와 천하를 평정하여 후한을 세웠던 28명의 장군이 죽어서 신명계로 돌아가 28 별자리 신명이 되어 천체를 움직이는 일을 하고 있다.'라고 하니 이릏게 당당할 수 있는 그 신명들이 살아생전 우뜬 일을 했는지 한 분 보자. 먼저 '28수 신명들은 인간 세상에서 후한(漢)의 초대 황제(재위 25~57)인 광무제와 함께 36년에 걸쳐 전국을 통일시켰다. 그리고 절후 신명들은 인간 세상에서 당(唐)나라의 제2대 황제(재위 626~649)인 태종(본명 이세민)이 당나라를 수립하고 군웅을 평정할 때 함께 중국을 통일시켰다.' 하고 28수 신명과 한 일을 저릏게 자랑하고 있다.

등우(鄧禹)-각(角)-등우는 광무제 때 장군으로 지혜가 뛰어나고 효성이 각별해 황제가 무슨 생각을 하는지 다 알아서 처리했다. 황제의 오른팔이었다.

마성(馬成)-항(亢)-지략이 뛰어나 적의 식량이 떨어질 때를 기다렸다 공격해 서(舒)를 평정하고 나머지 무리들을 끝까지 추격하여 강회(江淮) 땅을 모두 평정한 후에 북쪽 변방도 수호하여 민생을 보호하는 공을 세웠다.

오한(吳漢)-저(氐)-아무리 불리해도 두려움 한 알갱이도 없이 병사들을 고무(鼓舞) 시키고 누가 시키지 않아도 스스로 찾아 공을 세워 광무제가 총애했다.

왕양(王梁)-방(房)-대쪽 같은 성격으로 사형을 감수하고 명령을 어기고 군대를 일으키는 통 큰 사람이다. 왕은 그의 통에 반해 용서해 주고 결국, 통 큰 생각은 정벌의 공을 많이 세워 태수자리까지 사다리를 타고 오른 인물.

가복(賈復)-심(心)-전투에서 백전백승의 용감한 장수로 의리도 강해서 포위당한 장수들을 여러 차례 구하느라 다쳐도 눈썹도 까딱 않고 곧은 절개와 희생정신으로 장수들의 본보기가 되었던 인물이다.

진준(陣俊)-미(尾)-지략과 용맹함이 온몸에 배어 있고 따뜻한 마음씨를 가져서 가난하고 병약한 사람들을 돕는 의로운 자를 표창하여 백성들을 다스렸고, 나라를 위해 목숨을 아끼지 않고 백성들도 보호하였다.

경감(耿弇)-기(箕)-오한과 힘을 합해 4만여 적병을 물리치는 뛰어난 도략과 의(義)로써 나라를 평정시켰던 장군으로 적병들이 벌벌 떨 정도로 용맹했다.

두무(杜茂)-두(斗)-백성들에게 수탈을 일삼는 관리들을 처단하고 옷과 식량을 가난한 백성들에게 공급하여 만백성이 은덕에 돈수백배(頓首百拜)하도록 감화시킨 장군이다.

구순(寇恂)-우(牛)-지략과 지혜로 군율을 바로 세워 후방을 굳건히 하고 군비, 군량, 군수물 조달에 최선을 다하고 경(經)에 밝고 행실이 바르며 문무를 겸비해 백성과 병사들을 지혜롭게 잘 다스렸던 인물이다.

부준(傅俊)-여(如)-항상 광무제와 함께 정벌에 나섰으며, 용맹과 용감을 겸비해 강동·양주를 평정하는 데 큰 공을 세운 인물이다.

잠팽(岑彭)-허(虛)-대나무처럼 곧고 직분에 충실하며, 싸우지 않고도 적을 항복 시키는 상책(上策)을 쓸 줄 알고 신의와 지략을 겸비한 장군이다.

견담(堅鐔)-위(危)-광무제를 그림자처럼 따라다니며 전쟁터에서 군사들을 지키기 위해 몸소 화살과 돌을 맞으며 죽음을 두려워하지 않고 나라를 위해 싸운 의리의 장군이다.

풍이(馮異)-실(室)-책을 많이 읽어 좌씨춘추와 손자병법에 능통하였으며 지혜롭고 온화해 겸손이 번쩍번쩍 빛을 내는 사람으로 몸을 사리지 않고 변방에서 전투를 하였고 업적이 많아 그에 대한 자료도 많다.

왕패(王覇)-벽(壁)-호랑이처럼 용맹하고 법률에도 능통했다. 날쌔고 용맹한 기질을 타고났다. 죽은 병사의 염도 해주고 병사들이 다치면 몸소 돌보기도 해 광무제는 총애하며 옆에 두었다.

주우(朱祐)-규(奎)-솔직하고 질박하고 유학(儒學)을 숭상하였으며 유수(劉秀)의 곁을 지키는 호군(護軍)이었으므로 유수는 광무제가 되어서도 주우를 매우 총애하며 패전하고 황제의 명을 어겨 탄핵을 받은 상황에서도 주우를 보살피고 감싸주었다.

임광(任光)-루(婁)-왕랑이 광무제에게 현상금을 걸어 쫓기게 하였을 때 신도군의 태수였던 임광(任光)이 광무제를 받아들였다. 하북 지방을 손에 넣고 후한(後漢)을 건국하는 데 공신이 되었다.

제준(祭遵)-위(胃)-검소하고 매사에 신중하며 경서(經書)에 통달해 사사로움에 억매이지 않고 공공(公共)을 위해 애쓰며 하사받은 물건은 사졸들에게 주어 사병들의 존경을 받았다. 지방의 오랑캐를 공격했을 때 적군의 화살에 맞아 피가 흐르는데도 피를 무기로 삼아 끝까지 싸웠다.

이충(李忠)-묘(昴)-신도군의 도위(都尉)로 있던 그는 태수였던 임광과 함께 광무제를 섬겼다. 가솔(家率)들이 적의 수중에 있는데도 그 아우를 죽여 충을 보이자 광무제는 수단과 방법을 가리지 말고 가솔들을 구하게 하였다. 과거제도로 인재를 등용하기도 하고 봄·가을로 향음주례(鄕飮酒禮)를 행하였다. 백성들이 그를 흠모하였다.

만수(萬脩)-자(紫)-광무제에게 합류하여 용감하게 싸웠다. 소황(蘇況)이라는 자가 반란을 일으켜 홍농(弘農: 현 하남성 영보시 북쪽)을 습격하고 군수를 생포한 일이 발생하였을 때 병중이었지만 왕의 부탁으로 진압을 하러 갔다가 광무제를 따라 하북 지방을 평정하고 견담과 함께 남양(南陽: 현 하남성 남양시)을 공격하던 중

병은 그를 데리고 갔다. 군중에서 홍농에 도착한 지 10여 일 만에 병이 그를 저승으로 끌고 가버렸다.

경단(景丹)-필(畢)-언어(言語)에 달인이라고 전한다. 왕랑을 토벌하러 광무제를 따라 하북 지방을 평정하다가 저승사자에게 끌려갔다.

합연(蓋延)-삼(參)-힘이 장사여서 3백 근을 거뜬히 활시위에 먹여 쏠 정도였으며 키가 8척이나 되었다. 광무제가 하북 지방을 평정할 때 큰 공을 세웠다.

비융(邳肜)-정(井)-비융의 직언으로 장안으로 귀환하지 않고 후한 건국의 기반이 될 하북 지방을 손에 넣었다. 좌조시중(左曹侍中: 천자를 옆에서 모시던 직책)이 되어 광무제를 따라 싸우던 중 저승사자가 숨을 잘랐다.

요기(銚期)-귀(鬼)-키가 8척 2촌이나 되었으며 용모가 아주 잘생겼다. 위엄이 있어 보이는 데다 행동도 조심했다. 효심이 팔팔하여 3년 동안 상복을 입었다. 신의(信義)를 중시하였는데 장군이 되어 상대를 항복시키거나 함락 시키고도 노략질을 하지 않았다. 늘 나라를 걱정은 하지만 상대도 인권을 존중했으며 광무제를 충심으로 모시며 때로 납득이 가지 않는 일이 있으면 서슴없이 간언하였다.

유식(劉植)-유(柳)-동생 유희(劉喜), 사촌 형 유흠(劉歆)과 함께 군사 수천 명을 거느리고 창성에서 웅거하고 있던 호족(豪族)이었다. 하북 지방을 평정하고 후한을 건국할 때 광무제에게 큰 도움을 주었다.

경순(耿純)-성(星)-거록군(鉅鹿郡)의 명망 있는 호족이었다. 사촌 형제 경흔(耿訢), 경숙(耿宿), 경식(耿植)과 함께 종족(宗族)과 빈객(賓客) 2천여 명을 거느리고 광무제를 도왔다. 동군(東郡) 태수로서 이 지역 백성들에게 위엄과 믿음이 두텁고 존경을 한 몸에 받았다.

장궁(藏宮)-장(張)-장궁은 매사에 부지런하고 과묵했다. 각지에서 노략질을 일삼던 농민 반란집단 토벌에 최선을 다하며 몸을 아끼지 않았다. 많은 적을 물리치며 자신의 안위보다 나라를 먼저 생각했다.

마무(馬武)-익(翼)-갱시제의 장수였으나 훗날 광무제와 함께 전장을 누볐다. 그는 술을 사랑하고 솔직 담백하고 활달해 속에 있는 말을 숨기지 않았다. 때로는 취한 상태로 어전에 들어 대신들을 핍박하기도 하고, 그들의 장단점에 대해 서슴없이 말했기에 광무제는 마무의 이런 행동을 보며 껄껄 웃으며 함께 즐겼다.

유융(劉隆)-진(軫)-광무제가 각 군에 간전경무(墾田耕畝)와 호구년기(戶口年紀)의 조사 명령을 내렸으나 제대로 실시되지 않았다. 이때 12세였던 황태자 양(陽: 훗날의 明帝)의 반대로 실시되지 않은 것으로 생각하고 이 일에 연루된 사람은 모두 사형을 당했으나 유융은 공신이라서 사면 되었다. 훗날 8년간 법제를 받들었다.

각항저방심미기는 동방청룡 칠 수

두우여허위실벽은 북방현무 칠 수

규루위모필자삼은 서방백호 칠 수

정귀유성장익진은 남방주작 칠 수로서 별자리를 뜻하고 등우 마성 오한 왕양 가복 진준 경감 두무 구순 부준 잠팽 견담 풍이 왕패 주우 임광 제준 이충 만수 경단 합연 비융 요기 유식 경순 장궁 마무 유융 등은 실존했던 이름이라고 한다. 참으로 대단한 민족 아이라? 자신의 나라에서 저 정도로 공신이 되기도 쉽지 않제만 또 저 정도가 되지 않는 공신이 어데 있단 말이로? 다음은 24절후 신명의 삶과 최후 결말이 우째 됐는 동 읽어 줄 테이 잘 들어봐라.

장손무기(長孫無忌)와 연개소문의 신명계의 자리 심사

24절후 중 가장 먼저이고 밤이 가장 긴 동지(冬至)를 돌릴 신명을 두고 천상 옥경대에서 심사가 시작되었다. 최종 후보에 오른 하남성(河南省) 낙양(洛陽)에서 태어난 장손무기를 추천한 이세민은 적극적으로 그를 지지하고 나섰다. 장손무기가 그대의 처남이고 그대가 황제로 즉위하는 데 결정적인 역할을 담당해서 추천하는 것이 아닌가? 옥황상제의 물음에 이세민은 굳은 표정으로 엄중하게 두 손을 모으며 조아린다. 아닙니다, 물론 개국공신인 것 맞습니다만, 제가 당나라를 다스릴 때 늘 중요한 결단을 내릴 때는 저도 장손무기에게 물어봐야 할 정도로 지혜가 있는 자입니다. 강직한 성품과 소탈하고 사려가 깊으며 서사(書史)를 두루 섭렵했으며 문(文)과 무(武) 두 방면의 재능을 겸비한 개국공신이며 상서복야 상서령과 사공 등을 역임하며 곧 사도에 올라 나라를 위해 정관율령을 편찬하기도 한 인재입니다. 그는 스스로 승진을 삼가며 조심할 정도로 청렴하고 정직합니다. 그뿐 아니라 제가 이곳으로 오고 태자가 즉위하고도 고종(高宗, 재위 649~683) 장손무기를 태위(太尉)로 발탁하였고, 중서성(中書省)의 장관을 감독하게 하고, 문하성(門下省)의 일을 주관하게 할 정도로 그는 사심 없이 오로지 나라만 위해 산 자입니다. 그렇다면 왜 그의 가족과 친척 모두가 죽임을 당하고 그도 목을 매어 죽게 하였느냐? 그 이유를 말씀드리면 장손무기는 불의를 보지 못하고 올곧은 성정이라 그것이 걱정이 되어 제가 천상으로 오기 전에도 '참소하는 이들이 장손무기를 해치지 못하도록 하라'고 유언까지 남기고 왔지만, 황후에게 아들이 없어 무소의를 황후에 자리에 앉혀야겠다고 말하자 장손무기는 안 된다고 대나무처럼 말했고 고종은 이 말을 듣지 않고 무소의를 황후에 앉히자 장손무기가 자신을 도와주지 않았음에 원한을 품고 모반을 했다는 가짜 조서에 당한 것입니다. 그렇구나. 그럼 최종 후보에 오른 연개소문 앞으로 나오라. 예 상제님 나왔습니다. 그대가 최종까지 올라온 공적서를 보니 뛰어난 장수였다고? 예, 보장왕 2년(643년) 3월에 당의 숙달(淑達) 등을 초청하고 노자 도덕경을 들여오는 등 고구려에 도교를 수입하여 불교 세력의 견제를 했고, 평양에 새로 용언성(龍堰城)을 쌓았습니다. 말 도중에 당태종이 말허리를 싹둑 잘랐다. 상제님 연개소문은 쿠데타를 일으켜 신하로서 왕을 시해한 죄를 물어야 합니다. 왕을 죽이고 전횡을 일삼아 나라를 기울게 한 역신(逆臣) 이라는 부정적인 평가가 대부분이며 고구려와 적대했습니다. 고구려를 멸망시킨 당사자가 말을 홀라당 뒤집어 연개소문에 대해서 잔인하고 거만하며 흉폭했다는 단어를 써가며 부정적인 이미지를 만들어냈다. 저 자는 백여 명이 넘는 대신들을 죽이고, 대궐로 쳐들어가 왕을 시해하고 그 시체를 토막을 내 시궁창에 버렸으며 귀족이나 무관을 엎드리게 한 후 말을 오르내렸습니다. 그의 교만하고 난폭한 성정으로 바른 도리로 나라를 받들지 못하였고, 잔인하고 포악하여 스스로 아무 거리낌 없이 행동하면서 대역죄를 지었으며 왕을 시해한 역적으로서 몸을 보전해 집에서 죽은 것은 운이 좋았다고 할 수 있습니다. 부디 헤아려 주십시오. 하고 비판했다 그러나 연개소문은 아닙니다. 천부당만부당한 말입니다. 송의 신종(神宗)과 왕개보의 문답 가운데 태종이 고구려를 정벌하지 못한 이유를 묻는 신종에게 연개소문이 비상한 인물이었기 때문이라고 했으며 왕안석은 저를 재사(才士)였다고 평가했습니다. 일본 측 자료인 '도지 가전(藤氏家傳)'에 보면 661년 백제 부흥 운동을 지휘하던 나카노오에(中大兄)는 대당(大唐)에는 위징, 고려(고구려)에는 개금(연개소문), 백제에는 선중(善仲, 성충), 신라에는 유순(有淳, 김유신)이 있어, 각기 그 나라를 맡아 이름을 만 리까지 떨쳤으니 이는 모두가 그 땅의 준걸(俊傑)로서 지략이 보통 사람을 넘었다 한다.'라고 말하는 기술(記述)도 있습니다. 그리고 저를 원래 수나라의 비장이었던 양명(羊明)이라는 사람의 환생으로, 수(隋)가 고구려를 칠 때 군중에서 죽었던 양명이 죽기 전에 고구려의 총신(寵臣)으로 환생하여 반드시 고구려를 멸망시키겠다고 맹세하고 죽었고, 맹세한 대로 환생한 것이 바로 저 연개소문이고 당에서 도사들을 끌어들여 고구려 산천의 지맥을 약화시키고 절을 빼앗아 도관으로 개조하면서 천리장성과 같은 부역을 일으켜 고구려의 국력을 약화시키고 고구려를 멸망에 이르게 했다는 거짓말은 저 연개소문이 정책적으로 도교를 수용하면서 불교를 상대적으로 멀리한 것에 대한 불교 세력의 왜곡입니다. 저는 독립운동가고 사학자였고 혁명가로 자주독립의 정신과 대외경쟁의 담략을 지닌 사람입니다. 상제는 긴 수염을 손바닥으로 빗어 내리며 너의 말에 한 모금의 맹물도 안 섞였다?

오답과 정답

_12_

옥황상제는 이세민의 눈 속으로 빨려 들어갈 듯 쳐다보며 물었다. 예 어느 안전이라고 거짓을 고하겠습니까? 거짓이 아니라고? 그럼 연개소문을 모함하는 게 아니란 말인가? 모함이라니요? 천부당만부당 합니다. 그럼 아니라는 증거가 있느냐? 이세민은 연개소문에게 반감을 품고 있던 연개소문의 부하를 미리 뇌물로 매수해 대기시켜 놓고 있던 터라 의기양양하게 제 말씀을 못 믿으시면 연개소문의 부하는 믿으시겠지요? 연개소문 부하? 이세민은 오만한 웃음을 얼굴에 유들유들하게 바르며 말했다. 유들유들한 얼굴에 속이 메스꺼울 정도였으나 옥황상제는 그 표정을 보았는지 못 보았는지 그에게 발언권을 준다. 그래 연개소문 부하의 말을 어찌 듣는단 말이냐? 그럼 결정을 하루만 미루어 주십시오. 제가 연개소문 부하를 불러오겠습니다. 그래 만약 못 불러오면 그 벌은 감당해야 할 것이다. 다시 인간계로 쫓겨날 각오가 되어 있거든 그리하라. 정확한 증좌가 아니면 너는 쫓겨날 것이다. 여부가 있겠습니까? 내일 0시에 연개소문 부하를 대전으로 데리고 오너라. 예 알겠습니다. 그리하여 심사는 미결로 남은 채 옥황상제는 자리에서 일어나 날개를 퍼덕이며 날아갔다. 이튿날 다시 심사가 시작되고 이세민은 미리 매수해 놓은 증인을 다시 안전핀으로 고정하는 약물을 먹인 다음 옥경대로 데리고 온다. 그는 앵무새처럼 이세민이 시키는 대로 앵무새앵무새 조잘거린다. 모두 듣고 있던 상제는 알았다며 앵무새를 돌려보낸다. 그리고 그날 오후 동지를 돌리는 신명에는 장손무기가 결정되었다. 옥황상제는 연개소문의 일이 사실인지 아닌지는 중요치 않다. 다만, 자기네 백성을 자기 자신처럼 아끼는 이세민과 자기의 대장을 위험으로 밀어 넣으며 자신의 이익을 위해 남의 나라 사람에게 빌붙어 나라를 배반하는 민족, 이 두 가지로 분류한다. 서로 아끼고 다독여야 할 민족끼리 상사를 이간질하는 민족에게 절후를 맡겨서는 안 된다는 결론일 뿐, 그 증언이 진실인지 거짓인지는 중요치 않게 생각했다. 옥황상제의 심판에 연개소문은 비탄을 금할 수 없어 멍하니 초점 없는 눈동자로 생각을 굴린다. 인간계나 천상계나 간신도 있고 간신에 속는 황제도 있고 세상에 믿을 것은 아무것도 없다고 생각하며 날개를 한번 퍼덕이고 자신의 자리로 돌아간다. 연개소문은 답답해 고승(高僧)을 찾았다. 고승은 아주 오랜 세월이 흐른 뒤 반드시 우리 후손이 이 자리를 원래대로 돌려놓을 수 있다고 말한다. 아주 먼 세월 2045년 다시 열리는 심사에서 연개소문 그대가 동지를 돌리게 될 것일세. 그때 동방에 기운이 욱일승천(旭日昇天)하여 거짓의 껍질이 벗겨지고 알몸이 드러나며 모든 것이 정상으로 돌아갈 것이나 지금은 운이 쇠하여 아무리 발버둥 쳐도 소용이 없네. 말이 천둥처럼 울렸다. 한편, 연개소문의 부하는 쓰임이 끝나자 이세민이 제거하려는 것을 알고, 그때야 크게 뉘우치며 상제 앞에 읊조리며 상제님 그때 제정신이 아니었습니다. 모두가 거짓이었습니다. 거짓을 꾸며서 상사를 배반한 저를 처형하시고 연개소문 장군의 억울함을 벗겨주시길 간청합니다. 하고 애원을 했으나 상제는 일언지하에 너 같은 놈의 말을 나는 믿을 수 없다. 어느 말이 진짜인지 말을 손바닥 뒤집듯 뒤집는 너를, 상사를 배반하는 너의 그 심보를 내가 어찌 믿을 수 있느냐?라고 불호령을 내리자 그는 매일 하루도 거르지 않고 상제 앞으로 나가 무릎을 꿇고 빈다. 무릎에 피가 흐르고 딱지가 앉고를 반복해 무릎에 굳은살이 옹이처럼 박이자 그 끈기에 감탄한 상제는 다시 조사 명령을 내렸고 이세민이 죽을죄를 지었다고 실토하는 바람에 동지 기운을 돌리던 장손무기는 자리를 박탈당하고 말았다. 상제는 이마에 옥빛 광을 어루만지며 말한다. 지금부터는 동지 절후는 내가 직접 지휘해서 돌리리라. 자기 부하 사랑은 가상하나 상대를 모함하고 사람을 매수해 거짓 증언을 하게 한 죄는 용서할 수 없다. 먼 후일 연개소문이 24절후 기운

중 하나를 돌리게 될지 누가 돌리게 될지는 모른다. 다만, 먼 후일 2045년 동지(冬至)부터는 새로운 사람이 돌리게 되리라. 그때부터 동지를 돌리는 기한은 무기한이다. 특별한 잘못이 없는 한 개벽 시대가 곧 도래하므로 절후를 영원히 돌릴 신명을 만천하에 선포할 것이다. 원래 부처도 미륵 부처와 연꽃을 앞에 놓고 내기를 했다. 자신의 앞에 연꽃이 먼저 핀 사람이 이 우주에 불법을 전해 세상을 돌리기로 했었다. 그런데 어리석게도 부처는 실눈을 뜨고 미륵 앞에 연꽃이 핀 것을 보고 바꿔놓았느니라. 그래서 부처의 기운을 입고 사는 선천 세상 지구에는 도둑이 있고 빈천이 있고 과부가 있고 창녀가 있고 인간이 죽고 사는 기운이 돌아가고 있느니라. 거짓으로 얼룩진 기운이 돌아가기 때문이다. 그렇지만 후천 미륵 세상에는 인간이 병들지 않고 죽고 사는 일도 없이 영생을 살 것이며 가지나무를 한 번 심으면 영원히 따먹을 수 있고 상대 사람이 무슨 마음을 가지고 있는지 투명하게 보여서 거짓 없는 조화 세상이 될 것이다. 이때는 동방의 해 뜨는 나라가 주인이 될 것이다. 그들은 후천 씨앗으로 넘어갈 씨종자이므로 이씨 김씨 박씨처럼 성에다 씨를 붙여서 갈무리해 놓았다가 후천이 되면 씨를 뿌릴 것이다. 이때 척에 걸리면 온 세상에 괴질병이 돌 때 모두 가다가 죽고 자다가 죽고 먹다가 죽는 보지도 듣지도 못한 괴상한 일들이 일어나리라. 그러니 언덕(言德)을 잘 가져야 하느니라. 남에게 상처 주는 말 하지 말고, 또한 척을 짓지 말라. 있는 척 아는 척 잘난 척,

미륵 세상이 오면 이 척에 걸려 모두 넘어질 것이다. 살기 좋은 지상 낙원, 즉 춥지도 덥지도 않고 사계절 꽃이 피고 새가 노래하며 인간은 모두 완성되어 인간 완성 시대가 되어 병들지도 늙지도 죽지도 않는 시대가 도래하리라. 해원상생(解冤相生) 모든 원을 풀어 서로 도우며 신인조화(神人造化), 즉 신과 인간이 하나가 되어 조화를 부리는 세상이 되리니 이때 죄를 지은 자는 다발다발 묶어서 다 불태워지고 알곡만 추수해서 후천 씨앗으로 넘어갈 것이다. 그때 이 씨앗의 종자로 넘어가려면 잘 살아야 한다. 잘 사는 사람을 무척 잘 산다고 하는데 이 말은 후천 미륵 세상 씨앗으로 넘어가려면 척을 짓지 말고 잘 살아야 한다는 말이다. 자손 하나를 후천 미륵 세상으로 넘어가 영생을 살게 하기 위해 조상들은 대대로 이 천상에서 얼음판에 꿇어앉아 무릎이 다 닳아 너덜거리도록 빌고 또 비느니라. 그러니 그 조상들의 기도가 헛되지 않게 살아야 하느니라. 인간 세상에 살 때 남에게 적선하고 남을 위해 희생하는 사람은 그걸 알기 때문이다. 태어난 생을 반드시 마치지만 후천 영생의 세상에 자손 하나만 넘어가면 천상에 조상을 지상으로 모시고 갈 수 있는 권한이 있기 때문이다. 그렇다면 미륵 세상이 언제 옵니까? 연개소문 부하가 묻자 옥황상제는 그건 천기누설이라 알려줄 수가 없다. 그러나 미루어 짐작할 수는 있을 것이니라. 그때는 절후로 보면 가을철이다. 불교는 봄의 도수다. 그래서 스님들 머리에는 늘 머리카락이 새싹처럼 뾰족뾰족 싹을 틔우는 것이란다. 그다음 유교는 여름 도수다. 그래서 공자의 유교 기운이 돌 때에는 여름에 모든 식물이 가지를 치듯이 사람도 아이를 생기는 대로 다 가지로 뻗느니라. 이제 가을은 후천 미륵 완성 도수니라. 그다음 겨울은 싹이 트지도 자라지도 못하는 숙면 기간이니 이때를 대비해 가을에 추수를 해서 씨앗을 갈무리해야 하는 때란다. 가을엔 농부가 고개를 푹 숙이고 가장 잘 여문 씨를 골라 갈무리해 두었다가 봄이 오면 다시 씨앗으로 싹트게 하는 원리를 보듯, 인간 씨앗도 가장 잘 여물고 지혜롭게 여문 자가 모두 후천 종자가 될 것이며, 사람들이 서로 분분하게 자기들 종교에서 구원한다, 씨앗이 된다고 하지만 아니다. 종교 지도자들은 성인을 팔아 돈벌이를 하는 욕심으로 가득할 것이며 언덕에 올라가 보면 적십자가 수도 없이 번쩍이고 절이 개 짖고 아이 울음소리 나는 곳에 만(卍)자를 달아놓고 절 행세를 할 것이며 지금은 상상도 할 수 없지만, 개가 사람보다 더 대우받는 시대가 도래할 것이다. 사람들은 개판 5분 전이라고 말하다가 시간이 흐르면 개판이야로 바뀌었다가 다시 순개판이 될 것이다. 순개판은 개가 사람보다 더 대우를 받는 것을 말한다. 그건 사람들이 이 자연의 기를 받고 태어났기에 자신도 모르게 우주가 가을이 온 것을 영적으로 아는 까닭이다. 오게 되면 자연으로 오게 되리라. 지금은 말도 안 되고 상상조차 할 수 없지만, 미륵 세상이 가까운 우주의 가을이 오면 부모를 개만큼만 대우하면 좋겠다는 한탄이 여기저기서 나올 것이며 그때가 미륵

이 올 때일 것이다. 또 이때에는 아무것도 하지 않으면서 사람들은 바빠 바빠를 입에 달고 살 것이다. 백수가 과로사한다는 말까지 생길 것이다. 그것은 가을이란 씨를 추수하는 계절이라 서리가 오기 전에 빨리 추수를 하지 않으면 씨앗을 갈무리할 수 없기에 가장 바쁜 시기이므로 우주의 기운을 받고 사는 사람은 자신도 모르게 바빠 바빠를 입에 달고 사는 것이다. 또 우주의 절기인 가을에 씨앗을 심는 멍청한 사람은 없을 것이므로 이때는 젊은이들이 아이를 낳지 않을 것이다. 그들은 우주의 가을 기운을 받고 살기에 굳이 아이를 낳지 않아도 자신들이 영생을 살 가능성을 영감으로 아는 것이다. 이 후천 세상을 돌릴 신명들은 그 시기를 봐서 다시 뽑을 것이고 지금은 부처처럼 거짓말을 해가면서도 절후를 돌리고 싶어 환장을 하지만 모두 철저하게 심사해 미륵 세상이 올 때까지 한시적으로 돌릴 것이다. 후천 세상이 도래하면 계절의 질서가 흐트러지고 꽃들도 계절을 잊고 동시다발로 피어날 것이다. 말을 마친 옥황상제는 어찌했건 후천 미륵 세상 전까지 절후를 돌릴 신명을 심사하기로 하고 다음 소한을 관장할 신명 심사를 한다.

효공(孝恭)과 을지문덕 장군의 소한((小寒) 자리심사

24절후 중 2번째 절기이고 겨울 추위가 시작되는 소한((小寒)의 최종심에 오른 효공(孝恭)에 대해서도 이세민은 적극적이었다. 상제님 어려서 침착하고 똑똑했으며 견식이 뛰어나고 도량도 넓고 성품이 관대하여 추위쯤은 천리만리 밖으로 쫓아버릴 효공을 추천합니다. 효공은 주찬(朱粲)을 공격하여 격파하고 그 병사들을 포로로 잡았는데 장수들이 이구동성으로 '주찬의 무리는 사람을 잡아먹는 금수(禽獸)와 같은 놈들입니다. 모두 묻어 죽이십시오.'라고 주청을 올릴 때 '무슨 말 같지도 않는 말을 하나? 지금 만약 붙잡는 족족 죽인다면 성(城)마다 적이 많은데 어찌 항복하는 자가 있겠는가?' 하면서 적에게도 아량을 베풀어 추위를 따뜻하게 데우는 자입니다. 그리고 이런 격문을 각 지역에 돌리니 효공이 이르는 곳마다 도적들이 투항을 했습니다. '전시라고 포로를 생매장해서는 안 된다. 아무리 먹고 잠자는 문제가 해결되지 않는다고 해도 죽이면 안 된다. 전국 시대 진의 장수가 포로로 잡은 조의 40만 대군을 생매장했는데 그건 야만인의 짓이다. 거기에서 얻은 것은 아무것도 없고 분노만 더했다. 하다못해 풀을 뜯어 먹고 거리에서 자더라도 태어난 이상 어떤 방법으로라도 살아갈 수 있게 길을 모색해 주는 것이 우리가 할 일이다. 쥐도 궁지에 물리면 고양이를 문다. 저들을 죽이면 도적 떼들은 필사적으로 저항하며 우리에게 공격할 것이고 전쟁은 끝나지 않을 것이다.' 하며 덕을 베풀었습니다. 또한 효공은 자신의 관할에 있던 파촉 수령 명문자제들을 모두 불러 겉으로는 인재들을 모은다면서 실제로는 사병들 내실화(內實化)와 이들을 인질로 삼아 이 지역 수령들이 반란을 꾀하지 못하도록 사전에 조치하기도 했습니다. 이렇게 하여 형주도(荊州道)가 상주도(湘州道)의 총관으로 승진하여 수·륙 12군(軍)을 거느리고 이릉(夷陵)을 출발해서 소선의 두 진(鎭)을 격파하고 전함을 강 가운데 풀어놓으며 '소선의 진영은 남쪽으로는 영산(嶺山)에 이르고 왼쪽으로는 동정호(洞定湖)에 인접해 있어 지세가 험준하고 병사들이 많다. 만약 성을 함락시키지 못했는데 그들의 원군이 이르게 되면 우리는 곤란이 생겨 배가 많아도 소용없다'며 모든 상황을 정확하고 지혜롭게 판단하는 자입니다. 그의 판단은 적중해 얼마 되지 않아 그들의 원병(援兵)이 파릉(巴陵)에 도착했고 강의 배들이 모여 있는 것에 의심하고 진격해 오지 못했고 소선 쪽은 내외가 격절(隔絶)되어 항복했습니다. 그리하여 효공을 형주(荊洲)의 대총관(大總官)으로 승진시키고 소선을 무찌르는 그림을 그려 올리라 명령했고, 효공이 다스리는 고을은 마음을 놓을 수 있었습니다. 효공이 가면 토벌하며 노략질하던 무리가 없어졌으며 출병하는 군사들에게 잔치를 베풀었을 때 잔에 있는 물이 피로 변하자 좌중 사람들이 모두 새파랗게 질렸으나 효공은 태연자약하게 '화와 복은 정해진 것이 아니고 그것들을 부르는 데 달린 것이다. 생각해보면 나는 세상에 누 끼친 바 없고 군주의 근심을 가중시키지도 않았다. 그러나 보공석은 조정에 투항하여 벼슬을 받았음에도 사악한 마음으로 반란을 일으켰으니 이는 그 자신이 부른 화(禍)이다. 지금 임금이 그의 죄를 물으려 하니 잔 안에 피가 고인 것은 바로 역신(逆臣)을 참수(斬首)하라는 상서로운 징조가 아니겠는가.'라고 말하며 사람들의 활활 타는 마음을 물로 변화시키는 지혜를 가진 자입니다. 그리고 그는 '내가 지금 사는 집은 상당히 크고 화려하지만, 이것이 내 원하는 바는 아니다. 마땅히 다른 곳을 거처로 삼아 대충 내 할 일이나 하면서 지내기만 하면 된다. 내가 죽은 후에 내 아들이 재능이 뛰어나면 자중하게 하고 재능이 없으면 다른 사람들에게 이용당하지만 않으면 된다.'라며 자중자애하는 사람이었으며 효공이 죽을 때 저는 세상을 다 잃은 것 같을 정도로 매사에 신중하고 부하들을 아끼는 사람이었습니다. 부디 좋은 점수를 부탁합니다. 잘 들었다. 을지문덕은 연개소문과 같은 나라 사람이니 심사 대상에서 제외한다. 차후에도 연개소문과 같은 민족은 모두 심사에서 제외다. 같은 민족을 배반하는 민족에게 절대로 절후를 맡길 수 없다. 옥황상제 말에 을지문덕은 조용히 밖으로 나왔다. 사방이 캄캄했다.

대한(大寒) 절후를 관장하는 두여회(杜如晦) 심사

이제부터 절후 신명 심사는 당나라 사람에 한해서 받을 것이다. 당태종이 나라를 사랑하고 부하를 아끼는데 어느 나라도 이에 버금가는 나라가 없기 때문이다. 어서 추천한 자에 대해 고하라. 예 상제님. 두여회(杜如晦, 585~630)의 자(字)는 극명(克明)이고 경조(京

兆, 현재 섬서성 서안) 두릉(杜陵) 사람이고 어려서부터 영민하고 책 읽기를 좋아하여 풍류(風流)를 즐길 줄 알았습니다. 그래서 아무리 큰 추위가 닥쳐도 끄떡없을 자입니다. 수(隋) 양제(煬帝) 대업(大業, 605~616) 연간에 이부(吏部)의 관리 선발에 응모하였는데 시랑(侍郎, 현재 장관에 해당하는 관직)인 고효기(高孝基)가 그를 비범하게 여겨 '그대는 마땅히 나라의 동량(棟梁)이 될 터이니 부디 밝은 덕을 잘 보존하시오.'라고 말했을 정도입니다. 617년 고조(高祖) 이연(李淵)이 장안을 평정하고 두여회를 데려다 진왕부(秦王府)의 병조참군(兵曹參軍)으로 임명하고 섬주(陝州) 총관부(總管府) 장사(長史)로 옮길 때 두여회의 나이 33세였습니다. 수나라 말기에 전국적인 반란이 진압되지 않아서 진왕부에 속한 사람들은 불안에 떨며 외지(外地)로 옮겨 다니는 사람들이 많아 걱정을 했습니다. 그러자 방현령(房玄齡)이 말하기를 '떠나는 자가 아무리 많아도 아까워하실 것 없습니다. 여회만이 왕을 보좌할 재목입니다. 대왕께서 변방을 지키는 일로 평생을 마치려 하신다면 모르겠으나 천하를 경영하고자 하신다면 여회를 버리고 누구와 더불어 공을 세우시겠습니까?' 했습니다. 방현령이 아니면 그를 놓칠 뻔했습니다. 그러나 요행 두여회를 발탁하여 진왕부에 머물게 했습니다. 두여회는 이때부터 46세로 생을 마감할 때까지 정치를 바르게 펼치도록 저의 눈과 귀가 되어 저의 판단이 흐리면 반드시 바르게 간언하며 보필하였습니다. 제가 주요한 전투에 출정할 때마다 두여회는 그림자처럼 따라다니며 군중(軍

사) 비밀회담에도 늘 참여해 정확하고 신속한 판단으로 매사 모든 일을 잘 처리하니 사람들이 모두 그를 인재로 여겼으며 그의 능력에 한계를 본 사람이 없을 정도였습니다. 그리고 제가 만든 사조직인 정치 자문기관인 문학관(文學館) 학사(學士)를 겸할 정도였습니다. 공무가 끝나면 밤늦게까지 문적(文籍)을 토론하며 인재들을 모아 장차 국가 경영의 계획을 수립하고 준비하는 기관으로 손색이 없을 정도로 발전시켰습니다. 제가 그를 너무 아끼자 아들 녀석이 제게 도전을 할 정도였습니다. 골육상쟁 속에서도 두여회는 정도만 걸었습니다. 제가 황태자 시절에 모든 실권을 행사하게 될 때 동궁(東宮)에 속한 관리들은 실질적인 조정 대신이나 다름이 없었고 두여회는 방현령과 함께 동궁의 관속(官屬)인 좌서자(左庶子)에 임명되었고 병부상서(兵部尙書)로 옮겼고 채국공(蔡國公)에 봉해졌습니다. 두여회의 식읍(食邑)은 삼천 호였는데 이것과는 별도로 익주(益州)에 천 삼백 호의 식읍을 줄 정도로 그는 탁월한 자입니다. 두여회는 방현령과 더불어 조정의 일을 보면서 능력 있는 선비를 관리로 발탁하고 능력이 좀 떨어지는 사람들에게도 합당한 관직을 주었습니다. 두여회가 재상으로 있을 때는 수(隋)에서 당(唐)으로의 왕조 교체로 인한 혼란이 겨우 수습된 상황으로 대간(臺諫)과 내각(內閣) 제도, 법률과 각종 규정 등 모든 면에서 미비한 점이 많았는데 이러한 제반 사항은 방현령과 두여회 두 사람이 의논하였습니다. 방현령이 두여회보다 6살 많았지만 방현령은 반드시 '여회가 오

기 전에는 결정을 내릴 수 없습니다.'라고 말했고 두여회가 오면 최종적으로는 방현령의 제안이 채택될 정도로 두여회는 결단력이 있고 정치적으로 아주 뛰어난 재덕을 겸비한 자입니다. 방현령도 일을 처리함에 있어서도 마음을 합해 그 당시의 사람들이 훌륭한 재상을 말할 때는 반드시 '방두(房杜)'라 하여 방현령과 두여회를 칭하였을 정도였습니다. 두여회가 죽기 전에 그의 아들 좌천우(左千牛) 구(構)를 발탁하여 상사봉어(尙舍奉御)를 겸직하도록 하였고 정관(貞觀) 4년(630) 두여회가 마흔여섯에 이곳으로 이사를 온 것입니다. 너무 아까운 인재를 잃어 울며 애통해하고 두여회에게 개부의동삼사(開府儀同三司)의 벼슬을 내리고 다시 사공(司空)의 벼슬을 더하고 시호를 성(成)이라 하고 우세남에게 조칙(詔勅)을 내려 군신(君臣)의 슬픔과 애도(哀悼)를 비석에 새겨 전하도록 했습니다. 알았다. 훌륭하고 강직한 인사였구만. 옥황상제는 조용히 수염을 쓰다듬는다. 수염에서 왕금빛이 우수수 머릿니처럼 쏟아진다.

입춘[立春] 절후를 관장하는 위징[魏徵] 심사

다음 입춘 돌릴 자를 추천하라. 넵 말씀드리겠습니다. 위징(魏徵, 580~643)의 자는 현성(玄成)이고 위주(魏州) 곡성(曲城, 현재 河北 曲

周) 사람으로 어려서 부모를 잃고 실의에 빠져 가산을 돌보지 않다가 큰 뜻을 품고 책과 술법(術法)에 통달한 위징을 추천합니다. 겨울에 얼었던 마음을 잘 녹여 자연을 잘 조절할 수 있을 위징은 고구려 침공을 위한 징집령이 내려지자 징집을 피하기 위해 거짓으로 도사(道士) 행세를 하다가 무양군승(武陽郡丞, 군 태수의 보좌관) 원보장(元寶藏)을 만나면서 어리석음을 뉘우치며 그의 서기가 되었습니다. 당시 수나라는 전국적인 반란에 통치권을 제대로 행사하지 못하는 상황이 지속되자 수 왕조의 근간을 이루고 있던 관료층이 흐트러지기 시작했습니다. 그런데 양제 사후 낙양에서 월왕 양통을 새로운 황제로 옹립한 왕세충(王世充)이 이밀의 세력관할인 낙구(洛口)를 공격할 때 위징이 낙구를 지키고 있던 장사(長史) 정정(鄭)을 찾아가 말하기를 '위공(魏公, 이밀)이 비록 승리를 거듭하고 있지만 용감한 장수와 날랜 병사들은 거의 다 죽거나 부상당했고, 또 막부(幕府) 안에 재물이 없어서 전쟁에서 승리해도 상(賞)도 내리지 못하는 판에 전쟁을 치를 수 없으니 지구전(持久戰)을 펴서 적들의 식량이 떨어져 도망갈 때를 기다려 추격한다면 필승할 것'이라 간언하자 정정은 위징의 충고를 늙은 유생의 말 정도로 치부해 위징은 그를 떠나왔습니다. 훗날 이밀이 왕세충에 패하여 당에 귀순하게 되었을 때 위징은 이밀과 함께 장안에 왔는데 그를 알아주는 이가 없었지만 위징은 조금도 실망하지 않고 조정에 산동(山東) 지역을 평정할 것을 자청하여 비서승으로 임명되어 여양(黎陽)에 이르렀습니다. 이때 이세적(小雪 절후를 관장)에게 위징이 편지를 보냈습니다. '처음에 위공이 반란군을 일으켜 군사를 모으니 수십만이요. 이로써 그 위세가 천하의 절반을 뒤덮었는데 한 번 패하자 재기(再起)하지 못하고 끝내 당(唐)에 귀의하였으니, 천명(天命)이란 응당 돌아갈 곳이 정해진 것임을 알 수 있습니다. 지금 그대는 필시 싸움이 일어날 지역에 있으니 스스로 살 길을 모색하지 않으면 일을 그르치게 될 것입니다.' 위징의 편지를 본 이세적은 당에 귀순하게 될 정도였습니다. 또한 위징이 여양에 있을 때 두건덕이 여양 땅을 함락시키고 그를 포로로 잡았는데도 두건덕이 위징에게 벼슬을 내렸을 정도입니다. 위징은 저의 명성이 높은 것을 알고 은밀히 황태자에게 조속히 계책을 세울 것을 권하여 형제간 권력 다툼을 부추기기에 왜 우리 형제를 이간시킨 것이냐고 묻자 위징은 '태자가 진작 제 말을 들었다면 이번 화(禍)로 죽임을 당하진 않았을 겁니다.'라고 직언해 너무 강직한 바람에 말문을 닫았습니다. 위징은 공평함을 보이지 않으면 이 화(禍)를 진정시킬 수 없게 된다며 간언을 해 그에게 하북(河北) 사람들을 진정시키시라고 했더니 위징은 하북으로 가던 중 황태자 이건성의 호위관(護衛官)이었던 이지안(李志安)과 제왕(齊王) 이원길의 호군(護軍)이었던 이사행(李思行)을 수도로 압송(押送)하는 행렬을 만나 이지안과 이사행을 석방하여 민심이 안정됐습니다. 또한 그에게 천하의 일을 물어볼 정도로 지혜가 빛나고 명석한 자입니다. 위징이 큰 뜻을 품고 있음을 알아 제가 그의 포부를 펼 수 있게 멍석을 깔아주었고 매사 일처리에 정확 신속 하여 마음에 들지 않는 것이 없었을 정도입니다. 이로 인해 상서우승(尙書右丞)에 임명하고 간의대부를 겸하게 하였습니다. 신하들 중에 위징이 황제의 인척에게 아부하고 당파를 짓는다고 비방한 자가 있어 온언박(溫彦薄)에게 조사를 명하였는데 전혀 사실이 아니었으나 위징은 신하된 자로 처세를 분명히 하지 못하여 죄송하다며 자신의 죄를 스스로 고백했을 정도로 청렴 결백과 용맹까지 두루 갖추었습니다. 그는 임금과 신하는 마음이 일체되어야 하기에 만약 윗사람과 아랫사람이 모두 서로를 의심하여 일체가 되지 못한다면 나라의 흥망성쇠는 기약할 수 없습니다라며 나의 눈을 열 자나 늘리며 나의 각을 열어주었습니다. 그는 '폐하께서는 저를 양신(良臣)이 되게 하시고 충신(忠臣)이 되게 하지 마소서.' 하여 충신과 양신이 다른 것이냐 물었더니 위징은 '양신으로는 직(稷), 설(契), 고요(皐陶) 등이 있사옵고, 충신으로는 용봉(龍逢), 비간(比干) 등이 있습니다. 양신은 그 임금도 같이 칭송되며 그 자신은 명성을 얻을 뿐 아니라 자손만대에까지 복(福)이 흘러 끝이 없지만, 충신은 몸이 화를 당하여 죽임을 당하게 되고 그 임금은 혼군(昏君)이란 악명을 피할 수 없습니다. 오직 가문과 나라가 파멸케 되고 오직 충신이란 헛된 이름만 남을 뿐입니다. 이것이 다른 것입니다.' 하기에 '그럼 어찌하면 임금의 귀가 밝아지고, 어찌하면 어두워지게 되느냐?'고 물었더니 위징은 '임금이 밝아지게 되는 것은 두 귀의 안테나를 바짝 세우고 신하들의 말을 겸허히 귀 안으로 집어넣는 데 있고, 임금이 어두워지게 되는 것은 그 달팽이 안테나에 편벽되게 생각하는 신하의 말만 집어넣기 때문입니다.' 하고 감히 황제인 저 앞에서 눈썹 한 올도 까딱 않고 당당하게 마치 훈계를 하듯 하는 말은 대나무에서 흘러나오는 싱싱하고 아름다운 악기 소리 같아서 제가 여자라면 사랑하고 싶어질 것 같았습니다. 매 란 국 죽에 있는 사군자 향과 늠름함이 코를 찔렀습니다.

오답과 정답

13

　옥황상제 뇌가 눈을 깜빡이며 어찌 저리도 자신의 부하를 아끼고 사랑할 수 있단 말인가? 과연 당 태종이 물건은 물건이구먼. 이렇게 가다가는 자신의 부하 자랑이 산과 들이 하얗도록 눈송이처럼 펄펄 날아내릴 거란 생각을 연기처럼 피워올리고 있는데 상제의 속을 들여다보기라도 한 듯 말을 길게 늘어놓는다. '훌륭한 참나무는 사방의 문을 활짝 열어 놓았기 때문에 간신배나무 같은 신하가 있었어도 참나무의 귀를 막을 수 있었지만, 개꽃 같은 나무를 전적으로 신임하여 주변 나무들의 간언(諫言)을 믿지 못했기에 천하에 반란이 일어나 제국이 무너지는 것도 모르고, 또 칡넝쿨의 달콤함에 취해 단말을 믿었던 곰 같은 참나무는 결국 칡넝쿨이 자신을 감아올려 죽이는 것도 몰랐습니다. 그러기에 임금은 두 귀를 활짝 열어젖히고 두루 들을 수 있어야 간사한 신하가 귀와 눈을 막지 못

하고 진정한 말이 전해지게 됩니다. 폐하께서 태평성대를 이루시려면 먼저 민초들이 집을 가지고 있는가, 기름진 음식을 드실 때는 민초들 배는 부른가, 후궁을 들이실 때는 민초들이 가정을 이루었는가를 살피셔야 합니다. 폐하께서 후궁으로 들이시려는 상수리의 여식은 이미 혼약이 되어 있는데 상수리 여식을 취하신다면 이것이 어찌 참나무의 도리이겠습니까?' 하고 두꺼운 얼음장 깨듯 견고한 제 정신을 깨버렸습니다. 그 바람에 제가 어리석음을 깨닫고 부끄러워 곧바로 후궁 들이는 일을 단념했습니다. 위징은 나라를 기름지게 하는 데 도움을 주저하지 않았습니다. 이에 위징에게 절후를 맡겨도 능히 해내고도 남음이 있을 거라 사뢰 되옵니다. 됐다, 너의 부하 사랑은 인정하마. 그렇게 옥황상제는 자기 부하를 아끼는 이세민이 기특해서 위징을 소한 절기를 관장하게 한다.

우수(雨水) 절후를 관장할 방현령(房玄齡) 심사

다음 우수 절기를 돌릴 사람을 추천하라. 이세민은 생사고락을 함께한 공신들을 아끼던 사람으로 15년간 재상직에 있었던 방현령이 나이를 이유로 사직을 요청할 때 정 힘들어 버틸 수 없을 때 상소를 올리라며 거절할 정도로 아꼈던 방현령을 천거한다. 그가 모친상을 당했을 때 묘지로 소릉(昭陵) 동산을 내리고 상을 마치고 다시 그 자리에 복귀할 수 있도록 배려했으며 방현령이 노년에 병이 들자 누워서도 정사(政事)를 처리하도록 했다. 힘이 없으면 가마를 타고 궁궐을 드나들게 하고 방현령의 야윈 얼굴에 가슴을 쓸어

내리며 명의가 돌보도록 하며 조금의 차도만 보여도 왕의 본분도 잊고 눈물을 질질 흘릴 정도로 아꼈던 그를 생각하며 또 울컥, 하고 있는데 추천자가 없느냐? 상제가 소리 지른다. 그때야 예, 상제님 우수를 돌릴 사람은 비가 와 바다가 범람해도 끄떡하지 않고 헤쳐나갈 방현령(房玄齡, 578년~648년)을 추천합니다. 대나무의 정기를 가진 그는 고구려 정벌에 나설 때 수도 경비는 물론 원정군의 양식과 무기, 수레와 군대의 행렬에 이르기까지 모든 것을 대나무처럼 올곧게 총괄했습니다. 고려 원정에 적극 반대해도 밀어붙이자 그는 수차례 글을 올려 적을 가벼워 보지 말 것을 주장하며 한겨울에 대나무 같은 말로 '고려(高麗) 취나물을 뽑아야 할 만한 부득이한 이유가 없는데도 취나물을 뽑겠다는 고집을 꺾지 않는다.'는 그의 대쪽 같은 말이 두려워 군신(群臣)들이 고려 원정을 하지 못하고 있는데 그는 또 '겁에 떨어 올바른 말씀을 드리지 않는다면 현령은 죽어서도 비겁함을 면치 못할 것입니다. 참취나물은 예로부터 신하 노릇을 하지 않던 자들도 모두 신하로 만들고 옛날에 다스려지지 않던 취나물도 다스리고 있어 근심은 더 이상 돌궐(突厥)이나 북방의 침입이 아님을 세상이 알아 변방의 크고 작은 나라 취나물들이 항복하여 변발을 풀고 변방을 지키고 있습니다. 그렇지만 유독 고려 취나물만은 역대로 명령을 내렸음에도 성성하게 자라나고 있으니 고려 취나물을 문책하기 위해 몸소 군사를 거느리고 그 먼 곳까지 군대를 진군시키신다면 얼마 안 되어 요동(遼東)

을 정벌하실 것이요, 포로 수십만을 잡게 되고 나머지 취나물들은 기가 죽어 숨도 제대로 쉬지 못 할 것이고 이렇게 되면 폐하의 업적은 구름처럼 쌓일 것입니다. 그러나 주역(周易)에 나아갈 때도 물러날 때도 모두 때가 있으며 존속할 때에도 망할 틈이 있다고 했기에 참취나물 폐하를 애석하게 생각하는 이유입니다. 옛말에 만족한 줄 알면 욕되지 않고 멈출 줄 알면 위태롭지 않다고 하였습니다. 참취나물 폐하의 명성과 업적은 세상에 빛나니 땅을 넓히는 것 또한 그칠 때가 되었습니다. 고려와 같은 변방 취나물은 인의(仁義)로 대하기에는 부족하니 상례(常禮)로 문책하시면 됩니다. 그리고 화초나 물고기 기르듯 하시면 자비롭다 소문이 날 것이나 그들을 없애려 한다면 궁지에 몰린 두려움을 넘어 죽음으로써 저항할 것입니다. 참취나물 폐하께서는 사형을 판결하실 때에 여러 번 상황을 진술케 하고 기름진 음식과 음악도 멈추고 인명(人命)의 귀중함을 피력해야 하는데 어찌하여 아무 죄도 없는 취나물들을 폐하의 수하로 만들기 위해 수하 군사들을 칼과 화살이 될 전쟁에 몰아넣으려 하십니까? 만약 그들이 죽으면 늙은 부모와 어린 자식들, 홀로된 아내는 그들을 부여안고 통곡하게 될 것이니 산천초목이 함께 울 것입니다. 고려 취나물이 신하의 절개를 어겼다면 죽이는 것이 옳고 우리를 침공하였다면 단숨에 베어버려야지만 아무런 명분도 없이 나라를 번거롭게 하지 마시고 고려 취나물이 스스로 자라서 푸르름을 일반 백성들에게 나누어 주게 하심이 참취나물

답다 생각합니다.' 하고 간청했으나 무시하고 원정을 나갔다 성공하지 못하고 안시성(安市城)에 막혀 군대를 돌려야 했습니다. 그는 비가 오기 전에 모든 걸 준비해 두는 성품을 가지고 있습니다. 방현령은 71세로 이 나라로 이주해 왔습니다. 방현령은 국가의 일을 맡아서 밤낮 수고를 아끼지 않았고 공직에 임해서는 충절을 다했으며 사리사욕(私利私慾)이 없었고 시기할 줄 몰랐고 다른 사람의 장점을 칭찬하고 단점을 덮어주는 관리로서 행정에도 통달했으며 법을 처리하고 명령을 내릴 때는 공평하고 관대했고 자기의 감정으로 남을 평가하지 않았으며, 사람을 쓸 때는 비록 미천한 사람일지라도 지닌 능력을 모두 발휘할 수 있도록 했으며 항상 겸손해 머리를 조아려 송구스러움을 표하고 삼가 두려워했습니다. 옥황상제는 속으로 나도 저런 부하가 있으면 좋겠다는 생각을 하다가 됐다. 합격! 방현령을 우수를 돌리는 신명에 합격시키자 풀잎에 앉았던 우기(雨氣)가 봄을 흔들며 방울방울 춤을 추기 시작한다.

경칩(驚蟄) 절후를 관장할 고사렴(高士廉) 심사

이세민은 자신이 등극하는 데 공을 세우고 현무문의 변에서 큰 공을 세운 고사렴을 염두에 두고 있다. 이세민과 태자 건성이 갈

등 파국으로 치닫고 있던 626년(武德 9년) 돌궐이 변경을 침공해 제왕(齊王) 원길(元吉)을 돌궐 원정 총사령관에 임명하자 그들은 이 원정군 환송연을 이용해 이세민을 제거하려는 계획을 사전 탐지해 이세민에게 알린 고사렴이다. 고조의 귀에까지 사건이 들어갔고 음모 계획을 듣고 다음 날 이들과 함께 이세민의 소환을 명하자 기회를 놓칠 리 없는 이세민 측근들은 태자와 제왕이 입궐할 때 제거할 계획을 세운다. 태자와 제왕이 죽음 감옥에 들어섰음을 알게 될 때는 너무 늦었다. 이세민과 수하들은 한 칼에 이들을 처단했고 현무문 밖에 있던 이들의 호위병들은 뒤늦게 변고(變故)를 알고 동궁(東宮)과 제왕부(齊王府) 군사들 수천 병력을 투여했지만 진왕부의 관속(官屬)들이 얼마 되지 않은 걸 안 그들에게 상황이 불리해지자 고사렴은 감옥으로 들어가 죄수들을 무장시켜서 현무문과 가까운 방림문(芳林門)으로 달려가 싸워 현무문을 지켜낼 수 있었다. 고사렴의 재치와 슬기가 아니었다면 사태는 어떻게 되었을지 모르는 아찔했던 순간을 생각하고 있는데 다음 경첩을 돌릴 사람은 누구를 추천할 것인가? 황제의 말에 개구리가 뱀을 발견한 듯 깜짝 놀라 예 예 고 고사렴입니다. 지금부터 그의 공적서를 읽어 드리겠습니다. 하고 말을 시작했다. 그는 사리에 밝고 촉이 예민해 저의 목숨을 구한 자입니다. 태풍의 변(變)으로 제가 이유도 모르고 객귀가 될 뻔했을 때 뛰어난 예지력으로 저를 구했고, 이 일로 매우 놀란 고조 이연이 저를 태자에 책봉해 당의 2대 황제 태종(太

宗)이 되었고 고사렴은 고사리와 닮아 동궁부에 소속된 우서자(右庶子)에 임명하고 다시 시중(侍中)으로 승진시키고 의홍군공(義興郡公)에 봉(封)해 급승진 시켰는데 거침없이 고사리고사리 일을 잘 처리했습니다. 고사렴은 태자 건성을 따르던 신하조차 사랑으로 감싸준 자입니다. 또 익주(益州) 대도독부(大都督府)의 장사(長史)로 임명하고 촉(蜀)에 부임시켰을 때 이 지방에는 귀신과 질병을 혐오해 부모가 병에 걸리면 버리고 부모가 있는 집으로 음식을 던져 연명하도록 할 정도로 인심이 고약하고 햇빛 한 모금 바람 한 모금도 빌려주지 않을 정도로 무지하고 인정머리 없는 사람들에게 가르침을 펴 나무(我無) 아미타불 나무(我無)아미타불, 내가 없어야 진정한 도리라며 밤낮 노력하고 힘써 풍속을 크게 바꿔 경전(經典)과 바람을 이기는 무예(武藝)를 가르치며 학교를 부흥시켰습니다. 촉나무 지방은 진(秦)나라 때 이빙(李氷)이 수로를 만들어 문강(汶江)의 물을 끌어들여 물 걱정 없이 살 수 있다는 것을 알고 물가 전답을 차지하기 위한 싸움이 매일 일어나자 고사렴은 뿌리로 물길을 나누어 여러 곳에서 물을 끌어 쓸 수 있게 해 모든 사람들이 잘 살 수 있도록 했습니다. 635년 고조 이연이 71세의 나이로 죽었을 때 고사렴은 사공(司公)을 겸하여 왕의 무덤에 관한 제도를 정비한 공로로 상서우복야(尙書右僕射)가 되고 삼대(三代)가 이 관직을 지내게 되니 세상 사람들이 더할 수 없는 부귀영화로 부러워했습니다. 민첩하고 지혜롭고 도량이 있을뿐더러 한 번 본 구름이나 바람

책은 외울 정도로 총명하였고 점(占)치는 일도 잘했습니다. 또한, 그의 용모도 그림 같았습니다. 지금 여기서 그의 용모가 필요하단 말이냐? 아니 죄송합니다. 너무 흥분해서 그만. 알았다. 그 능력이 출중하니 믿고 맡겨 보겠다. 그렇게 옥황상제는 멍든 자국을 보랏빛 꽃으로 생각하며 이세민이 놓은 말의 무늬에 마취제가 있는 줄도 모르고 마취되어가고 있었다.

춘분[春分] 절후를 관장할 울지경덕[尉遲敬德] 심사

이세민은 갓 투항한 울지경덕을 우일부통군으로 삼아 왕세충 토벌을 생각했으나 이세민을 따르던 장수들은 울지경덕은 반드시 배신해 반란을 일으킬 것이라며 그를 감옥에 가두었다. 같이 투항한 동료가 반란을 일으켰기에 굴돌통과 은개산도 경덕은 용맹스럽지만 이미 두 번이나 묶이게 되었으니 그 원한에 반드시 반란을 일으킬 것이니 죽여야 한다고 간언할 때 이세민은 생각했다. 만약 경덕이 반란을 하고자 했다면 어찌 심상(尋相)보다 늦게 할까? 아니 아니 아니야, 이세민의 가슴속에는 아니야가 불길처럼 일어났었다. 지난 생각을 하고 있는데 상제는 비스듬히 앉아서 턱을 괴고 오늘은 또 어떤 인사가 춘분을 돌리기에 적합하다고 추천할 텐가? 예

오늘은 울지경덕입니다. 울지경덕(585~658) 이름은 공(恭) 자(字)가 경덕인데 자로 더 잘 알려졌으며 삭주(朔州) 선양(善陽, 현재 山西省 朔縣) 사람으로 울지경덕은 유무주의 부하 장수였지만 적장의 장수라도 비범하고 울울창창한 울지경덕을 석방하려고 불러 재물을 하사하면서 대장부가 의기투합하는데 어진 이는 해치지 않겠으니 그대가 떠나고자 한다면 노자(路資)가 필요할 것이니 한때나마 같은 일을 했던 정이라며 의중을 떠보았더니, 그는 '이미 투옥되면서 생사의 기로에 서 있는 나를 이렇게 대접해 주니 저의 목숨은 당신 것'이라며 장군다운 면모를 보였습니다. 왕세충이 단웅신(單雄信)에게 명하여 저를 쫓도록 할 때 울지경덕의 용맹과 지혜 덕분에 본진에 돌아올 수 있었습니다. 그 보답으로 금 한 상자를 주었지만 당연한 일을 했다면서 한마디로 거절했습니다. 유무주의 거병과 군사들이 남침할 때마다 울지경덕에게 패했을 때 전광석화 같은 울지경덕의 활약에 적은 감히 움직이지 못했습니다. 두건덕의 잔당들이 다시 뭉쳐 달려들었을 때도 거침없이 적진에 뛰어들어 적을 순식간에 무너지게 하고 저의 목숨을 건져 선물을 주었더니 그는 눈앞의 이익을 위해 충심(忠心)을 보인 것이 아닙니다. 전하께서는 눈앞의 이익을 위해 충심을 버리는 신하를 어디에 쓰겠냐고 말하자 태자가 분노했지만 눈도 깜빡 않고 충성을 보인 자입니다. 자기편으로 끌어들이지 못하는 상대방이 자신을 암살하려는 것을 안 울지경덕은 모든 문을 열어젖혀 놓자 그의 대범한 태도에 놀란

자객들은 감히 접근할 수 없었고 자기편으로 끌어들일 수도 쉽게 죽일 수도 없는 인물이라며 한탄을 할 정도였습니다. 그를 가둬 놓은 다음 죽이려고 했지만, 그것 역시 불가능할 정도로 지혜와 문무와 충성심까지 갖춘 자입니다. 대단한 배짱이구나, 합격! 한 마디를 남기고 상제가 일어서서 나비처럼 하랑하랑 날개를 펼치자 선녀가 창밖에 흐르고 있는 봄물소리를 꺾어 병에 꽂는다.

청명(淸明) 절후를 관장할 이정(李靖) 심판

청명 절후를 관장할 추천자는 누구인가? 예, 물보다 맑고 달빛보다 밝은 눈을 가져 탁월한 관료였던 이정(李靖, 571~649)입니다. 자(字)는 약사(藥師)이고 경조(京兆, 장안현長安縣) 서북쪽 삼원(三原) 사람으로 학처럼 고고하고 서사(書史)에 통달했습니다. 그는 천재라 벼슬을 하기 전에도 친구에게 늘 대장부라면 자신을 알아주는 주군(主君)을 찾아 공명(功名)을 세우며 문장을 짓는 유학자(儒學者)가 되어야 한다고 했고, 후에 출세하여 전내직장(殿內直長)이 되었을 때 이부상서(吏部尙書) 우홍(牛弘, 545~610)이 왕제를 능가할 인재라고 말했을 정도였습니다. 그는 문·무를 두루 갖춰 젊은 나이에 두각을 드러내는 실력 있는 관료였습니다. 그는 이연의 반란을 미리 예견했습니다. 이연은 가문도 좋고 황후의 총애로 출세는 거칠 것이 없었는데 수양제(隋煬帝)가 등극하면서 자신 주변의 세력을 의심했는데 당시 수양제에게 이씨가 황제가 될 것이라면서 이씨(李氏) 성(姓)을 가진 사람들을 모두 죽이라고 권고한 사람도 있어 자신이 의심을 받고 있다는 것을 알기에 심기를 거슬리지 않게 하려고 노력했지만, 수양제는 이연을 태원유수(太原留守)로 옮겨 감시하는 관리들 눈이 번뜩였으나 이미 중국 전역을 뒤덮은 반란 물결로 인해 장안으로 이르는 길이 막혀 이정의 보고서가 전달되지는 못했고 이로 인해 이정의 목을 베라고 명령하였을 때 나이 48세였는데 이정은 큰소리로 당당하게 '참매미가 의로운 군사를 일으킨 것은 본래 천하를 위하여 난폭한 매미들을 제거하고자 하심이 아닙니까? 큰일을 이루고자 하시면서 사사로운 원한으로 정의로운 매미를 죽이시면 그는 참매미가 아니라 곰매미에 불과합니다. 곰매미가 되려거든 저를 죽이고 참매미가 되려거든 참매미답게 선처를 내리십시오.' 참수 명령 앞에서도 자신의 목숨을 구걸하지 않고 대의명분에 호소하지 않는 당찬 말에 이연은 아연실색해 베지 못하고 이정은 진왕부(秦王府)의 삼위(三衛)로 발탁되었고 왕세충(王世充)을 평정하는 혁혁한 공을 세운 자입니다. 천하 대란의 평정에도 공을 세워 무고한 인명을 죽이는 일을 멈추게 한 자입니다. 이정을 살려두긴 했지만, 그의 마음에 썩 내키지 않아 협주도독 허소(許紹)에게 밀명(密命)을 내려 이정의 목을 베라고 지시했지만 죽이기에는 아까운 재능을 가진 인물이라고 죽이지 않았습니다. 이정 역시 상대가 적군이라도 함부로 베어 버리는 일은 없었습니다. 생명 존중 사상을 실천하였기에 적군도 이정의 목숨을 존중했습니다. 군사적 요충지에 복병(伏兵)을 배치하고도 적장을 함부로 베는 일을 하지 않고 이겼습니다. 당군이 이릉(夷陵)까지 진격했을 때 소선의 장수 문사홍(文士弘)이 정병(精兵) 수만을 거느리고 청강(淸江)에 주둔해 있다는 보고를 받고 당장 공격하고자 하자 이정은 소선의 장수 문사홍은 뛰어난 장수고 군사들도 정예병이고 형문성(荊門城)을 잃었으니 패배를 만회하기 위해 기회만 엿보고 있을 것이니 남안(南岸)에 주둔해 적들의 기가 꺾이기를 기다려 공격하자고 했지만 이정의 말을 나뭇가지 꺾듯 뚝, 꺾어버리고 효공은 공격을 하고 이정은 진영에 남았는데 그의 예측대로 효공은 패하고 돌아왔습니다. 효공을 물리친 적은 승리에 취해 주변의 배를 노략질하느라 혼란에 빠진 적을 혀를 끌끌 차면서 말했습니다. 저렇게 얼빠진 빈 껍데기는 정신 차려야 한다며 그들을 도망가게 만들었습니다. 이정은 전쟁에 이기고도 비록 그들이 당군(唐軍)에 저항한 잘못이 있다지만 이들의 재산을 몰수한다는 것은 승리한 군대의 품위에 맞지 않고 백성들이 보면 당군이 도적들이라는 인식을 심어줄 것이고 민심의 불만을 불러올 것이며 다른 지역의 평정에도 도움 될 것이 없다면서 그는 '참매미는 정의를 수호하고 어려움에 빠진 매미들을 위문하며 죄 있는 자를 토벌하는 것이 참으로 해야 할 일이고 천하 대란으로 매미들이 전쟁에 내몰리고 세력이 강대한 참매미족들에게 핍박받은 매미들이 우리와 맞서 싸운 것은 참매미의 명령이니 마땅히 관대함을 보여줘야지 만약 항복한 매미들의 재산을 몰수하고 그 가족을 노비로 삼는다면 이남 지역의 매미들은 관군에 대항하면서 죽을지언정 항복하지 않을 것이고 이렇게 된다면 우리 군대가 형(荊) 이남의 매미들을 죽음으로 내모는 것이므로 우리에게 적대적 행위를 한 매미들이라고 해서 그들의 재산을 몰수하여 장졸들에게 상으로 나누어 주는 것은 좋은 계책이 될 수 없습니다.'라고 말한 이정의 주장을 받아들여 항복한 이들에 대한 관대한 조치가 전해지자 강한(江漢) 지역의 여러 성이 평정되고 각 지역에 파견된 관리들은 당의 관대함에 놀라고 고조는 '이정이야말로 소선과 보공석이 가장 두려워하던 인물이다. 그 옛날의 한신(韓信), 백기(白起), 위청(衛靑), 곽거병(去病)이 어찌 이보다 나았으랴.'라고 했을 정도입니다. 또한, 그는 소수의 군대로 적 힐리가한 심장부까지 쳐들어가 간담을 서늘하게 한 탁월한 전략가로서 싸우지 않고 이기는 상책을 쓰는 자입니다. 그는 늙어서도 싸우다 죽더라도 나라를 위한 일은 해야 한다며 전쟁터로 나갔을 정도였습니다. 이정은 모반의 혐의를 받았지만 벗었고 그러나 비록 무고로 일어난 일이었지만 이정은 문을 닫고 자신을 찾아오는 손님이나 친척의 방문을 일절 사절하고 돌려보냈습니다. 이정은 소우에게 탄핵을 당했을 때와 같이 적극적으로 자신의 결백을 해명하지 않고 스스로 근신하는 모습은 수도인들에게도 많은 것을 시사해 주는 것이었습니다. 그는 74세에도 요동 정벌에 나서겠다고 할 정도로 평생 나라를 위해서만 살다가 79세에 이 하늘나라로 이주해 왔습니다. 그래 상책이라? 상책? 그래 합격! 한 마디를 남기고 옥황상제가 황금날개를 퍼덕이자 초록빛 풀들이 우후죽순 돋아나 초록빛 그림자를 키우며 초로록초로록 계절을 옮긴다.

곡우[穀雨] 절후를 관장할 소우[蕭瑀] 심판

곡우를 돌릴 사람을 추천해 보라. 신중하게 해야 할 것이다. 예, 여부가 있겠습니까? 적당한 비를 내려야 곡식이 잘 익는 까닭에 왕족 출신으로 불교와 유교에 조예가 깊은 소우(蕭瑀, 573~647) 자(字)는 시문(時文)으로 양(梁, 502~557) 나라의 적통(嫡統) 왕가 후손을 천거합니다. 소우의 고조부는 양(梁)을 세운 무제(武帝) 소연(蕭衍, 464~549), 증조부는 소연의 장자인 소명태자(昭明太子) 소통(蕭統), 할아버지는 선제(宣帝) 소찰(蕭察), 아버지는 명제(明帝) 소(蕭)규이며 9세에 신안군왕(新安郡王)으로 봉해졌고 효심이 지극한 사람입니다. 나라가 망했지만, 손위 누이가 수(隋) 진왕(晉王) 양광(楊廣)의 왕비이니 그의 처남이었습니다. 소우는 각종 경서(經書)를 두루 읽었고 대나무 같은 성품에 난초 같은 고귀함과 매화 같은 향기가 나며 국화처럼 정직 성실하고 불도 수행법을 익혀 심오하고 유교에도 대단한 식견(識見)을 보였습니다. 600년 개황(開皇) 양광(楊廣)이 태자가 되자 소우는 27세에 태자우천우(太子右千牛)에 임명됐고 수문제(隋文帝)가 죽고 태자 양광이 제위에 오른 사람이 수양제이며 태자비였던 소우의 누이는 황후(皇后)가 되어 소우도 점점 그 벼슬이 올라 상의봉어(尙衣奉御), 검교좌익위응양낭장(檢校左翊衛鷹揚郞將)을 거쳤습니다. 이때 소우가 병이 나자 '하늘이 내게 생을 남겼다면 벼슬을 피해 살고 싶다' 하며 의원을 못 부르게 하자 누이가 '너는 아직 젊은데 왜 꿈을 접을 생각을 하느냐? 너는 그 재주로 입신양명하여 부모님 이름을 빛나게 하고 가문을 빛내야 하거늘 작은 병에 그렇게 나약한 말을 하느냐? 그건 부모에 대한 죄다'라는 꾸지람에 의원을 불러 병을 치료했고 누이의 권유로 다시 내사시랑(內史侍郞)에 임명되어 양제에게 강직한 발언을 해 양제의 뜻을 거슬러 배척당하기도 했습니다. 돌궐의 공격으로 생명의 위협을 느낀 양제는 그의 어린 아들을 안고 슬피 울고만 있는 걸 본 소우가 말했습니다. 돌궐의 풍속을 보면 가한(可汗)의 아내가 중요한 회의에 참석하니 돌궐의 참붕어에게 우리의 사정을 전하면 싸우지 않고 포위에서 벗어날 것이고 만약 도움이 못 된다고 해도 해가 될 일은 없는데 어찌하여 입가에 수염 하나도 없고 몸빛은 은빛이고, 개울이나 도랑에 사는 참붕어의 공격으로 그리 슬피 울고만 계십니까?' 하자 울음을 그쳤습니다. 또한, 북방 이민족과의 대외관계 전략도 정면

돌파의 싸움이 아니고 정략결혼을 통한 관계개선으로 하자고 하자 황제가 펄쩍 뛰자 '가짜 공주를 보내도 되는데 왜 그리 불에 덴 것처럼 또 펄쩍 뛰십니까? 가짜라고 하더라도 명분상 중국과 변방 민족은 장인과 사위의 관계가 되니 결혼 예물로 많은 공물을 보내면 변방의 기마 민족들에게는 실질적인 이득은 물론 동족(同族)에게 자신의 지위를 과시할 수 있으므로 기마민족은 결혼을 통해 자신들의 뜻을 이루고 중국은 전면전(全面戰)을 회피할 수 있으니 두 나라 모두 싸우지 않고 평화를 유지하는 것이 됩니다.' 소우가 말한 의성 공주는 수문제 때 개황(開皇) 돌궐의 가한(可汗)에게 시집가서 돌궐 정벌에서 살해되기까지 수나라에 충성을 다한 여성입니다. 양제는 그릇된 계책으로 자신을 속였다며 내사시랑이었던 소우를 하지군(河池郡)으로 내쫓았지만 소우는 불행을 훌라당 뒤집어 행운을 만들었습니다. 소우가 태수(太守)가 되어서 하지(河池), 섬서성(陝西省) 봉현(鳳縣)에 갔을 때는 반란이 전국적으로 일어났을 때였습니다. 하지군을 노략질하는 도적이 이처럼 바글거려도 관리들은 속수무책이었습니다. 소우는 병사들을 시켜 도적을 소탕하고 약탈해간 재물과 가축을 모두 회수하고 공을 세운 병사들에게 공로에 따라 상을 내려 본보기를 보이니 병사들은 죽자사자 싸웠습니다. 소우의 지략에 설거(薛擧)가 군사 수만 명을 보내 하지군을 침략하려다 쫄망해서 도망갔고 이를 본 다른 도적들도 걸음아 나 살려라 하고 도망쳤습니다. 또한, 그는 국가 중대사를 관장하여 당 왕조의 기틀을 다지는 데 공을 세웠습니다. 소우는 당고조에게 투항하여 광록대부(光祿大夫)를 배수 받고 송국공(宋國公)에 봉했다가 다시 민부상서(民部尚書)에 봉했으며 당은 국가 창업초기에 수나라의 고위 관료로 자신의 영역을 굳건히 지켜 투항한 소우에 대해 각별하게 대우했을 정도입니다. 당 창업 초기 국가 중대사는 소우가 관여하지 않은 일이 없고 고조의 신임을 받아 소우의 제안은 맞도다 맞도다 하며 받아들였을 정도였습니다. 고조가 황금 한 상자를 하사하니 그는 황금 대신 자신의 말을 들어달라며 '많은 관리는 상부로부터 하달된 조칙만 앵무새앵무새 되뇌고 잘못된 명령인지 무엇인지에는 관심이 없으니 고쳐야 할 사안이라면 문제가 생기기 전에 바꾸어야지 일이 일어난 후 원망하는 것처럼 어리석은 일은 없습니다. 준비만이 탄탄대로임을 만백성이 알도록 해야 나라가 번성합니다.'라고 하자 고조는 모든 관료가 그대와 같도록 교육하면 나는 걱정이 없겠다고 말했습니다. 그는 관리들을 평가하고 공과(功過)를 조사하는 일을 맡아 잘 처리했고 소우가 적용한 기준은 이후 관리들에게 지침이 되었습니다. 당(唐) 왕조의 창업 초기 제대로 갖추어진 것이 없던 때라 중앙의 관료로 오랜 경험을 가지고 있던 소우는 어떤 일이라도 잘 처리하고 행정업무가 아닌 특수한 사안들에 관한 일 처리에도 능수능란해 당 왕조가 기틀을 다지는 데 기여한 공이 커 나라 일에 대해 소우에게 간언(諫言)을 듣고 국정에 관한 자문을 구했습니다. 심지어 자손과 사직(社稷)을 길이 보존하는 방법까지 묻자 소우는 '하은주(夏殷周) 3대가 천하를 오래 보존하는 참새가 될 수 있었던 것은 봉건제후(封建諸侯)를 두어 다른 새들의 울타리로 활용하였기 때문입니다. 진(秦)나라가 육국(六國)을 병합한 뒤 다른 새들의 제후(諸侯)를 폐지하고 참새들의 군 기강을 채택하여 참새를 우두머리로 두어 참새와 제후가 서로 싸우는 사이 다른 새들이 영토로 날아들어 망했습니다. 한(漢)의 참새는 그 자제들에게 분봉(分封)하니 400여 년간 나라를 유지했는데 한이 망하고 난 뒤 위(魏)와 진(晉)이 분봉을 폐지하니 나라가 오래가지 못했습니다. 참새들끼리의 권력 싸움이 일어나면 그사이 외부의 새들이 경계를 넘어와도 모르는 새대가리의 좁은 소견이니 봉황(鳳凰)의 기품을 가진 참새가 될 때 나라를 영원히 보존하는 길입니다.'라고 했습니다. 또한 소우는 건성이 재물과 형벌로 위협했지만 눈썹 하나 까딱 않고 나라를 위해 일하다 원로가 되기도 전에 권력에서 스스로 물러나면서 '바람이 거세게 불어야 뿌리가 튼튼한 나무를 알 수 있고 나라가 어려워야 진정한 신하가 누구인지를 알 수 있으니 충신을 잘 구별하길 바란다.'며 물러났습니다. 그랬구나, 내가 술에 취한 것인지 너의 말주변에 취한 건지 모르겠으나 너의 말대로라면 소우를 곡우 신명으로 뽑지 않으면 아까운 인재를 놓칠 것 같구나. 합격! 옥황상제가 빨주노초파남보 색동다리 색깔의 속눈썹을 깜빡이자 국화꽃 향기 밴 거문고 소리가 눈썹 사이로 소슬리 소슬리 소슬바람 노래를 부르며 흘러나왔다.

오답과 정답

14

입하[立夏] 절후를 관장할 단지현[段志玄] 심사

입하는 누구에게 맡기는 게 좋겠느냐? 상제의 말에 이세민은 입하는 얼음덩이처럼 냉정한 단지현(段志玄, ?~642) 제주(齊州) 임치(臨淄)를 추천합니다. 단지현은 선봉장에 서서 곽읍(邑)과 강군(絳郡) 영풍창(永豐倉)을 단숨에 함락시킨 공로로 좌광록대부(左光祿大夫)에 임명될 정도로 비상한 자입니다. 단지현은 유문정(劉文靜)과 전쟁터에 나갔다가 유문정이 적병에게 습격당하고 군사들이 모두 도망치자 그는 소수의 병사를 이끌고 얼음처럼 반들반들하게 '죽더라도 나라를 위해 죽자' 외치면서 적진으로 진격하며 화살을 맞고도 끝까지 싸워 적진을 혼란에 빠지게 해 군대를 수습할 시간을 벌게 했고 당군은 재반격에 나서 전세를 역전시키고 적과 싸워 크게 이겼습니다. 단지현은 적을 무찌르다 낙마해 왕세충의 군사에게 붙잡혀 네 명의 기병이 그의 상투를 양쪽에서 잡고 낙수(洛水)를 건너려 할 때 그들이 잠시 한눈파는 사이에 돌을 던져 시선을 돌리고 말에게 돌을 던져 네 사람 모두 말에서 떨어지자 그들의 말을 타고 달려 기세에 놀란 수천의 적들이 그의 뒤를 쫓기만 할 뿐 감히 압박해 오지 못할 정도였습니다. 또한, 태자인 건성과 제왕 원길이 금과 비단으로 유혹하며 뇌물 공세를 했지만, 단지현은 '그건 너와 너의 부하들 배 불리는 데나 쓰라'며 조롱했고, 사신이 황제의 친서를 보이며 문을 열어달라고 하자 해당화처럼 붉은 웃음을 흘리며 '군문(軍門)은 밤에 여는 것이 아니다'라며 함부로 남의 담을 넘으려는 장미가시를 혓바닥으로 밟아버렸습니다. 당의 창설을 도운 장군들이 많지만 천하 대란의 평정에 편입되어 공을 세운 단지현은 태원 거병에서부터 선봉에 선 장군입니다. 또한, 황제가 신하의 지나친 발언에 열이 펄펄 끓어 가마뚜껑이 열려 신하를 죽이려고 당장 데리고 오라고 명령하자 그는 황제에게 '폐하 감축드리옵니다!'라고 하자 황제는 뚜껑을 잠시 멈추고 '무슨 말이냐?'고 물으니 '폐하께서는 참을 천 개를 붙여도 부족할 정도로 참황제입니다. 폐하께서 가마뚜껑이 열릴 정도의 간언을 허용할 정도이니 폐하께서는 천하를 다 가질 참폐하란 말씀입니다. 무늬만 폐하이고 옷과 이름만 폐하가 아닌 속까지 알찬 참폐하시란 말씀입니다.' 하자 황제는 안색을 바꾸고 신하를 죽이려던 마음을 잘라버릴 정도의 성정이라 아무리 여름이 뜨거워도 그 얼음장 같은 결기로 다 이겨낼 인사입니다. 그래 여름 땡볕에 얼음이 녹아내리지 않게 할 인물이 필요하니 딱 딱 딱풀이구먼. 합격! 상제가 합격을 외치고 구슬이 주렁주렁 달린 손가락을 하롱하롱 흔들자 구슬비가 꽃비보다 아름답게 날아내린다. 구슬비 사이로 걸어가는가 싶더니 어디론가 순식간에 사라져 버린다.

소만(小滿) 절후를 관장할 유홍기(劉弘基) 심사

소만을 관장할 추천자는 누구인고? 예 상제님 당 창업에 큰 공을 세운 유홍기(劉弘基, 581~650)입니다. 옹주(雍州) 지양(池陽) 사람인데 그는 어려서부터 기상이 역발상이고 끼도 많아 주변의 협객(俠客)들과 어울리며 집안은 돌보지 않고 주위 어려움에 처한 사람을 위한 마음이 가득하다 못해 흘러넘치는 자라 소만을 돌리기에 아주 적합한 자라 생각됩니다. 가난한 사람에게 재산을 다 나누어주어 자신에게 배당된 물자를 제대로 내지 못해 문책당하면 '가난은 죄가 아니다'라며 당당해 그의 기상에 반해 그를 궁궐에 출입할 때에 기병(騎兵)을 호위하고 임금의 침실까지도 드나들 수 있도록 했습니다. 유홍기가 태원으로 망명한 이후 수양제를 시작으로 중앙정부는 사태를 제대로 파악하지 못해 도둑의 무리가 반란을 일으키는데도 소동 정도로 인식하여 수습의 기회를 잃자, 중앙정부의 허락없이 임의로 군대를 소집하고 움직이면 반역임을 알면서도 군대를 움직여 이궁(離宮)을 점거한 도적들을 소탕하고는 '임의로 군대를 움직인 자신을 처벌하라'고 당당하게 말할 정도입니다. 법을 조롱하고도 오히려 법을 적용할 수 없게 만드는 인물입니다. 이연의 군대가 포(蒲) 땅에 이르자 고조는 유홍기를 위북도(渭北道) 대사(大使)에 임명했습니다. 유홍기의 군대를 얕잡아 본 수(隋)나라 위문승(衛文昇)이 저 정도는 '새 발의 피라'며 공격했으나 유홍기는 '개미 발의 군화' 같은 소리를 지껄인다며 적장을 발로 깔아뭉개니 수나라의 장수는 갑사(甲士)와 말 수천 필(匹)을 두고 도망가 장안이 평정되고 그 공으로 우효위대장군(右驍衛大將軍)에 임명되었습니다. 설거(薛擧) 토벌에서도 유홍기는 거침이 없었고 천수원(淺水原) 전투에서 당군은 다 패했으나 유홍기의 군대는 화살이 없어 적에게 사로잡혀 독 안의 갇힌 쥐 신세인데도 포기하지 않고 반항하며 방법을 찾아 끝까지 싸워 황제는 그의 불굴의 정신을 높이 평가해 그의 집안을 더욱 보호했을 정도입니다. 그가 나서는 전투마다 승리를 거두었으나 그는 적장의 부하들에게도 예를 갖추어 적장들이 유홍기에게 투항하는 일이 비일비재할 정도였습니다. 그는 빈(豳) 땅으로부터 북동쪽으로는 자오령(子午嶺)을 막고 서쪽으로는 임경(臨涇)을 막아 방벽을 쌓아 돌궐의 침입에 대비하는 과정에서 모함으로 제명을 당해 평민으로 강등당해도 '나는 잘못이 없는 것이 잘못'이라며 흔들림이 없었습니다. 많은 재산을 하사받았지만 자신의 자식들이 현명하면 재산이 필요치 않을 거라며 재산을 어려운 사람에게 모두 나누어줄 정도로 어진 장군이었습니다. 흐흠! 재산을 자식에게 주지 않고 어려운 사람에게 나누어 주다니 과연 덕장이로군. 합격! 상제가 콧김을 휘잉 불자 콧김에 복숭아꽃이 화들짝, 피어 하늘하늘 궁궐을 하늘처럼 날아다니다 찰랑찰랑 치맛자락을 흔들며 벽을 밀어버리고 황제를 호위하여 나간다.

망종[芒種] 절후를 관장할 굴돌통[屈突通] 심사

망종을 돌릴 인사를 말하라. 예, 목숨을 작두날에 들이밀고 한 충언(忠言)으로 3천 명의 군사를 살린 굴돌통(屈突通, 556~628)을 추천합니다. 장안(長安) 사람인데 굴돌통은 대나무처럼 강직한 성품과 충성스럽고, 자기 자신을 늘 돌아보며 무략(武略)에 탁월하고 말타고 활쏘기를 잘하는 친구입니다. 문제(文帝)는 굴돌통에게 농서 현재 감숙성(甘肅省)의 목축장부(牧畜帳簿)를 조사해 관리들이 숨겨놓은 수십만 필(匹)의 말을 찾아내어 보고하도록 했습니다. 비리를 보고받고 분노한 황제는 중국의 역대 황제 중에서도 드물게 근검절

약이 몸에 배어 인색하다는 평가를 들을 정도였던지라 이 비리엔 관용의 여지가 없었습니다. '이 비리에 연루된 감독관 3천 명 전원을 모두 죽이라'며 분노를 펄펄 끓이는 문제에게 굴돌통이 말했습니다. '사람의 목숨은 참입니다. 참나물은 참나물이지 절대로 다른 나물이 될 수가 없습니다. 폐하께서는 사해(四海)의 모든 백성을 참나물로 기르시는데 어찌 하루아침에 참나물 3천 포기를 뿌리째 뽑아버리려 하십니까? 참나물로 태어나기 위해서는 우선 태어날 때부터 참이어야 하고 나머지는 제각각의 이름을 가지고 태어납니다. 폐하가 낳으신 자가 왕자가 되듯 참나물을 그렇게 한꺼번에 뽑아버리면 참은 사라지고 세상은 가짜가 판을 칠 것'까지 말하는데 분노한 문제가 눈동자를 소눈처럼 허옇게 까뒤집으며 굴돌통에게 '너도 죽고 싶으냐?'고 소리 지르자 굴돌통이 앞으로 나아가 머리를 조아리며 '신은 이미 폐하의 분노 작두에 목을 집어넣고 죽을 각오로 간청드리는 것입니다. 신 하나가 죽어 참나물 3천 포기가 살아 참으로 참세상을 만든다면 작두를 눌러주십시오.'라고 말하자 문제는 '너의 목숨은 3천 개가 넘나 보구나. 짐이 어리석었다. 참을 뽑아버려 거짓이 나라를 통치하게 할 뻔했구나! 내가 어리석었으니 경의 말대로 참나물 3천 포기를 비료 주고 거름 주고 잘 키우도록 하라'고 하고 굴돌통을 좌무위장군(左武衛將軍)에 발탁했습니다. 그는 가까운 사람이나 친척부터 법을 어기지 말고 모범을 보이자고 계몽하기 시작했습니다. 아무리 가난해도 부정한 재물은 취하지 말아야 한다. 진정한 행복은 마음에서 오지 재물에서 오지 않으니 모두 경서를 읽고 진정한 행복꽃을 피우고 진정한 부자가 되자고 가르쳤습니다. 굴돌통이 싸움을 회피하자 적은 물론이거니와 굴돌통의 군사들도 겁을 먹고 싸우려 하지 않는다고 생각했지만 굴돌통은 회군(回軍)한다고 선언하며 노련한 전술로 적군의 방심을 유도한 것이었고 굴돌통의 군대는 우회하여 적의 근거지인 상군(上郡)으로 진격했고 적들은 이를 알지 못했고 게다가 유가론은 관군이 항복해서 회군했다고 군사들을 풀어 주변 지역 노략질하는 데 치중하느라 본진의 수비가 허술한 틈을 타 야습(夜襲)에 선발된 정예병을 이끌고 유가론의 본진에 야습을 감행하여 대승리를 거두고 남녀 수만을 포로로 잡았지만, 그들은 굴돌통의 소식을 알아 함께 장안으로 귀환 요청을 했을 정도입니다. 굴돌통은 나라에 은혜를 입고 태어났으니 나라를 위해 죽어야 한다며 눈물로 호소를 하자 병사들도 모두 그를 믿고 나라를 위해 싸웠습니다. 굴돌통은 두종이 굴돌통의 아들 굴돌수(屈突壽)를 보내 항복할 것을 종용하자 그는 아들에게 '저자는 부자지간이 아니라 원수이니 적군에게 화살을 쏘라'고 명령할 정도로 애국심이 강해 굴돌통의 병사들도 선택의 여지가 없음을 알고 뜻을 따랐을 정도입니다. 굴돌통이 사로잡혀 장안으로 압송되자 고조 이연이 굴돌통을 위로하면서 '우리가 왜 이리 늦게 만났는가'라고 하자 굴돌통은 '신하의 절개를 다 하지 못하고 나라를 욕되게 했다'고 말하자 고조는 '그대는 참으로 충신이다.'

라며 풀어줄 정도였습니다. 굴돌통이 설인과(薛仁果)를 토벌할 때 노획한 진귀한 보물이 산더미같이 쌓여 있어 장수들이 앞을 다투어 가져갔지만, 굴돌통은 아무것도 취하지 않았다는 말을 들은 고조는 참으로 청렴하고 성인의 경지에 이르렀다고 칭찬할 정도였습니다. 굴돌통이 자기 아들과 맞서 싸우며 '두 아들이 죽는다면 운명이니 결코 사사로운 정 때문에 큰일을 망치지 않겠다'고 하자 고조가 내 지금까지 살면서 열사(烈士)의 충절(忠節)을 처음 보았다며 칭찬을 아끼지 않았습니다. 그렇게 나라만 위해 일하다가 72세에 죽어 적장까지도 그의 죽음에 오랫동안 애통해할 정도였습니다. 그러니 천상의 일을 맡기셔도 충심을 다할 것입니다. 그렇겠구나! 수시 합격이다! 상제가 무릎까지 내려온 귓볼을 검지와 엄지로 훑어 내리자 귓볼에서 치자꽃 향기가 샬롬샬롬 흘러나와 하양하양 손을 잡고 춤사위를 벌이며 시간 태엽을 감아 올리자 발 한 쪽도 달리지 않은 시간이 구불구불 휘며 어디론가 간다.

하지[夏至] 절후를 관장할 은개산[殷開山] 심사

하지를 돌릴 추천자는 누구인고? 예 상제님 당 왕조 창업에 기여한 은개산(殷開山, ?~622) 이름은 교(嶠)로 옹주(雍州) 호현 사람으로 이름보다 자로 널리 알려진 자입니다. 어려서부터 책벌레로 책만 먹고 자랐으며 행실이 올바르고 글을 잘 썼으며 수(隋)나라에서 벼슬했고 고조 이연이 은개산을 대장군부(大將軍府)의 소속관리로 삼아 대장군을 보좌하게 했는데 각종 전략의 수립과 실행에 관한 것과 심복(心腹)이나 맡을 수 있는 참모(參謀)의 역할을 맡길 만큼 신임을 받고 있었던 인물이었습니다. 그는 지략이 뛰어나 모든 신하가 복종했으며 그를 존경했습니다. 아랫사람을 애휼한 장수로 이름이 널리 퍼져 모두 그의 부하가 되고 싶어 할 정도였습니다. 적군과 싸우기보다 적군이 양식이 떨어지길 기다려 굶주리게 될 때 스스로 물러나는 전략을 세워 싸우지 않고 이기며 장수이면서도 피를 보지 않는 것을 원칙으로 삼아 적장들에게도 존경을 받는 장수였습니다. 그는 설거가 당군을 기습하고 양쪽의 군대는 절벽에서 싸우게 될 것을 예언해 기선을 제압당한 당군이 마침내 크게 패하고 몇 명의 장수가 죽을 것까지 예언해 한여름에도 추운 겨울처럼 모두를 벌벌 떨게 했습니다. 패전의 책임을 물어 평민으로 강등될 것도 예언하고 다시 직위가 회복될 것도 알아 그는 장수라기보다 천지의 기운을 따라 군사들의 움직임과 이기고 질 것까지 앞을 훤하게 내다보아 사람들은 그를 황제보다 두렵게 생각하며 따랐습니다. 그는 '현재 속에 과거도 있고 미래도 있는데 사람들은 현재를 귀하게 여기지 않고 과거에 집착하거나 미래를 위해 현재를 모두 버리니 늘 과거나 미래밖에 없고 현재는 뜬구름으로 살아가는 여러분이 안타깝습니다. 부디 현재를 소중히 여겨야 현재가 모여 과거가 되고 미래는 영원히 오지 않음을 깨달았으면 좋겠습니다.'라고 군사들에게 교육했고, 622년 유흑달을 평정하러 가던 도중에 자신은 이제 이 세상에서 할 일이 끝났다고 말하고 말에 탄 채 죽었습니다. 이는 낮이 가장 길고 밤이 가장 짧은 하지를 돌리기에 가장 알맞은 체질인 것 같아 추천합니다. 음, 인제로다. 합격! 상제가 혓바닥을 책상다리 위에 척 걸쳐 놓으며 말했다. 혓바닥에 오돌도돌 돋은 닭살에서 병아리가 삐얄 삐얄 삐삐얄 걸어 나와 노랗게 웃으며 하늘을 쪼다가 땅을 쪼며 돌아다닌다. 병아리 걸음마다 노랑 바람 흔들리는 소리 노랑노랑 들린다.

소서(小暑) 절후를 관장할 시소(柴紹) 심사

소서를 관장할 자를 추천하라. 예, 부부가 같이 당 창업에 이바지한 시소(柴紹, ?~638) 자(字)가 사창(嗣昌)이고 진주(晉州) 임분(臨汾) 출생으로 태어나면서부터 민감하고 민첩하며 머리가 비상했고 불의를 보면 못 참는 용기 있는 정통 귀족 출신을 추천합니다. 시소는 아주 총명해 어린 나이에 수(隋)나라 태자의 천우비신(千牛備身)이 되었는데 당고조의 눈에 능소화 꽃을 피우게 해 사위로 삼았을 정도입니다. 수나라의 관리들에게 쫓기고 있던 이건성에게 체포령이 떨어져 관리들에게 잡힐까 봐 겁을 먹고 도적들에게 몸을 잠시 숨기겠다고 말하자 시소는 '준치는 썩어도 준치입니다. 도적들에게 몸을 숨기느니 차라리 체포되는 것이 장부다운 일이거늘 어찌 그리 나약하고 말도 안 되는 말을 하냐'고 꾸짖자 이건성은 건방지게 감히 나에게 가르치려 든다고 마른하늘에 벼락 치듯 소리를 질러도 끄떡하지 않고 이연의 본진에 앞서가니 시소의 예상대로 송노생이 출전했고 이건성에게 죽을힘으로 싸우라고 산이 무너지도록 소리를 질러 힘껏 싸워 공적을 세우게 했습니다. 시소는 장안 평정의 공으로 우광록대부(右光祿大夫)와 임분군공(臨汾郡公)에 임명되었고 여러 차례 토벌에 나갈 때마다 공을 세워 곽국공(國公)과 우효위대장군(右驍衛大將軍)으로 승진했을 정도입니다. 아무리 위급하고 다급한 상황이 와도 시소는 침착함을 잃지 않고 기발한 전략을 폈는데 어느 날 시소는 사람들에게 비파(琵琶)를 연주하라고 명령하고 여인들에게 춤을 추게 하자 전투 중에 들려오는 당군의 아름다운 비파소리와 아름다운 여인의 춤사위에 정신을 빼앗긴 적진의 장수와 병졸들은 지금 적군과 대치하고 있다는 것을 까마득하게 잊은 채 전투를 중단하게 하였습니다. 그들도 어깨를 들먹이며 춤을 추고 고향 생각에 울고 전쟁터가 아니라 가무장이 되도록 해 기발한 작전으로 토욕혼과 당항군은 어이없이 패배하여 인명 손실 없이 평화롭게 전쟁을 끝내는 일을 하였습니다. 이

외에도 늘 전쟁에서 싸우지 않고 이기는 전략으로 어느 쪽에서도 피를 흘리는 일 없이 전투를 끝냈습니다. 적장이 구름처럼 몰려오면 짚으로 허수아비를 만들어 군사들 사이에 세워 적장이 멀리서 보면 군사 수가 어마어마하게 보이게 했으며 또 어떤 전투에서는 매운 고추를 짚에다 태워 모두 매워서 도망가게 만드는 전략의 대가였고 시소 부부를 보면 부창부수(夫唱婦隨)라는 말이 생각날 정도로 당 창업과 당이 토대를 갖추는 데 크게 이바지했으며 이들처럼 부부가 같이 공을 세운 사례는 없었습니다. 그가 죽었을 때 하늘도 울고 땅도 울었습니다. 나는 춤을 추었다. 내 곁으로 오니까. 나도 올라갔다 내려갔다 땅과 하늘을 오르내리는 시소를 더위를 관장시키려고 마음먹었었다. 합격! 상제는 개구리 알 같이 바글거리는 눈알을 몇 개 꺼내서 굴리자 광채가 난다. 그 광채에 바람이 불고 나팔꽃이 나팔을 불자 천상의 노래들이 바닥에 어지럽게 휘날린다.

대서(大暑) 절후를 관장할 장손순덕(長孫順德) 심사

대서는 누가 돌려야 한다고 생각하느냐? 예 상제님 당 왕조 창업에 기여한 장손순덕(長孫順德)입니다. 그는 장손무기의 부친인 장손성(長孫晟)의 친척 동생으로 귀족 출신인 데다가 수양제(隋煬帝)의 요동(遼東: 고구려) 원정에 참여했다가 태원(太原)으로 망명하였는데 그의 망명으로 인해 민심이 극에 달했고 끊임없는 전쟁과 노역(勞役)에 동원되어 피폐해진 백성들은 열에 아홉은 도적이 되었다고 합니다. 장손순덕이 있을 때는 그렇지 않았는데 한 사람의 힘이 이렇게 한 나라의 흥망성쇠를 좌우했습니다. 장손순덕은 곽읍(邑)을 평정하고 임분(臨汾), 강군(絳郡)을 차례로 함락시키는 데 매번 선봉에 서서 싸워 공을 세웠습니다. 후퇴할 수밖에 없는 상황에서도 최후까지 수나라에 충성하며 이연의 군대에 저항하던 그는 자신의 부하들이 이미 전의를 상실하고 병장기를 내려놓고 항복을 하자고 하자 '이기겠다고 생각하고 싸우면 반드시 승리의 여신은 우리에게 온다.'며 끝까지 싸웠습니다. 장안(長安)이 평정되고 나서 이연이 즉위하자 장손순덕은 좌효위대장군(左驍衛大將軍)이 되었으며 설국공(薛國公)에 봉해졌습니다. 그런데 얼마 뒤 어떤 장군이 뇌물을 받은 사실이 드러나 그를 처형하고자 하니 장손순덕은 '그는 개국공신이고 나라를 위한 충성심이 두텁고 청빈하여 가솔들이 굶어 자식이 죽어 나갈 정도인데 처벌을 하시다니 그러면 누가 참빗이 되어 머리에 있는 서캐와 이를 빗어 내리려 하겠습니까? 그냥 설렁설렁 빗어 내리는 얼개 빗이 되어 듬성듬성 눈치만 살피며 나라가 어지러울 때 참빗처럼 촘촘하게 모든 적을 빗어 내린 저 공신을 어찌 처형하고자 하십니까? 참빗은 참으로 빛 한

방울도 세지 못하게 막느라 가족도 돌보지 못하다가 양식이 떨어졌다고 우는 자식을 보고 어미의 안부를 물으니 병들어 누웠는데 치료비가 없어 죽을 날만 기다린다고 하는데 그건 뇌물이 아니라 이 사실을 안 부하가 안타까워서 내려준 몇 끼의 식량일 뿐입니다. 참빗을 던져버리고 얼개 빗으로 어찌 그 많은 서캐와 이를 빗어 반들반들 윤기 나는 머리카락을 치렁치렁 수양버들처럼 푸르게 가꿀 수 있는지 잘 생각하시길 바랍니다. 저도 가산을 그에게 몰래 주었으니 저도 처벌하시기 바랍니다. 정의로움으로 지금 죽는다면 하늘을 우러러 하나도 부끄럽지 않습니다. 관리가 되어 수하의 가솔이 죽어 나가도 그냥 있어야 한다면 금수(禽獸)와 무엇이 다르겠습니까?' 하여 그를 어려움에서 구한 자입니다. 장손순덕은 술에 취한 척하며 관리들에게 어려운 부하들을 도와주라고 간언을 하자 장손순덕의 술주정을 과장한 말에 관리들은 과오를 씻고 훌륭한 관리로 변해 존경스런 인품을 갖도록 한 자입니다. 내가 다 눈물이 나는구먼. 합격! 옥황상제가 박쥐 날개처럼 생긴 소맷자락을 흔들자 소맷자락 사이에서 살구꽃이 엉덩이를 살공살공 흔들며 피어난다.

입추[立秋] 절후를 관장할 장량[張亮] 심사

입추를 돌릴 심사 대상자를 추천하라. 예 상제님 입추를 관장할 사람은 논밭이 기름진 농촌에서 태어나 자연의 섭리를 꿰뚫고 있다가 삼고초려 끝에 당 창업 공신이 된 장량(張亮, ?~646)을 추천합니다. 그는 정주(鄭州) 영양(榮陽), 현재 하남성(河南省) 사람인데 당의 건국 시 자연의 섭리를 아는 자가 없어 농부 출신인 그가 뜻이 크고 기개가 장골하고 겉으로는 온화하고 후덕하고 자기 생각을 잘 드러내지 않았으나 어떤 일을 처리하는 데는 공명정대하여 그 고을 사람들의 일을 모두 처리해주어 그를 고을 수령처럼 떠받들었고 흉년이 지면 자신의 곳간을 열어 조 반쪽도 골고루 나누어 먹어 형제보다 더 우애 있게 지내고 고을엔 항상 행복 바람이 나비처럼 불어 다녔으며 참깨를 많이 재배하지도 않는데 사람들이 배가 고파 '열려라 참깨' 하면 먹을 것이 열려 깨소금 냄새가 펄펄 날아다니게 하는 사람이었습니다. 이밀의 부하 중에 모반을 계획하고 있던 무리가 있었는데 장량이 이것을 알고 '참깨와 들깨가 모두 깨의 종류이나 참깨가 참깨인 이유는 너희들처럼 주인을 고발하고 모반을 일으키는 들깨 같은 일을 하지 않기 때문이다. 들깨는 잎에서만 향기가 나지 깨에서는 향기가 나지 않고 참깨는 잎에서는 향기 한 모금도 맡을 수 없으나 통통 영글어 사람들에게 고소함을 안겨 준다. 깨알 같은 글씨도 잘 알아보아야 눈이 밝고 환한 사람이고 깨알 같은 글씨를 못 읽어내면 그 사람은 시력이 나쁜 사람이다. 참깨는 꿋꿋이 환한 꽃을 피워 열매를 맺어 볶아서 찧으면 고소한 향기를 뿜어 모든 사람이 행복하다는 말을 깨소금 냄새가 난다고 하지만 들깨는 향기가 있는 척하지만 다 여물면 향기 한 줌도 없기에 들깨다. 너희는 참깨가 되고 싶으냐 한 줌도 안 되는 잎에 향기를 피우고 마는 들깨가 되고 싶으냐? 세상엔 참과 거짓이 늘 섞여 살기에 참이란 이름이 있는 것이다. 너희는 참말 하는 사람을 따르겠는가? 거짓말 하는 사람을 따르겠느냐? 참말을 하는 사람을 따르지 거짓말을 하는 사람을 따르고 싶은 사람은 아무도 없을 것이다. 그렇다면 너희들이 지금은 비록 이밀의 부하지만 공을 세워 부하를 두게 되었을 때 그 부하가 너희들과 똑같이 모반을 일으키는 즉, 참깨가 아니라 들깨라면 너희들은 어떻게 하겠느냐?'고 훈계를 하자 반란을 주도하던 자들이 장량 앞에 모두 꿇고 후회하고 뉘우치며 반란 계획을 강물에 띄워 보냈습니다. 이 일로 장량은 이밀의 신임을 얻어 표기장군(驃騎將軍)에 임명되었습니다. 매사에 이렇다 보니 장량이 가는 곳마다 병사들이 가을 들판처럼 평화롭게 메뚜기가 뛰어놀고 잘 익은 벼처럼 고개를 숙이고 읍참하니 수나라 말기에 일어난 이른바 천하 대란이 수습되면서 당은 점점 국가의 면모를 갖추기 시작했고 외부의 적들이 모두 진심을 다하는 충신으로 변하니 내부의 권력투쟁이 전개될 때마다 장량은 반란의 무리를 잘 통솔하여 영웅호걸로 결집했습니다. 그러니 모두 장량을 수하에 두고 싶어 했을 정도입니다. 장량은 빈주(州), 하주(州), 부주(州) 3개 주의 도독(都督)과 상주(相州) 장사(長史)를 역임하고 봉국(封國)이 다시 본국으로 옮겨졌을 때 공부상서(工部尙書)로 임명되었습니다. 일할 때 신중하여 그 현명함이 천하로 퍼져 나갔고 강자를 견제하고 약자를 구휼하여 가는 곳마다 칭송이 자자했습니다. 당에서 장량의 지혜를 빌리지 않았다면 지금쯤 어떻게 되었을지 모를 정도로 그는 천하를 모두 꿰뚫고 있는 것 같아 물골이 서늘할 때가 많았습니다. 장량이 여러 차례 반대의 간언(諫言)을 올렸는데 그의 말대로 하지 않고 고집으로 밀고 나가서 성공한 일은 단 한 건도 없었을 정도였고 그의 말대로 하지 않아 패하고 그에게 조언을 얻으면 반드시 성공을 거두었습니다. 그를 평양도행군대총관(平壤道行軍大總管)에 임명하여 수군(水軍)을 지휘하도록 하자 장량은 수군을 이끌고 비사성(卑沙城)을 함락시키고 건안성(建安城)까지 당군은 승승장구했습니다. 장량이 본처를 버리고 여성을 얻었다던데? 옥황상제가 중간에 끼어든다. 예 맞습니다. 그녀는 늘 장량이 나랏일에만 몰두하고 가정을 소홀히 한다고 어느 날 그의 옷을 모두 모아 태워버렸다고 합니다. 그러자 장량은 '내가 그대에게 못 해준 것을 시인하니 당신이 하고 싶은 대로 하라'고 하자 그녀는 집을 나가버렸습니다. 동네 사람들이 장량의 위신을 실추시켰다고 그 여인을 욕했지만, 장량은 오히려 '내 모습이 와룡(臥龍)과 같은 모습이니 나라를 위해서는 맹룡이 되겠지만 아내에게 있어서는 늘 외롭게 할 상이니 어찌 사나이 뜻이 중하고 여인의 뜻이 중하지 않겠습니까?' 했는데 그녀는 집을 나가 모반을 꾸미고 있다고 헛소문을 내며 결정적으로 '장량에게 양자(養子) 1천 명이 있는데 이것이 모반의 분명한 증거이며 이 사병(私兵)이 유사시에 궁정 쿠데타를 일으킬 수도 있다'고 고발을 했지만, 장량은 당당하게 '나를 배신하고 나라의 일에만 밤낮을 쓰는 사내를 누가 곱게 보겠습니까? 저 여인의 말은 거짓이 아니라 분노의 말입니다. 참깨로 태어난 제가 백번 죽었다가 깨어나도 들깨가 되지는 않겠지만 저 여인의 한은 받아들여 풀어주심이 옳습니다.'라고 하자 아내가 무릎을 꿇고 거짓 고발이었노라고 잘못했노라고 남편의 중상모략한 죗값을 목숨으로 갚는다고 말하며 그 자리에서 자결했습니다. '아내의 죽음 앞에 무엇이 두렵겠습니까?' 폐하의 처분을 따르겠다고 말했을 정도의 배짱이 두둑한 장군이었습니다. 다른 관리들은 모반의 형세가 분명하다고 진노했지만, 그가 반역의 혐의가 없다고 단정 지었고 그 단정은 참깨가 되어 여물어 일당 천을 한 장량입니다. 하늘이 점지한 자는 세상을 현혹시키는 바람이 일지만 결국 참을 몰라보고 거짓에 귀를 기울이면 주변 사람은 물론 나라까지 망치게 된다는 생각이 옳았습니다. 부하들이 쥐도 새도 모르게 그를 처형하는 바람에 거짓이 판을 치는 현세가 가슴 아파했는데 이제야 장량을 이렇게라도 위로해주게 되었습니다. 잠깐, 상제는 말을 끊어 마시고 합격 합격! 되뇌고 손가락을 흔들자 손가락마다 풀잎 이슬이 맺혀 반짝인다. 조용히 눈을 감자 속눈썹 사이로 옥구슬처럼 영롱한 이슬방울이 땅바닥에 방글방글 굴러내리자 아기 비단잉어가 뽀얀 앞니를 드러내며 바닥 물을 뻐끔뻐끔 마신다. 시원한 냄새가 졸졸 흐른다.

처서[處暑] 절후를 관장할 후군집[侯君集] 심사

처서 추천 인사는 누군고? 예 처서에는 곡식이 잘 익도록 비를 막을 수 있는 지혜와 덕을 겸비하고 전쟁에 공을 세워 공신이 된 후군집(侯君集, ?~643) 삼수(三水), 현재 섬서성(陝西省) 빈현(彬縣) 사람을 추천합니다. 그는 어려서부터 용맹스럽고 거침이 없어 원정과 토벌에 참여하여 공을 세워 좌우후(左虞候), 거기장군(車騎將軍)에 임명되고, 전초현자(全椒縣子)에 봉해졌을 정도입니다. 그 유명한 현무문 정변에서도 지략과 용맹으로 공을 세웠습니다. 후군집은 병부상서(兵部尙書)였다가 검교이부상서(檢校吏部尙書)를 맡아 조정에 참여하여 아첨하고 자신의 사리사욕을 챙기는 사람들 정신을 개조시켜 당의 내정을 급속히 안정시키고 내정의 안정을 바탕으로 당나라는 외부의 위협에 대응할 수 있는 토대를 마련했습니다. 그는 적군이 험난한 지역으로 도망가지 않게 병사들이 덜 다치는 쪽으로 몰아가며 군의 이익을 크게 얻으며 싸우지 않고 이기는 계책을 이용했습니다. 원정군 중에서 용감한 병사를 선발하여 이들의 장비를 가볍게 하고 토욕혼 군을 끝까지 추격하고 아무리 적군이라고 하나 고귀한 생명이니 활로 쏘아 죽이는 건 훌륭한 계책이 아니라며 적군이 아군 가까이 오기 전에 들판에 있는 모든 풀을 태워 전마(戰馬)들의 활동에 제동을 걸어 경무장한 병사들이 평지로 후퇴하도록 해 피를 흘리지 않는 전략을 썼습니다. 그는 모든 생명은 존귀한 것이니 내 나라를 침범하지 않는 한 남의 나라에 쳐들어가서 사람을 죽인다면 하늘이 그 나라를 반드시 멸하게 될 것이라고 말했을 정도입니다.

오답과 정답

15

　후군집은 본래 군인 출신이지만 지혜가 남달라 공신 반열에 오른 인물로 배움이 없다고 무시하는 관리들에게 '못 배운 것이 부끄러운 것이 아니라 모르면서 배우지 않고 한 모금도 안 되는 앎으로 남을 깔보는 것이 부끄러운 것'이라며 인재를 선발하여 등용하는 일을 주관할 때 능력 위주로 채용하여 인망이 높았습니다. 당과 서역 나라 사이의 사신들 행렬에 상인들이 동행하면서 물품을 거래하고 눈을 감아준 대가로 사신단에게 뇌물이 제공되었고 그로 인한 폭리를 취해 경제적인 문제를 넘어서 국제질서가 깨지는 것을 모두가 눈감아 줄 때 후군집 혼자 눈을 부릅뜨고 목숨 걸고 폐단을 뜯어고쳤습니다. '지피지기(知彼知己)면 백전불태(百戰不殆)'라 했는데 고장군은 자신을 따르는 장수가 모두 명장이고 누구도 근접할 수 없다며 이웃을 깔보며 거만을 떨자 후군집은 '참치는 자신이 참치라고 자만하지 않는다. 광택이 있는 띠가 계급장처럼 빛나지만 다른 물고기를 모두 이길 수 있다고 생각하지 않는다. 물고기 중에 진정한 참을 달고 사는 참물고기는 전략을 누구보다도 잘 알고 있지만, 서로 질서를 지키며 바다에서 함께 살아간다. 그러니 교만하기 이를 데 없는 생각을 버리고 함께 사는 덕을 배워 죄없는 부하들을 고래의 밥으로 만들지 말거라.' 호통쳤지만 교만함을 앞세워 처들어오자 후군집은 북을 치며 진군해 여러 성을 함락시키고 포로로 1만 명을 사로잡았는데 후군집의 말을 듣고 모두 투항하니 후군집은 그들을 부하처럼 아끼고 사랑한 자입니다. 으흠, 그렇구나 합격! 상제님 고맙습니다. 이세민의 말이 끝나기도 전에 상제는 열 발가락에 접혀 있던 곰 발바닥을 꺼내 껌처럼 질겅질겅 씹는다. 곰 발바닥 꼬랑내가 코를 못 들게 날아다니는데도 아주 맛있게도 씹는다. 이세민은 코를 잡고 뒷걸음쳐 문을 밀고 나간다.

백로[白露] 절후를 관장할 장공근[張公謹] 심사

너가 추천하는 자의 행실이 하나의 거짓도 없으렷다? 넵, 어느 안전이라고 모두 참입니다. 그래? 그럼 백로를 관장할 사람을 추천해라, 예, 백로는 보기만 해도 몰골이 서늘하도록 하얗게 잘생긴 장공근(張公謹) 자(字)는 홍신(弘愼) 위주(魏州) 번수(繁水)를 추천합니다. 그는 승전하고도 간신들의 모함으로 벌이 내려지자 '내가 죽어 모함한 사람이 득이 된다면 기꺼이 벌을 받아도 좋다'며 참꽃처럼 분홍스럽게 웃는 자입니다. 당이 천하 대란의 혼란을 수습하고 중국이 재통일되자 고조 이후의 대권을 놓고 내부에서 권력 투쟁이 치열해 골육상쟁으로 치닫자 '그렇게 가진 권력으로 백 년을 살 것인가? 천년을 살 것인가? 무엇을 위해 형제를 견제하고 죽이면서 왕좌를 차지하려 하는가? 산과 들의 꽃을 보라. 충충 서서 햇빛도 적당하게 나눠 먹고 키 큰 나무는 키 작은 나무를 강풍에서 보호해주고 여린 풀들은 바람이 불면 미리 몸을 낮추고 남의 땅은 티끌만큼도 욕심내지 않고도 몇천 년을 사는데 백 년도 안 되는 삶을 살면서 형제들끼리 골육상쟁이라니 세상 초목들 보기 부끄럽지도 않은가? 그대들은 이미 초목만도 못한 사람들이라 생각하니 나는 어느 쪽에도 서지 않을 것이다.'라고 호통을 쳤습니다. 매우 급한 상황에서 왕자들이 선뜻 결론을 내리지 못해 점을 치자 장공근은 '누가 왕좌를 차지할 것인가를 거북이로 점을 치다니 이런 어리석은 사람들이 무슨 왕좌에 앉는단 말인가!' 하고 거북이를 땅바닥에 던져버릴 만큼 용맹하고 기개가 성성하고 빠른 결단과 실행으로, 길흉을 점치는 왕손에게도 거침없이 회초리를 칠 정도의 인물입니다. '무릇 점이란 것은 불확실하고 의심스러운 일들을 결정하는 데 쓰는데 만물의 영장이 어찌하여 말도 못 하고 생각도 없는 거북이에게 점을 쳐서 왕좌에 오르려 하는가!' 소리를 지르자 왕손들도 아무 말을 못 했을 정도였습니다. 태자와 제왕을 제거할 계획을 장공근이 모르게 진행할 정도였습니다. 장공근은 '돌궐의 힐리가한(利可汗)은 난폭해 선량한 사람들을 짓밟고 소인배들과 한패를 먹고 있으니 이는 임금이 장님이고 귀머거리나 다를 바 없어 돌궐의 부족들이 모두 제 팔뚝이 굵다며 나서서 왕을 해치려 음모를 꾸미며 반역을 도모하고 있습니다. 우리가 돌궐을 안아주고, 전쟁에 져서 제 한 몸 의탁할 땅조차 없는 힐리가한의 주요 장수들과, 서리가 내리고 가뭄이 져서 창고의 식량이 부족해 많은 사람이 험준한 산중에 모여 살고 있다고 하니 우리 군대가 출정해 그들을 안전하게 구해 우리의 백성으로 삼아야 합니다.'고 말하자 그의 판단을 실험하기 위해 장공근을 사령관에 임명하고 목숨을 걸게 했으나, 그는 자신의 말대로 성공을 하고 돌아오니 그 공로를 치하하고 승진시켜 추국공(鄒國公)으로 봉하고 양주(襄州) 도독으로 명하였는데 그의 덕과 자비로움을 참꽃으로 곱게 피워 온 고을을 아름다운 꽃밭으로 만들었으나 애석하게 그는 49세에 이 세상을 버리고 떠났습니다. 전설적인 그를 잃은 슬픔에 북받쳐 사는 게 사는 게 아니라는 고을 사람의 원성이 하늘을 찔렀습니다. 합격! 짧은 말 한마디를 남기고 옥황상제는 복숭아나무 이파리를 따 피리를 불자 피리 소리를 따라 하얀 아기 백로들이 까르르까르르 목젖이 보이도록 웃으며 날아 나와 옥구슬 같은 눈망울을 또록또록 굴린다.

추분[秋分] 절후를 관장할 정지절[程知節] 심판

추분을 관장할 후보는 누구인가? 예, 추분은 무용(武勇)이 뛰어나고 성격이 활발해서 활활 타는 정지절(程知節, ?~665) 제주(濟州) 동아(東阿)를 추천합니다. 이름이 교금(咬金)이었는데 지절로 바꾸었으며 그는 어려서부터 용감하고 말을 타고 창 쓰기를 잘했으며 의리도 있어 그 동네 친구들은 늘 어깨를 펴고 다닐 정도였답니다. 수나라가 위진남북조(魏晉南北朝)의 혼란을 수습하고 중국을 재통일했지만 양제(煬帝)의 고구려 원정이 처참한 실패를 하자 전국적인 반란으로 이어졌는데 혼란을 수습할 의지를 상실한 양제는 어떤 대책도 내놓지 못해 수나라는 통치권을 상실하고 중국이 거대한 도둑의 소굴로 전락하자 정지절은 수천 명의 무리를 모아 훈련을 시키며 '반드시 나라를 지켜야지 천하 대란의 혼란기에 모두 손 놓고 있으면 안 된다.'며 힘을 썼습니다. 이밀이 자신의 휘하 병사 만 명을 뽑아 이들이 백만 군대를 무찌를 수 있다고 자랑하다 화살에 맞아 떨어지자 그는 화살보다 빨리 적진을 뚫고 달려가 이밀을 말에 태우고 나오자 왕세충이 추격병을 보내 그를 쫓자 추격병들의 창을 번개처럼 달려들어 빼앗아 손오공 지팡이처럼 돌리자 그들은 모두 도망쳤습니다. 그러자 왕세충은 장지절에게 '후하게 대접할 테니 투항하라'고 하자 '나는 당신처럼 게걸음 치는 참게는 별로 좋아하지 않는다. 차라리 꽃게가 될지언정 그릇과 도량이 얕아 망령된 언어를 해놓고 옆으로 걸어 다니며 다른 게들을 저주하는 참게한테 특별한 예우를 받으니 차라리 꽃게나 털게로 사는 것이 참게라는 허울 좋은 이름보다 훨씬 나을 거라 생각한다.'며 왕세충을 조롱하자 울분을 이기지 못해 참게처럼 옆으로 옆으로 걸으며 분노했을 정도입니다. 정지절은 당당하게 자신의 주장을 밝히고 명석한 두뇌로 소신 있게 행동하면서도 상대방에 대한 최소한의 배려는 잊지 않으나 백성들을 희생해서 자신의 안위만 찾는 관리나 왕에게는 시퍼렇게 날 선 말을 하며 '간을 꺼내 구워 술이나 마시지 그러냐'며 희롱했을 정도입니다. 숙국공(宿國公)에 봉해지자 '나를 벼슬이란 감옥에 가두지 않아도 변함없는 충성을 할 것'이라고 간을 배 밖으로 매달고 다니는 사람입니다. 정지절은 좌일마군총관(左一馬軍總管)을 맡았을 때 적의 깃발을 빼앗고 적의 장수를 보고 '싸울 가치도 없는 참게와 싸움을 하느니 차라리 털게와 놀기나 하겠다.'며 그는 싸우는 것이 싫어 늙음을 이유로 모든 벼슬을 사양하고 조용히 살다가 죽었습니다. 옥황상제는 속으로 참게라? 참게라? 혹 이 인사가 내게도 털게라고 간언하지 않을까? 생각하는데 이세민이 왜 불합격입니까? 하고 묻자 에라 모르겠다, 잘 길들여 써보자 생각하며 합격! 하고는 서랍 속에 들어 있는 생각을 꺼내 이마에 붙인다. 생각이 퍼들퍼들 헤엄을 쳐 올챙이처럼 바글바글 공중을 날아오르자 생각에 앞다리가 뿅! 뒷다리가 뿅! 하고 나오더니 청개구리가 되어 연잎에 앉아 물방울을 굴리며 논다.

한로[寒露] 절후를 관장할 우세남[虞世南] 심사

한로 절후는 누가 적당한고? 예, 덕행과 박학(博學)으로 이름난 우세남(虞世南, 558~638) 월주(越州) 여요(餘姚)를 추천합니다. 우세남은 찬 이슬이 내려도 백성들을 따뜻하게 데워줄 자입니다. 그는 아버지 우여가 죽자 슬픔에 젖어 상복도 못 입을 정도로 기력을 잃은 효자입니다. 문제가 우여의 두 아들이 박학하다는 소릴 듣고 사신을 보내 보살펴주고 이들이 장성하자 건안왕(建安王)의 법조참군(法曹參軍)으로 삼을 정도였습니다. 우세남은 아버지상을 마치고도 여전히 베옷을 입고 고기를 먹지 않고 슬퍼했습니다. 나이 일곱 살 때 이 정도 효자였으니 땅에 떨어지면서 효자였던 것 같습니다. 그는 성격이 올곧고 조용하였으며 평정심을 잃지 않고 어려운 사람을 보면 도와주었고 두 왕조에서 태학박사(太學博士)와 국자박사(國子博士)를 지낸 사람으로 경사(經史)와 천문(天文), 지리(地理)를 통달하고 그림도 잘 그렸던 다재다능한 스승에게 10년 넘도록 학업에 정진하여 생각을 키우고 세상을 꿰뚫었는데 어떤 때는 한 달 동안 세수와 빗질을 잊을 정도로 학업에 열중했고 글재주도 탁월해 당대에 이름을 떨친 서릉(徐陵)이 우세남의 문장을 천재라고 격찬할 정도였습니다. 또한, 승려 지영(智永)에게 서법(書法)을 배워 왕희지체(王羲之體)를 잘 써 스승을 뛰어넘었다는 평가를 받았고, 문장으로 문명을 떨쳐 시문(時文)에 능했던 서진(西晉)의 육기

(陸機), 육운(陸雲) 형제를 뛰어넘는다 했는데 이때 우세남의 나이 32세밖에 되지 않았습니다. 진왕(秦王)이 우세남을 수시로 찾았을 정도였습니다. 수양제는 선비들에게 '교만하여 시신(侍臣)들이 말할 때 짐이 훌륭하게 이뤄놓은 업적을 우세남의 업적으로 생각하는데 설령 내가 우세남과 더불어 선발시험을 치른다 해도 내가 천자가 되었을 것'이라고 말하자 우세남은 '참나물 같은 말을 하는데 세상에 다른 나물들은 존재하지 않고 참나물만 존재한다면 누가 수양제를 참나물이라 이름하며 다른 나물과 차이가 없는데 누가 참나물이라고 따르겠습니까? 다른 나물의 존재가 있어 폐하가 빛날 수 있음을 한시도 잊어서는 안 될 것입니다. 만약 지위와 명성이 있는 사람이 간쟁하여 명성을 얻으려고 하거나 비천(卑賤)한 선비라고 하더라도 관용을 베풀며 스스로 참나물이라고 뽐내지 않아야 참 참 참으로 과연 참나물이라고 모든 나물이 존경하고 우러러보며 충심을 다할 것을 한시도 잊어서는 안 될 것입니다. 폐하께서는 누구도 정벌에 성공한 적 없는 고구려를 복속시켜 천하를 제패한 군주가 되고자 다른 나물들의 목숨에는 관심이 없으니 어느 나물이 참나물의 명령에 복종해 고구려 원정에 나가 있는 힘을 다해 싸우겠습니까?'라고 하자 수양제는 '그래? 아무리 너라도 이번 고구려 원정에 이기고 나면 너를 참수할 것이다.'라고 화를 퍼덕이자 '참으로 참이란 말 좋아하시는군요. 참수라니 결코 그런 일은 없을 겁니다.' 하고 듣기에 따라 위협하듯 수양제에게 말했는데 그

의 말대로 고구려 원정에 참패했고 내정의 혼란으로 이어졌지만, 수양제는 혼란을 수습하기는커녕 모든 의지를 상실해 중국 전역은 거대한 도둑의 소굴로 변해 각처에서 도둑들이 창궐한다는 정보가 올라왔지만, 수양제는 외면할 뿐 아니라 제대로 된 보고와 간언(諫言)하는 신하들을 모두 베어버리자 신하들은 제대로 된 보고를 올리지 않아 나라가 진흙탕이 되자 우세남은 수양제를 찾아가 '참나물 스스로 귀를 닫고 듣고 싶은 말만 듣고 먹고 싶은 말만 먹으며 아무런 일도 하지 않음은 스스로 참나물과 일반 수많은 나물의 패망을 자초하는 일'이라고 목숨 걸고 간언했지만 말을 듣지 않고 향락만 즐기니 우세남은 '참나물이 자신의 안위만 위해 친위대를 두고 다른 나물들이 사는 곳엔 도적들이 창궐하거나 다 죽거나 아무 생각이 없으니 일반 나물들은 참나물을 참을 수 없는 독풀로 보고 반란을 일으킬 것'이라고 했는데 그의 말대로 수양제의 친위대는 우둔위대장군(右屯衛大將軍) 우문화급을 추대하고 반란을 일으켜 죽음이 임박했음에도 황제란 말에 취해 '나는 백성들에게는 빚을 졌지만, 너희들은 영화와 봉록을 누리게 해주었는데 어찌 나를 배반하는가? 천자는 죽음에도 법도를 지켜야 하니 독주(毒酒)를 가져오라'고 했지만, 마지막 요구도 수용되지 못하고 병사들 손에 목매달려 죽었습니다. 그의 편이 되었던 형 우세기가 우문화급의 칼에 죽자 우세남은 형의 죽음을 애통해한 나머지 뼈만 앙상하게 남아 나는 늙고 기력이 쇠진했으니 벼슬을 쉬겠노라고 애걸했으나 나이 70세였는데도 청원을 듣지 않고 직급을 올려 태자우서자(太子右庶子)로 삼으려다 우세남이 한사코 사양하자 비서감(秘書監)으로 직책을 고치고 영흥현자(永興縣子)에 봉했습니다. 풍모가 근엄했고 겉보기에는 걸친 옷이 거지 같았으나 마음은 고상과 품격이 씨줄 날줄 짜여 있어 군주에게도 거침없이 '참나물은 모든 나물을 위해야 하기에 산이 무너지거나 내가 마르게 되면 참나물은 자신은 굶어도 일반 나물들에 물을 하사하며 거친 바람을 막아주고 가뭄이 오면 예로써 산천에 제사를 지내지 않으면 초야에 있어야 할 독이 든 뱀이 천자의 자리에 독을 쏟아놓고 종묘로 들어갈 괴이한 일이 생기고 산동과 양자강에 큰물이 지고 억울한 옥살이를 하다 죽은 자들이 죽어서 뱀이 되어 나타날 것이니 요사스런 일이 덕(德)을 이기지 못하게 오직 덕을 쌓아 변고가 소멸되게 해야 하며 천시(天時)는 지리(地利)만 못하고 지리는 인화(人和)만 못하니 참나물이 만약 덕을 닦지 않으면 기린(麒麟)과 봉황(鳳凰)을 얻는다 해도 소용없을 것이고 정사(政事)가 참나물답게 참으로 치정 된다면 비록 재난이 일어나고 혜성이 보여도 걱정할 것이 없으니 참나물은 참이라고 자긍(自矜)하지 말며, 태평 시절이라고 자만하지 말고 신중을 기하면 모든 나물이 참나물을 위해 목숨을 바칠 것이고, 그리고 제왕들이 장례를 숭대하고 빛나게 하려고 무덤을 높이 쌓고 둔덕을 두터이 해 진귀한 보물을 사자(死者)와 함께 묻으면 도적들을 낳는 것이 됩니다. 요(堯)임금은 수릉에 장사지낼 때 산으로 그 능의 형체를 이루고 봉분의 나무도 침전도 원읍(園邑)도 없게 하고 관곽(棺槨)은 몸 눕힐 정도 크기로 하고 수의(壽衣)도 쉬이 썩을 수 있는 것으로 하고 이 무덤도 먼 후대 사람들이 장소를 알지 못하게 하고 금, 은, 동, 철은 쓰지 말고 모두 와기(瓦器)로 쓰라. 한나라 능들은 모두 도굴되고 옥갑(玉匣), 금루(金縷)가 불에 타고 유골마저 온전하지 못하니 만일 나의 이 말을 망령되이 한다면 내 지하에서 도륙되어 두 번 죽게 되니 장차 너희들에게 복을 내리지 않을 것이니 영원한 법도로 삼아 종묘(宗廟)에 간직하라고 했습니다. 폐하께서도 격을 호화롭게 하지 말고 진귀한 보물도 넣지 마시길 바랍니다.' 그의 간언은 소박하게 장례를 치르게 했고 우세남이 벼슬에서 물러나자 은청광록대부(銀靑光祿大夫)라는 명예직을 주었고 81세에 이리로 이주해 왔습니다. 으흠, 큰 인물이로고! 합격. 옥황상제는 부엉이 방귀보다 더 큰 주먹으로 허공을 찌르며 어린아이처럼 좋아했다. 허공으로 주먹이 날아갈 때마다 나비가 배꽃 잎을 물고 손가락으로 팔랑팔랑 추임새를 넣으며 파롤랑그 파파롤 랑랑그 노래를 부른다. 나비 입에서 떨어진 배꽃에서 하얀 향기가 뭉게구름처럼 몽실몽실 피어나 춤을 춘다.

상강[霜降] 절후를 관장할 유정회(劉政會) 심사

서리를 잘 관장할 자는 누군고? 예, 당(唐) 창업 공신 유정회(劉政會, ?~635) 골주(滑州) 조(胙)를 추천합니다. 수양제가 이씨가 황제가 될 거란 말을 믿고 이씨 성을 가진 사람들을 모조리 죽이라고 하자 유정회는 '중국 전역이 반란의 소용돌이라고 할지라도 덕을 베풀어 백성들을 다스려야지 모두 죽이면 어지러운 정세에 누가 이들을 교육하고 나라를 바로 세울 수 있습니까? 왕위와 고군아가 진사(晉祠)의 기우제를 틈타 반역을 꾀한다는 소문은 접했지만, 이 움직임 또한 잘 막아내야지 죽일 필요까지 없고 덕을 베푼다면 황제를 죽이려 해도 하늘이 돕겠지만 소문을 믿고, 반란군을 죽인다면 하늘이 돌아설 것이고 또한 반란은 백성에게 덕을 베풀지 않는 황제의 책임이오.' 하고 말해 관직을 박탈당했습니다. 유정회는 '관직은 개나 뜯어먹을 직이지 필요 없다.'며 관복을 모두 태워버리고 변방 사람들과 잘 지내니 멀리 있는 오랑캐까지도 기꺼이 복종했고 유무주가 병주(幷州)를 침략하고 진양 지역 호걸들이 모두 유무주에 호응하는 사건이 발생하여 유정회는 유무주의 포로가 되었는데, 이 상황에서 적의 형세를 몰래 조정에 보고해 유무주를 토벌하는 데 일등공신이 되어 다시 형부상서(刑部尚書)와 광록경(光祿卿)을 거쳐 형국공(邢國公)의 관직을 얻었으며, 그는 짧은 생을 마감했지만 다른 사람 몇 생을 산 것처럼 살아서 서리에는 끄떡 없을 줄 아룁니다. 알았다. 합격! 상제가 눈빛으로 시계추를 옮기자 지나간 시간이 초초 분분 시시 떨어져 내린다. 떨어져 내리는 시침 분침 초침의 겨드랑이에서 아지랑이가 아지랑아지랑 날아나와 상제의 얼굴을 덮자 해가 물러가고 어둠이 깔린다.

입동[立冬] 절후를 관장할 당검[唐儉] 심사

입동은 누구를 추천하는고? 예, 입동에는 어떤 추위가 와도 찬물로 목욕을 하는 당(唐) 창업 공신 당검(唐儉, 579~656) 자(字)는 무약(茂約) 병주(幷州)를 추천합니다. 당검은 성격이 영웅호걸답고 호랑이처럼 용맹해 작은 것에 얽매이지 않고 웬만한 일에는 끄떡도 않는 사람입니다. 또한, 부모님께 너무 지극하여 부모가 오히려 미안해할 정도였습니다. 수나라가 점점 어지러워지는 것을 본 당검은 이세민에게 '공께서는 날로 궁정에서 두각을 나타내시고 또 성씨(姓氏)가 도참(圖讖)의 예언과 같으니 천하 사람들이 기다리던 인물이니 주변 호걸들과 북쪽의 융적(戎狄)을 잘 다스려 연(燕)나라와 조(趙)나라 세력을 감싸 안아 황하를 건너 진(秦), 옹(雍)까지 근거지를 둔다면 은(殷)나라의 시조(始祖) 탕왕(湯王), 주(周)나라의 초석을 다진 무왕(武王)의 업적보다 더 훌륭할 것이나, 자신의 이익만 챙기는 폐단을 바로잡고 어지러운 정세를 평정하지 않으면 여기저기서 병사를 일으켜 대사를 도모하려 할 때 수난을 당할 것'이라며 간언하고 찰칵, 목이 잘렸습니다. 이후 고조가 배를 타고 강을 건너다 유세양을 만나 보고를 듣고 '하늘이 내게 기회를 주는구먼.' 하며 뱃머리를 돌려 모반을 일으키려는 자들을 잡아들이니 독고회은은 자살하고 나머지 무리들은 모두 죽임을 당했습니다. 고조는 당검이 포로로 잡혀 욕을 보면서도 조정을 잊지 않았음을 칭찬하며 옛 관직으로 복직하도록 하고 독고회은에게서 적몰한 재산을 모두 당검에게 주니 '대가를 바라고 한 일이 아니라 나라를 위한 충심'이었다고 말했습니다. 돌궐에서 귀국한 당검은 민부상서(民部尙書)에 임명되어 낙양원(洛陽苑)에서 사냥을 했는데 멧돼지가 숲속에서 나오자 활로 네 발을 연달아 쏘아 네 마리를 잡는 황제를 보고 멧돼지에게 '너는 오늘 운이 없구나' 하고 쓰다듬으면서 '한고조(漢高祖)는 말 위에서 천하를 얻었지만 말 위에서 천하를 다스리지는 않았습니다. 폐하께서는 무예로 천하를 평정하셨는데 짐승 목숨에 조금의 가여움도 느끼지 못하니 이제 떠나가야겠습니다' 하고 그는 78세에 멧돼지를 그러안고 죽었습니다. 에이 저런 저런 바보 같으니, 왜 지가 죽어 폐하를 죽여야지. 아무튼 합격! 옥황상제는 헛바닥을 길게 빼더니 헛바닥 위에 있던 향기를 뱉아 버린다. 맨드라미처럼 붉었다.

소설(小雪) 절후를 관장할 이세적(李世勣) 심사

소설 절후에 추천할 사람은 누군가? 예, 소설을 돌릴 추천자는 황실의 성을 하사받은 이세적(李世勣, 594~669) 자(字) 무공(懋功) 조주(曹州) 이호(離狐)입니다. 그의 성은 본래 서씨(徐氏)인데 황실의 성인 이씨를 하사받은 명장입니다. 그의 집은 신분은 높지 않지만 부유해 종들과 곡식이 많았고 그의 아버지는 베푸는 것을 좋아해 고을에서 존경받는 가문이었습니다. 그는 담력이 있어 13살에 도적의 소굴로 들어가 도적을 교화시키는 대담함까지 갖췄고 열네 살에 노략질하는 사람들을 모아서 나라를 위해 살 것을 교화시켰습니다. 적양의 세력이 강력해 4만 병력으로 토벌하자 '우리가 도둑이 아니라 수군이 도둑이다. 우리는 의롭게 살고 있는데 수나라는 지방의 반란을 제대로 통제하지 못하면서 선량한 우리를 토벌하려 하는가?' 하고 벼락을 내리치니 앞산이 와르르 무너지고 수군이 모두 도망쳤습니다. 하남(河南)과 산동(山東) 지역에 홍수가 나 굶주린 백성들에게 관리들은 제때 곡식을 풀지 않고 제 배만 채우고 있어 하루에 수천 명이 굶어 죽자 이세적은 '천하의 반란은 굶주림에서 비롯된 것이니 관리들은 곡간을 풀어야 한다.'고 관리들을 호통치며 여양창을 열어 식량을 나누어주니 열흘 만에 모여든 병사가 30만 명에 이르자 이세적은 '이 땅의 많은 곡식과 영토는 모두 여러분 것이니 배불리 먹고 나라를 위해 충심을 다하면 여러

분은 자자손손 살기 좋은 이 땅에서 살게 될 것입니다.' 하자 환호성이 터지고 바람처럼 사람들이 모여들었습니다. 이세적은 덕을 펼치며 공을 차지하려 않고 진심으로 백성을 위하는 참말 진짜 정말 충신이었습니다. 그래서 당의 처우도 파격적이어서 고조가 이세적을 여주총관(黎州總管)에 임명하고 상주국(上柱國), 내국공(萊國公)에 봉함과 동시에 우무후대장군을 주고 다시 조국공(曹國公)에 고쳐 봉하고 당 황실의 성인 이씨(李氏)를 하사하고 양전(良田) 1000경(頃)과 좋은 저택을 내려 서세적을 이세적으로 환골탈태시켰습니다. 당에 투항한 이밀은 부하보다 못한 대접을 받자 당의 처우에 불만을 품고 장안을 탈출하여 모반을 꾀하다가 반역죄로 처형 당하자 이세적은 표(表)를 올려 그의 시신을 거두어 상복을 입고 그의 부하들과 의장대와 호위대를 갖추고 전군이 흰 상복을 입게 하고 여산(黎山)의 남쪽에 장사 지내니 장례를 마친 뒤 모두 그에게 무릎 꿇고 칭송했습니다. 이후 16년 동안 병주를 다스렸는데 부하들과 사람들의 칭송이 칭송칭송 만발했습니다. 이세적이 병에 걸려 의원은 '수염을 태운 재로 치료할 수 있다'고 하자 황제가 수염을 잘라 약에 쓰도록 할 정도였고 그가 76세에 죽자 고종은 '하늘이 이 나라를 버리는구나. 내 심장을 빼앗아가다니' 하면서 대성통곡했고 그를 따르던 병사들 눈물에 홍수가 났습니다. 그는 죽기 전에 자신이 죽는 날을 말하며 '내가 죽으면 베로 포장한 덮개 없는 수레에 관을 싣고 입던 옷을 입히고 그 위에 관복을 덮거라. 내가 죽어서도 지각이 있다면 조회복(朝會服)을 입고 폐하를 알현할 것이다.'고 유언을 남기고 죽었다고 합니다. 합격! 상제가 고개를 뒤로 쭉 빼자 사슴 목보다 길게 늘어난 목에 걸려 있던 복숭아 씨앗에서 복숭아 꽃이 피어 바람에 흔들리자 슬픔슬픔 슬슬픔 스리슬픔 스스리슬픔 어디선가 숨어 우는 아기 사슴의 맑은 울음이 들린다.

대설(大雪) 절후를 관장할 진숙보(秦叔寶) 심사

대설은 하얗게 생긴 사람이어야 하느니라. 예, 아무리 많은 눈이 내려도 끄떡없을 사람 진경(秦瓊, ?~638) 자(字)가 숙보(叔寶)인데 이름보다 자로 더 알려진 인물을 추천합니다. 그는 제주(齊州) 역성(歷城, 산동성山東省) 제남(齊南) 사람으로 진숙보가 모친상을 당했을 때 상제가 직접 문상할 정도로 아끼자 유독 진숙보에게만 문상하는 까닭이 무어냐고 부하들이 물을 정도였습니다. 진숙보는 날랜 병사들을 갈대숲 사이에 매복하게 하고 자신은 말을 몰고 적의 진영으로 가서 목책에 올라가 적의 깃발을 뽑고, 목책을 지키고 있는 병사들을 제압한 뒤 '병사들은 어서 피하라 목책에 불을 지를 것이다'라고 한 뒤 노명월의 본진에 불을 지르니 노명월이 급히 돌아오자 진숙보는 '불을 지른 것은 많은 병사를 살리기 위한 계책이니 안심하라'라고 했으며 그의 무용(武勇)은 널리 알려졌습니다. 수양제를 수행하던 수행원이 양제를 시해하고 병사를 이끌고 여양에서 격전을 벌이다 이밀이 화살을 맞고 말에서 떨어지자 모두 도망가고 홀로 적을 막고 이밀을 지킨 그입니다. 왕세충이 그를 높이 평가하자 진숙보는 왕세충에게 '그릇의 두께가 종잇장처럼 얇고 망령된 말과 저주로 헛되이 맹세하는 것을 좋아하는 늙은 무당일 뿐 난세를 평정할 주군(主君)은 못 되니 공의 특별한 대우는 고맙지만 내가 몸을 의탁할 곳은 아니다'라며 말에 올라 좌우 수십 명의 기병과 함께 당에 투항하니 왕세충이 슬픔을 감추지 못하고 기둥에 이마를 찧었다고 합니다. 진숙보가 당에 투항하자 고조 이연(李淵)은 진왕부(秦王府)에 소속시켰고 평소에 명성을 들었으므로 그를 후하게 예우하며 '그대는 처자도 돌보지 못하고 짐에게 왔으며 공도 세웠으니 짐의 살점이라도 베어 먹을 수 있는 것이라면 베어서 그대에게 줄 것이다.'며 구슬 비단을 주자 모두 거절했습니다. 진숙보는 도적을 토벌할 때 매번 선봉에 서니 감히 대항하는 적들이 없었고 하사받은 금과 보석을 모두 사병들에게 나누어 주니 병사들은 목숨 걸고 싸워 수많은 적군 사이를 종횡무진하며 공격하니 진숙보는 뜻대로 되지 않는 것이 없었고 부하들도 그를 신처럼 받들었습니다. 훗날 진숙보가 병이 들어 차츰 병세가 악화되었는데 사람들과 산천초목이 함께 울었다고 합니다. 장하구나! 그 기품이면 아무리 큰 눈도 다 녹이겠다. 합격! 옥황상제가 환하게 웃으니 입에서 박하 향이 하랑하랑 날아 옥경대를 안개처럼 자욱하게 했다. 가만히 듣고 있는 황당한과 예리한에게 오답은 내 상사를 배반한 대가로 우리나라가 심사에서 제외된 것이 안타깝다. 고려장이 있을 무렵 엄마를 산에 묻으로 지게에 지고 가는 아들이 집을 못 찾을까 봐 가랑잎을 따서 뿌리는 엄마를 다시 지고 집으로 와 법을 어기고 모시고 있었는데 수나라가 조공을 받기 위해 억지를 부리민서 문제 세 개를 낼 테니 한 문제라도 못 맞추믄 조공을 바치라고 행패를 부렸단다. 그 첫 분째가 똑같이 생긴 당나귀 두 마리를 가주와 누가 어미고 누가 새끼인지를 고르는 건데 관료들이 난감해 이 문제를 해결할 사램을 찾았단다. 그때 고려장 노인이 나서서 '여물을 줘서 먼저 먹는 놈이 새끼지 멍충아!' 하자 정승은 아하! 하고 감탄했고, 두 분째 문제는 낭구토막을 가주와서 어데가 위인지 맞추라고 하자 또 관료들은 애만 태우다 고려장 노인을 찾자 '나무는 물을 밑에서부터 빨아올리니 물에 뜨는 쪽이 위쪽이지 바보야!' 하니 정승이 역시! 하민서 무릎을 쳤고, 시 분째 문제는 재로 새끼를 한 아름 꼬라고 하자 멍청 바보 정승이 또 고려장 노인을 찾자 '그건 식은 죽 먹기지, 새끼 한 아름을 꼬아 불에 태우면 재로 꾼 새끼지 바보 멍충 쪼다들아' 하니 정승은 옳거니! 하고 탄성을 지르민서 수나라 사신들 쎔지의 거만을 씻어뿌래이 수나라 수문제는 '고구려는 대단한 민족이니 침범하지 말라'고 했는데 그 말을 어기고 아들 수양제가 두 번이나 침범했다가 을지문덕 장군한테 150만이 넘는 군사가 혼쭐이 나고 도망갔다는데도 저렇게 중국 사램이 우리나라 사램을 제치고 자연을 돌리게 했다이 아무리 적군이래도 배울 거는 배워 나라를 구하그라. 그리고 고려장 노인은 살아온 세월의 지혜가 있다는 걸 깨닫고 고려장을 폐했단다. 믿그나 말그나. 넵 스승님! 둘은 말없이 스승 집을 나온다. 이틀날 이다덕은 인근 일본인까지 모아 술에다 독약을 타서 함께 마시고 나라를 구하기 위해 육체는 버리고 혼만 데리고 조용히 여행을 떠나고 만다. 낮이 있으면 밤이 있고 빛이 있으면 어둠이 있고 차오른 달은 기울기 마련이고 피어난 꽃은 지게 마련인데 알 수 없는 슬픔이 온 혈관의 온도를 뜨겁게 달구어 슬픔조차도 느끼지 못하고 멍해진 예리한과 황당한은 스승을 조용하고 추위도 더위도 없는 땅속에 모시지도 못했다고 오열하면서 슬픔을 털어 넣고 달리아 향을 꺾어 넣고 스승의 마당에 서성거리는 바람을 쓸어 넣고 추위에 견딜 햇살 한 주먹을 함께 관속에 넣고 가묘(假墓)를 쓴다. '나라를 찾기 위해 떠나신 스승님 옥체를 찾을 때까지'란 글씨를 돌에 새겼다. 온 동네 사람들은 이웃만 위하고 나라만 생각하다 죽었다고 오열하며 오답의 제자들이 써 놓은 산기슭 양지바른 가묘에 주과포를 가지고 올라가 절을 하며 눈물로 가묘가 떠내려갈까 걱정스러울 만큼 오열한다. 오답이 떠난 집에는 어느새 바람과 햇살들이 다투어 모여들어 모두 자신의 집이라 다툼을 벌이는데 일본 순사가 와서 집을 비우라고 눈을 부라린다. 달리아는 고개를 숙이고 주인 잃은 슬픔에 붉은 울음을 운다. 집 뜰에 모든 꽃이 끝없는 울음을 흐느끼고 있다. 스승을 잃은 슬픔이 슬퍼서 너무 슬퍼서 예리한은 유리창에 성에가 낀 듯이 앞이 뿌옇게 흐려진다. 그렇게 스승의 육은 가슴 속에 묻어버리고 가슴이 아려서 손으로 두들기는데 황금빛이 까무룩, 달려든다. 그 모습이 측은해진 예리한은 얼른 아이를 들어 올려 안아준다. 황금빛이 예리한의 품에 안기자 주위가 환해진다. *이렇게 자신의 목심을 나라를 위해 초개처럼 버린 스승님을 후손들이 알까?* 예리한과 황당한이 마주 보며 똑같은 말을 동시에 한다. *뚜! 뚜! 뚜! 뚜!* 암흑 암전이 흐른다. 우주 하나가 흔적도 없이 사라졌다. 몹쓸,

7권으로 계속